Alice Kellen

Nació en Valencia en 1989. Es una enamorada de los gatos, el arte y las visitas interminables a librerías. Además, le encanta vivir entre los personajes y las emociones que plasma en el papel. Sus novelas: *Sigue lloviendo, El día que dejó de nevar en Alaska, El chico que dibujaba constelaciones, 33 razones para volver a verte, 23 otoños antes de ti, 13 locuras que regalarte, Llévame a cualquier lugar*; la bilogía *Deja que ocurra: Todo lo que nunca fuimos* y *Todo lo que somos juntos*; *Nosotros en la luna, Las alas de Sophie* y *Tú y yo, invencibles* han fascinado a más de un millón de lectores.

www.alicekellen.com
twitter.com/AliceKellen
instagram.com/alicekellen_

Todo lo que nunca fuimos

Alice Kellen

Todo lo que nunca fuimos
Bilogía Deja que ocurra 1

Obra editada en colaboración con Editorial Planeta – España

© 2019, Alice Kellen
Autora representada por Editabundo Agencia Literaria, S. L.

Diseño de portada: Stephanie Gafron/Sourcebooks
Adaptación de portada: Karla Anaís Miravete
Ilustración de portada: © loveischiangrai/Getty Images

© 2019, Editorial Planeta S.A. – Barcelona, España

Derechos reservados

© 2023, Editorial Planeta Mexicana, S.A. de C.V.
Bajo el sello editorial BOOKET M.R.
Avenida Presidente Masarik núm. 111,
Piso 2, Polanco V Sección, Miguel Hidalgo
C.P. 11560, Ciudad de México
www.planetadelibros.com.mx

Primera edición en esta presentación: agosto de 2023
ISBN: 978-607-39-0393-6

Impreso en los talleres de Bertelsmann Printing Group USA
25 Jack Enders Boulevard, Berryville, Virginia 22611, USA.
Impreso en U.S.A - *Printed in the United States of America*

Para Neïra, Abril y Saray,
gracias por estar... y por todo lo demás

Toda revolución comienza y termina con sus labios.

RUPI KAUR, *Otras maneras de usar la boca*

NOTA DE LA AUTORA

En todas mis novelas hay canciones que acompañan muchas escenas que se quedan sobre el papel. La música es inspiración. En esta ocasión, es algo más. Un envoltorio en ciertos momentos, un hilo que tira un poco de los personajes. Pueden encontrar la lista completa de canciones que escuché mientras escribía la historia, pero, si les parece, los animo a que escuchen algunas de las más importantes en el instante exacto en que marcaron la novela. En el capítulo 24, *Yellow submarine*. En el 48, *Let it be*. Y en el 76, *The night we met*.

PRÓLOGO

—

«Todo puede cambiar en un instante.» Había escuchado esa frase muchas veces a lo largo de mi vida, pero nunca me había detenido a masticarla, a saborear el significado que esas palabras pueden dejar en la lengua cuando las desmenuzas y las sientes como propias. Esa sensación amarga que acompaña a todos los «y si...» que se desperezan cuando ocurre algo malo y te preguntas si podrías haberlo evitado, porque la diferencia entre pasar de tenerlo todo a no tener nada a veces es tan solo de un segundo. Solo uno. Como entonces, cuando ese coche invadió el carril contrario. O como ahora, cuando él decidió que no tenía nada por lo que luchar y los trazos negros y grises terminaron por volver a engullir el color que unos meses antes flotaba a mi alrededor...

Porque, en ese segundo, él giró a la derecha.

Yo quise seguirlo, pero tropecé con una barrera.

Y supe que solo podía avanzar hacia la izquierda.

ENERO

—

(VERANO)

1

AXEL

Estaba tumbado encima de la tabla de surf mientras el mar se mecía con suavidad a mi alrededor. Aquel día el agua cristalina parecía contenida dentro de una piscina infinita; no había olas, ni viento ni ruido. Podía oír mi propia respiración calmada y el chapoteo cada vez que hundía los brazos, hasta que dejé de hacerlo y tan solo permanecí allí, sin moverme, con la mirada clavada en el horizonte.

Podría decir que estaba esperando a que el tiempo cambiara para poder agarrar una buena ola, pero sabía perfectamente que ese día no habría ninguna. O que pasaba el rato, algo que hacía a menudo. Pero recuerdo que lo que de verdad estaba haciendo era pensar. Sí, pensar en mi vida, en que tenía la sensación de haber alcanzado todas las metas y de haber ido cumpliendo un sueño tras otro. «Soy feliz», me dije. Y creo que fue el tono que resonó en mi cabeza, esa leve interrogación, lo que de repente me hizo fruncir el ceño, sin apartar la vista de la superficie ondulante. «¿Soy feliz?», cuestioné. No me gustó esa duda que pareció agitarse en mi cabeza, viva y reclamando mi atención.

Cerré los ojos antes de zambullirme en el mar.

Después, con la tabla de surf cargada bajo el brazo, regresé a casa caminando descalzo por la arena de la playa y el sendero plagado de malas hierbas. Abrí la puerta de un empujón, porque siempre estaba atascada por culpa de la humedad, dejé la tabla en la terraza trasera y entré. Coloqué una toalla doblada encima de la silla y no me vestí para sentarme delante de mi escritorio, que ocupaba todo un lado de la sala y era caótico. Al menos, para cualquier persona cuerda. Para mí, era el orden en su máxima expresión. Papeles repletos de notas, otros con pruebas descartadas y el resto con trazos sin sentido. A la derecha, tenía un espacio más despejado, con plumas, lápices, pinturas; encima, un calendario con varios tachones en el que marcaba los plazos de entrega y, al otro lado, mi computadora.

Repasé el trabajo acumulado y contesté un par de correos antes de decidir continuar con el proyecto que tenía entre manos, un folleto turístico de Gold Coast. Era básico, con una ilustración de una playa y olas de líneas curvas bajo las que surfeaban algunas sombras con poco detalle. Justo el tipo de encargo que más disfrutaba: sencillo, rápido de hacer y bien pagado y explicado. Nada de «improvisa» o «queremos tener en cuenta tus sugerencias», sino un simple «dibuja una puta playa».

Pasado un rato, me preparé un sándwich con los pocos ingredientes que quedaban en el refrigerador y me serví el segundo café del día, sin azúcar y frío. Estaba a punto de llevarme la taza a los labios cuando llamaron a la puerta. No era muy dado a recibir visitas inesperadas, así que dejé el café sobre la barra de la cocina con el ceño fruncido.

Puede que, si en ese momento hubiera sabido todo lo que arrastraría ese par de golpes, me hubiera negado a abrir. ¿A quién quiero engañar? Jamás podría haberle dado la espalda. Y habría ocurrido, de todos modos. Antes. Después. ¿Qué más da? Tenía la sensación de que, desde el principio, fue como jugar a la ruleta rusa con todas las balas cargadas; estaba destinado a que alguna me atravesara el corazón.

Todavía sostenía el marco de la puerta en la mano cuando supe que aquello no era una visita de cortesía. Me aparté para dejar que Oliver, taciturno y serio, entrara en casa. Lo seguí a la cocina preguntándole qué había ocurrido. Él ignoró el café y abrió el mueble alto en el que guardaba las bebidas para agarrar una botella de brandy.

—No está mal para ser un martes por la mañana —dije.

—Tengo un jodido problema.

Esperé sin decir nada, aún vestido solo con el traje de baño que me había puesto al despertar. Oliver llevaba pantalón largo y una camisa blanca por dentro; el tipo de ropa que juró que jamás se pondría.

—No sé qué voy a hacer, no dejo de pensar alternativas, pero las agoté todas y creo…, creo que te voy a necesitar.

Eso captó mi atención; principalmente porque Oliver nunca pedía favores, ni siquiera a mí, que era su mejor amigo desde antes de que aprendiera a andar en bicicleta. No lo hizo cuando vi-

vió el peor momento de su vida y rechazó casi toda la ayuda que le ofrecí, no sé si por orgullo, porque pensaba que era una molestia o porque quería demostrarse a sí mismo que podía hacerse cargo de la situación, por difícil que fuera.

Quizá por eso, no titubeé:

—Sabes que haré cualquier cosa que necesites.

Oliver se terminó de un trago la bebida, dejó el vaso dentro del fregadero y se quedó ahí, con las manos apoyadas a ambos lados.

—Me han destinado a Sídney. Es algo temporal.

—¿Qué diablos...? —abrí los ojos.

—Tres semanas al mes durante un año. Quieren que me encargue de supervisar la nueva sucursal que van a abrir y que vuelva cuando todo se estabilice. Me gustaría poder rechazar la oferta, pero, carajo, me doblan el sueldo, Axel. Y ahora lo necesito. Por ella. Por todo.

Lo vi pasarse una mano por el pelo, nervioso.

—Un año no es tanto tiempo... —dije.

—No puedo llevármela. No puedo.

—¿Qué significa eso?

No nos engañemos, conocía muy bien las implicaciones que escondía aquel «no puedo llevármela» y se me secó la boca en respuesta porque sabía que no podía negarme, no cuando ellos eran dos de las personas que más quería en el mundo. Mi familia. No la que te toca, de esa tenía de sobra, sino la que eliges.

—Sé que lo que te estoy pidiendo es un sacrificio para ti. —Sí, lo era—. Pero es la única solución. No puedo llevármela a Sídney ahora que ya ha empezado el año escolar, después de que perdiera el anterior, no puedo arrancarla en este momento de todo lo que conoce, ustedes son lo único que nos queda, y serían demasiados cambios. Dejarla sola tampoco es una opción; tiene ansiedad y pesadillas, y no está..., no está bien; necesito que Leah vuelva a «ser ella» antes de que se vaya a la universidad el próximo año.

Me froté la nuca mientras imitaba los movimientos que Oliver había hecho minutos antes y abría el mueble para sacar la botella de brandy. El trago me calentó la garganta.

—¿Cuándo te marchas? —pregunté.

—En un par de semanas.

—Caramba, Oliver.

2

AXEL

Acababa de cumplir siete años cuando a mi padre lo despidieron del trabajo y nos mudamos a una ciudad bohemia llamada Byron Bay. Hasta entonces, siempre habíamos vivido en Melbourne, en el tercer piso de un bloque de edificios. Cuando llegamos a nuestro nuevo hogar, tuve la sensación de que era como estar permanentemente de vacaciones. En Byron Bay no era extraño ver a gente caminando descalza por las calles o el supermercado; se respiraba un ambiente relajado, casi sin horarios, y creo que me enamoré de cada uno de sus rincones antes incluso de abrir la puerta del coche y golpear con ella al niño mal encarado que, a partir de entonces, iba a convertirse en mi vecino.

Oliver llevaba el pelo despeinado, la ropa holgada y parecía un salvaje. Georgia, mi madre, solía relatar ese momento con frecuencia, en las reuniones familiares, cuando se tomaba una copa de vino de más, diciendo que estuvo a punto de agarrarlo y arrastrarlo a nuestra nueva casa para darle un baño de espuma. Por suerte, los Jones salieron justo cuando ella ya estaba sujetándolo por la manga de la camiseta. Lo soltó en cuanto comprendió que tenía enfrente la raíz del problema. El señor Jones, sonriente y con un poncho manchado de pintura de colores, le tendió una mano. Y la señora Jones la abrazó, dejándola congelada en el sitio. Mi padre, mi hermano y yo nos reímos al ver la estupefacción que cruzaba su rostro.

—Imagino que son los nuevos vecinos —dijo la madre de Oliver.

—Sí, acabamos de llegar —mi padre se presentó.

La charla se alargó unos minutos más, pero Oliver no parecía demasiado interesado en darnos la bienvenida, así que, con cara de aburrido, vi cómo se sacaba del bolsillo una resortera y una piedra, y apuntaba con ella a mi hermano Justin. Acertó a la primera. Yo sonreí, porque supe que íbamos a llevarnos muy bien.

3

LEAH

«Here comes the sun, here comes the sun»; la melodía de esa canción se repetía en mi cabeza, pero no había rastro de ese sol en los trazos negros que plasmaba sobre el papel. Solo oscuridad y líneas rectas y duras. Noté cómo el corazón empezaba a latirme más rápido, más sofocado, más caótico. Taquicardia. Arrugué la hoja, la tiré y me tumbé en la cama llevándome una mano al pecho e intentando respirar…, respirar…

4

AXEL

Bajé del coche y subí los escalones de la entrada del hogar de mis padres. La puntualidad no era lo mío, así que llegué al final, como todos los domingos de comida familiar. Mi madre me recibió peinándome con los dedos y preguntándome si ese lunar que tenía en el hombro estaba ahí la semana pasada. Mi padre puso los ojos en blanco cuando la oyó y me dio un abrazo antes de dejarme entrar en la sala. Una vez allí, mis sobrinos se lanzaron a mis piernas, hasta que Justin los apartó tras prometerles un chocolate.

—¿Sigues con los sobornos? —pregunté.

—Es la única técnica útil —contestó resignado.

Los gemelos se rieron quedito y tuve que hacer un esfuerzo para no unirme a ellos. Eran diablillos. Dos diablillos encantadores que se pasaban el día gritando: «Tío Axel, súbeme», «Tío Axel, bájame», «Tío Axel, cómprame esto», «Tío Axel, pégate un tiro», y ese tipo de cosas. Eran la razón por la que mi hermano mayor se estaba quedando calvo (aunque él nunca admitiría que usaba productos para evitar la caída del cabello) y por la que Emily, esa chica con la que empezó a salir en el colegio y que terminó convirtiéndose en su mujer, se había refugiado en la comodidad de vestir mallas y sonreír cuando alguno de sus retoños le vomitaba encima o decidía pintarrajearle la ropa con marcador.

Saludé a Oliver con un gesto vago y me acerqué hasta Leah, que estaba delante de la mesa puesta, con la mirada fija en el dibujo de la enredadera que surcaba el borde de la vajilla. Alzó la vista hacia mí cuando me senté a su lado y le di un codazo amistoso. No respondió. No como lo habría hecho tiempo atrás, con esa sonrisa que le ocupaba todo el rostro y que era capaz de iluminar una habitación entera. Antes de que pudiera decirle algo, mi padre apareció sosteniendo una charola con un pollo relleno que dejó en el centro de la mesa. Ya estaba mirando a mi alrededor consternado cuando mi madre me tendió un tazón con un salteado de verduras. Le sonreí agradecido.

Comimos sin dejar de hablar de esto y de aquello; de la cafetería de la familia, de la temporada de surf, de la última enfermedad contagiosa que mi madre había descubierto que existía. El único tema que no se tocó fue el que flotaba en el ambiente por mucho que evitáramos prestarle atención. Cuando llegó la hora del postre, mi padre se aclaró la garganta y supe que se había cansado de fingir que no ocurría nada.

—Oliver, muchacho, ¿lo has pensado bien?

Todos lo miramos. Todos menos su hermana.

Leah no apartó los ojos del pay de queso.

—La decisión está tomada. Pasará rápido.

Con gesto teatral, mi madre se levantó y se llevó la servilleta a la boca, pero no pudo ocultar el sollozo y se alejó hacia la cocina. Negué con la cabeza cuando mi padre quiso seguirla y me ofrecí a calmar la situación. Suspiré hondo y me apoyé en la barra junto a ella.

—Mamá, no hagas esto, no es lo que necesitan ahora…

—No puedo evitarlo, hijo. Esta situación es insoportable. ¿Qué más puede pasar? Ha sido un año terrible, terrible…

Podría haber dicho cualquier mierda como «no es para tanto», o «todo se arreglará», pero no tuve valor porque sabía que no era cierto, ya nada podía ser igual. Nuestras vidas no solo cambiaron el día que los señores Jones murieron en aquel accidente de tráfico, sino que pasaron a ser otras vidas, diferentes, con dos ausencias que estaban siempre presentes con fuerza, como una herida que supura y no llega a cerrarse nunca.

Desde el día que pusimos un pie en Byron Bay, habíamos sido una familia. Nosotros. Ellos. Todos juntos. A pesar de todas las diferencias: de que los Jones amanecían cada día pensando solo «en el ahora» y mi madre pasaba cada minuto preocupándose por el futuro; de que unos eran artistas bohemios acostumbrados a vivir en la naturaleza y otros tan solo conocían la vida en Melbourne; de los síes y los noes que se alzaban a la vez ante una misma pregunta; de las opiniones contrarias y de los debates que duraban hasta las tantas cada vez que cenábamos juntos en el jardín…

Habíamos sido inseparables.

Y ahora todo estaba roto.

Mi madre se enjugó las lágrimas.

—¿Cómo se le ocurre dejarte a cargo de Leah? Nosotros podríamos haber buscado alternativas, como hacer una remodelación rápida en la sala y dividirla en dos habitaciones, o comprar un sofá cama. Sé que no es lo más cómodo y que necesita tener su espacio, pero, por lo que más quieras, tú no puedes cuidar ni de una mascota.

Alcé una ceja un poco indignado.

—De hecho, tengo una mascota.

Mi madre me miró sorprendida.

—Ah, sí, ¿y cómo se llama?

—No tiene nombre. Aún.

En realidad, no era «mi mascota», yo no era muy dado a tener seres vivos «en propiedad», pero, de vez en cuando, una gata tricolor delgaducha y con cara de odiar a todo el mundo aparecía en mi terraza trasera pidiendo comida y yo le daba las sobras del día. Algunas semanas pasaba tres o cuatro veces, y otras ni siquiera se molestaba en acercarse.

—Esto va a ser un desastre.

—Mamá, tengo casi treinta años, carajo, puedo cuidar de ella. Es lo más razonable. Ustedes están todo el día en la cafetería, y cuando no es así, tienen que quedarse a cargo de los gemelos. Y no va a dormir durante un año en la sala.

—¿Qué comerán? —insistió.

—Comida, carajo.

—Esa boca, hijo.

Me di la vuelta y salí de la cocina. Volví al coche, agarré el paquete de tabaco arrugado que guardaba en la guantera y me alejé un par de calles. Sentado en la orilla de una banqueta baja, encendí un cigarro con la mirada fija en las ramas de los árboles que agitaba el viento. Aquel no era el barrio en el que habíamos crecido, ese en el que nuestras familias se entrelazaron hasta convertirse en una sola. Las dos propiedades se habían puesto a la venta; mis padres se habían mudado a una casa pequeña de una sola habitación en el centro de Byron Bay, quedaba muy cerca de la cafetería que habían abierto más de veinte años atrás, cuando nos asentamos aquí. Tampoco tenían ninguna otra razón para seguir viviendo a las afueras cuando Justin y yo nos habíamos ido, habían perdido a sus vecinos, y Oliver y Leah se habían trasladado a la casa que él había rentado al independizarse poco después de que los dos volviéramos de la universidad.

—Pensaba que ya no fumabas.

Entrecerré los ojos por el sol cuando levanté la cabeza hacia Oliver. Expulsé el humo del cigarro mientras él se sentaba a mi lado.

—Y sigo sin hacerlo. Un par de cigarros al día no es fumar. No como el resto de la gente que sí lo hace, al menos.

Él sonrió, me quitó uno del paquete y lo encendió.

—Te metí en un buen lío, ¿no?

Supongo que estar de repente a cargo de una chica de diecinueve años que no se parecía en nada a la niña que había sido, sí, podía considerarse «un lío». Pero entonces recordé todo lo que Oliver había hecho por mí. Desde enseñarme a montar en bicicleta hasta dejar que le partieran la nariz cuando se metió en una pelea por mi culpa mientras estudiábamos en Brisbane. Suspiré y apagué el cigarro en el suelo.

—Nos las arreglaremos bien —dije.

—Leah puede ir al colegio en bici, y el resto del tiempo lo suele pasar encerrada en su habitación. No consigo sacarla de allí, ya sabes…, que todo vuelva a ser igual. Y tiene algunas normas, pero ya te lo explicaré más adelante. Yo vendré todos los meses y…

—Tranquilo, no suena tan complicado.

No lo sería para mí, no en el mismo sentido en que lo había sido para él. Tan solo tendría que acostumbrarme a convivir con alguien, algo que no ocurría desde hacía años, y mantener el control. Mi control. El resto lo solucionaríamos sobre la marcha. Después del accidente, Oliver se había visto obligado a renunciar a ese estilo de vida despreocupado en el que habíamos crecido para hacerse cargo de la tutela de su hermana y empezar a trabajar en algo que no le gustaba, pero que le daba un buen sueldo y una estabilidad.

Mi amigo tomó aire y me miró.

—Cuidarás de ella, ¿verdad?

—Caray, claro que sí —aseguré.

—De acuerdo, porque Leah…, ella es lo único que me queda.

Asentí y sobró una mirada para entendernos: para que él se quedara tranquilo y supiera que iba a hacer todo lo que estaba en mi mano para que Leah estuviera bien, y para que yo fuera consciente de que probablemente era la persona en la que Oliver más confiaba.

Sonriendo, Oliver alzó su copa en alto.

—¡Por los buenos amigos! —gritó.

Brindé con él y le di un trago al coctel que acababan de servirnos. Era el último sábado antes de que Oliver se marchara a Sídney y lo había convencido a base de insistir para que saliéramos un rato por ahí. Habíamos acabado donde siempre, en Cavvanbah, un local al aire libre, casi a las afueras y cerca de la orilla de la playa. El nombre del sitio era el de la población aborigen de la zona y significa «lugar de encuentro», lo que en esencia resumía el espíritu y la identidad de Byron Bay. El lugar en el que servían las bebidas y las pocas mesas que había estaban pintadas de un azul isleño muy en sintonía con el tejado de paja, las palmeras y los columpios colgados del techo que servían de asientos alrededor de la barra.

—No puedo creer que vaya a irme.

Le di un codazo y él se rio sin humor.

—Solo será un año y vendrás todos los meses.

—Y Leah…, carajo, Leah…

—Yo cuidaré de ella —repetí, porque llevaba diciéndole esa misma frase casi todos los días desde la mañana que le abrí la puerta y trazamos el plan—. Es lo que hemos hecho siempre, ¿no? Salir a flote, seguir adelante, esa es la clave.

Él se frotó la cara y suspiró.

—Ojalá aún fuera igual de sencillo.

—Lo sigue siendo. Eh, vamos a divertirnos. —Me levanté tras dar el último trago—. Voy por dos copas más, ¿te pido lo mismo?

Oliver asintió y yo me alejé de la mesa haciendo un par de paradas para saludar a algunos conocidos; casi todos teníamos relación en una ciudad tan pequeña, aunque fuera superficial. Apoyé un codo en la barra y sonreí cuando Madison hizo un mohín tras servirles dos copas a los clientes que estaban al lado.

—¿Vienes por más? ¿Estás intentando emborracharte?

—No lo sé. Depende. ¿Te aprovecharás de mí si lo hago?

Madison reprimió una sonrisa mientras agarraba la botella.

—¿Tú querrías que lo hiciera?

—Sabes que, contigo, siempre.

Me tendió las copas mirándome fijamente.

—¿Te espero o tienes planes?

—Estaré por aquí cuando termines.

Oliver y yo pasamos el resto de la noche entre copas y recuerdos. Como esa vez que llamamos a su padre porque estábamos bebidos en la playa, y en vez de recogernos y llevarnos a casa, decidió dibujarnos en su cuadernillo, tirados en la arena de mala manera, para después fotocopiar el dibujo y pegarlo por las paredes de mi casa y de los Jones como recordatorio de lo idiotas que habíamos sido; Douglas Jones tenía un humor muy especial. O esa otra vez que terminamos metidos en un buen lío en Brisbane un día que conseguimos mariguana, fumamos hasta que yo perdí la cabeza y, entre risas, lancé al mar las llaves del departamento que teníamos rentado. Oliver fue a buscarlas y se metió vestido en el agua, drogado, mientras yo me reía a carcajadas desde la orilla.

Por aquella época nos habíamos prometido que siempre viviríamos así, como en el lugar que nos había visto crecer, que era tan sencillo, relajado, anclado en la esencia del surf y la contracultura.

Miré a Oliver y reprimí un suspiro antes de acabarme el trago.

—Voy a irme, no quiero dejarla sola más tiempo —me dijo.

—De acuerdo. —Me reí cuando vi que se tambaleaba al levantarse, y él me enseñó el dedo medio y dejó un par de billetes encima de la mesa—. Hablamos mañana.

—Hablamos —respondió.

Estuve un rato más por allí con un grupo de amigos. Gavin nos habló de su nueva novia, una turista que había llegado dos meses atrás y, al final, se quedaría por tiempo indefinido. Jake nos describió tres o cuatro veces el diseño de su nueva tabla de surf. Tom se limitó a beber y a escuchar a los demás. Yo dejé de pensar mientras el local se vaciaba al caer la madrugada. Cuando el último se fue, rodeé el bar, abrí la puerta de atrás y entré.

—Recuérdame por qué tengo tanta paciencia.

Madison me sonrió, cerró la persiana y avanzó hacia mí con una sonrisa sensual curvando sus labios. Sus dedos se colaron por mis jeans y jalaron de mí hasta que nuestros labios chocaron entreabiertos.

—Porque te compenso bien… —ronroneó.

—Refréscame un poco la memoria.

Le quité el pequeño top. No llevaba sostén. Madison se frotó contra mí antes de desabrocharme el botón del pantalón y arrodillarse con lentitud. Cuando su boca me recibió, cerré los ojos, con las manos apoyadas en la pared de enfrente. Hundí los dedos en su pelo, instándola a moverse más rápido, más profundo. Estaba a punto de venirme cuando di un paso hacia atrás. Me puse un preservativo. Y luego me hundí en ella contra la pared, embistiéndola con fuerza, agitándome cada vez que la oía gemir mi nombre, sintiendo aquel momento; el placer, el sexo, la necesidad. Solo eso. Tan perfecto.

FEBRERO

—

(VERANO)

6

LEAH

Mantuve la mirada en mis manos entrelazadas mientras el vehículo avanzaba por el camino sin asfaltar y el sol del atardecer teñía el cielo de naranja. No quería verlo, no quería el color, nada que arrastrara recuerdos y sueños que había dejado atrás.

—No se lo pongas difícil a Axel, nos está haciendo un gran favor, eres consciente de eso, ¿verdad, Leah? Y come. Intenta estar bien, ¿de acuerdo? Dime que lo estás haciendo.

—Lo estoy intentando —respondí.

Siguió hablando hasta que frenó delante de una propiedad rodeada por palmeras y arbustos salvajes que crecían a su antojo. Apenas había estado un par de veces en casa de Axel y todo me pareció diferente. Yo era diferente. Durante el último año, había sido él quien llegaba a nuestro departamento de vez en cuando para pasar un rato. Cerré los ojos cuando un pensamiento me azotó de repente, ese que me gritaba que, si esto hubiera ocurrido antes, el mero hecho de compartir el mismo techo que él me habría provocado un cosquilleo en el estómago y un nudo en la garganta. Y en ese momento, en cambio, no sentía nada. Eso era lo que había ocurrido tras el accidente: el rastro que había dejado en mí, un vacío inmenso y desolador sobre el que era imposible construir algo, porque no existía ningún suelo donde poder hacerlo. Sencillamente, ya no «sentía». Tampoco quería volver a hacerlo. Era mejor vivir así, aletargada, que con dolor. A veces había picos, alguna subida inesperada, como si algo intentara abrirse paso dentro de mí, pero lograba controlarlo, terminaba por hacerlo. Era como tener delante una masa de pizza llena de imperfecciones y de protuberancias justo antes de decidirme a pasar el rodillo con fuerza hasta dejarla plana.

—¿Estás preparada? —mi hermano me miró.

—Supongo que sí —me encogí de hombros.

7

AXEL

Tenía ganas de ir atrás en el tiempo tan solo para decirle a mi yo del pasado que era un idiota por pensar que «no sería tan complicado». Fue tremendamente complicado desde el primer minuto, cuando Leah puso un pie en mi casa y miró a su alrededor sin mucho interés. Tampoco había demasiado que ver: las paredes estaban desnudas y sin ningún cuadro a la vista, el suelo era de madera, al igual que casi todos los muebles, de diferentes colores y estilos, la sala estaba separada de la cocina por una barra y, según mi madre, la decoración era típica de un bar con aire isleño.

En cuanto Oliver se marchó con el tiempo justo para llegar al aeropuerto, empecé a sentirme incómodo. Ella no pareció percatarse mientras se mantenía callada y me seguía para que le enseñara la habitación de invitados.

—Aquí está. Puedes redecorarla o… —Cerré la boca antes de añadir: «O lo que sea que hagan las chicas de tu edad», porque ella ya no era una de esas jóvenes risueñas que recorrían Byron Bay con sus tablas de surf a cuestas y sus vestidos veraniegos. Leah se había alejado de todo aquello como si de algún modo el recuerdo la conectara con el pasado—. ¿Necesitas algo?

Me miró con sus inmensos ojos azules y negó con la cabeza antes de dejar la maleta sobre la cama pequeña y abrir la cremallera con la intención de empezar a sacar y colocar sus cosas.

—Para cualquier cosa, estaré en la terraza.

La dejé a solas y respiré hondo.

No iba a ser fácil, no. Dentro de mi caos, tenía una rutina muy marcada. Me levantaba antes del amanecer, tomaba una taza de café y salía a surfear o a nadar si no había olas; después me preparaba el almuerzo y me sentaba delante del escritorio para organizar el trabajo pendiente. Solía adelantar algo, un poco de aquí y otro tanto de allá, nunca lo hacía de una forma demasiado organizada a no ser que tuviera un plazo de entrega muy ajustado. Más tarde, llegaba la segunda y la última taza de café del día, normalmente mientras observaba el paisaje a través de la ventana. Aunque no se me daba mal cocinar, rara vez encendía la estufa para hacer algo, más por pereza que por otra cosa. Por la tarde todo seguía casi igual: más trabajo, más surf, más horas de silencio sentado en la terraza conmigo mismo, más paz. Después, la hora del té, el cigarro de la noche y un rato de lectura o de música antes de irme a la cama.

Así que, el primer día que Leah llegó a casa, decidí seguir mi rutina. Pasé la tarde trabajando en uno de los últimos encargos, concentrado en construir una imagen a base de líneas, en redondear, perfilar y detallar hasta lograr el resultado perfecto.

Cuando dejé la pluma y me levanté, me di cuenta de que ella todavía no había salido de la habitación. La puerta seguía tal y como la había dejado yo, entornada. Me acerqué, golpeé con los nudillos y la abrí despacio.

Leah estaba escuchando música tumbada en la cama con el cabello rubio despeinado sobre la almohada. Apartó la mirada del techo y se quitó los audífonos mientras se incorporaba.

—Perdona, no te había oído.

—¿Qué escuchabas?

Pareció dudar, incómoda.

—Los Beatles.

Hubo un silencio tenso.

Me atrevería a decir que todo el mundo que conocía a los Jones sabía que su grupo de música preferido eran los Beatles. Yo recordaba veladas enteras en su casa bailando sus canciones y cantando a voz de grito. Cuando años más tarde empecé a hacerle compañía a Douglas Jones mientras pintaba en su estudio o en el jardín trasero, le pregunté por qué siempre trabajaba con música y él me contestó que era su inspiración; que nada nacía de uno mismo, ni siquiera la idea base, pero sí el cómo plasmarla. Me explicó que las notas le marcaban el camino y las voces le gritaban cada trazo. Por aquel entonces, yo solía imitar cada cosa que Dou-

glas hacía, admirado por sus pinturas y por su facilidad para sonreír a todas horas, así que decidí seguir sus pasos e intenté buscar
mi propia inspiración, una que me traspasara la piel, pero jamás la
encontré y, quizá por eso, a medio camino, terminé tomando un
desvío inesperado que me llevó a hacerme ilustrador.

—¿Quieres subirte a alguna ola? —pregunté.

—¿Surfear? —Leah me miró tensa—. No.

—De acuerdo. No tardaré en volver.

Recorrí intranquilo los pocos metros que separaban mi casa
del océano, fijándome en la bicicleta naranja que descansaba
apoyada en la barandilla de madera de la terraza. Oliver la había dejado ahí tras descargarla del coche; era tan solo un objeto,
pero un objeto que denotaba cambios que todavía no había asimilado.

Esperé, esperé y esperé hasta que llegó la ola perfecta. Entonces arqueé la espalda, coloqué bien los pies y me levanté; bajé por
la pared de la ola y, una vez que tomé impulso, giré para alejarme
de la parte que se iba rompiendo antes de terminar en el agua.

Cuando regresé, la puerta de la habitación de invitados estaba
cerrada. No llamé. Me di un baño y luego fui a la cocina para hacer algo de cenar. Había ido de compras el día anterior, algo que
no solía hacer con frecuencia; al menos, no así, no una compra
grande, pero había intentado tener algo de variedad en el refrigerador; solo sabía que a Leah le gustaban las paletas de fresa,
porque de niña siempre solía llevar una en la boca y, cuando se la
terminaba, se pasaba horas mordisqueando el palito de plástico.
Y también el pay de queso que mi madre preparaba, aunque eso
no era ninguna sorpresa, porque todo el mundo sabía que era el
mejor del mundo.

Mientras cortaba en tiras algunas verduras variadas, me di
cuenta de que ya no conocía a Leah tan bien como creía. Quizá
nunca lo había hecho del todo. No a fondo. Ella había nacido
cuando Oliver y yo teníamos diez años y nadie esperaba ya otra
incorporación a la familia. Aún recuerdo perfectamente el primer
día que la vi: tenía las mejillas redondas y rosadas, unos dedos diminutos que se aferraban a cualquier cosa que encontrara cerca
y el pelo tan rubio que parecía calva. Rose estuvo un buen rato
explicándonos que, a partir de entonces, teníamos que cuidarla

y portarnos bien con la pequeña. Pero Leah se pasaba el día llorando o durmiendo, y nosotros estábamos más interesados en pasar las tardes en la playa, cazando bichos o jugando.

Cuando nos marchamos a Brisbane a estudiar en la universidad, ella acababa de cumplir ocho años. Cuando regresamos, tras pasar una temporada allí haciendo prácticas y trabajando, Leah tenía casi quince años y, a pesar de que veníamos a menudo, tuve la sensación de que había crecido de golpe, como si una noche se hubiera acostado siendo una niña y a la mañana siguiente se hubiera convertido en una mujer. Era alta y delgada, casi sin curvas, como una espiga. Había empezado a pintar durante mi ausencia, siguiendo los pasos de su padre, y un día cualquiera, cuando crucé el jardín y me paré delante del cuadro que estaba sobre el caballete, no pude evitar fijarme en las líneas delicadas, en los trazos que parecían vibrar llenos de color. Se me erizó la piel. Supe que esa pintura no podía ser de Douglas, porque tenía algo diferente, algo… que no podía explicar.

Ella apareció por la puerta trasera de la casa.

—¿Esto lo hiciste tú? —señalé el cuadro.

—Sí. —Me miró con cautela—. Es malo.

—Es perfecto. Es… distinto.

Ladeé la cabeza para mirarlo desde otro ángulo, absorbiendo los detalles, la vida que se palpaba, la confusión. Había pintado el paisaje que se alzaba enfrente: las ramas curvas de los árboles, las hojas ovaladas y los troncos gruesos, pero no era una imagen real; era una distorsión, como si hubiera agarrado todos los elementos para agitarlos en una batidora dentro de su cabeza y después volver a soltarlos interpretándolos de otra manera.

Leah se sonrojó y se colocó delante del cuadro con los brazos cruzados. Su rostro angelical y dulce se frunció cuando me dirigió una dura mirada de reproche.

—Estás quedando bien conmigo.

—No, caray, ¿por qué piensas eso?

—Porque mi padre me pidió que pintara eso —señaló los árboles—, y yo he hecho esto, que no se parece en nada. Empecé bien, pero luego…, luego…

—Luego hiciste tu propia versión.

—¿De verdad lo crees?

Asentí antes de sonreírle.

—Sigue haciéndolo igual.

Durante los siguientes meses, cada vez que iba de visita a casa de mis padres o de los Jones, pasaba un rato con ella echándole un vistazo a sus últimos trabajos. Leah era…, era ella misma, no había nada parecido, no tenía influencias, sus trazos eran tan suyos que yo podría haberlos reconocido en cualquier lugar. Era luz y había algo que me mantenía a su alrededor, como si sus pinturas me ataran a seguir mirándolas, descubriéndolas…

8

LEAH

Me levanté de la cama con un suspiro cuando Axel llamó y me dijo que la cena estaba lista. Había preparado unos tacos de verduras que esperaban humeantes encima de la mesa auxiliar, que era una tabla de surf con cuatro patas de madera delante del sofá. Aparte de su escritorio lleno de cosas, era la única mesa que había en su casa sin contar el baúl antiguo sobre el que tenía el tocadiscos. Todo aquel lugar en sí era muy él, con esos muebles que combinaban a pesar de ser tan diferentes, el orden dentro del desorden, el reflejo de su paz interior en las pequeñas cosas.

Lo envidiaba. Esa manera que tenía de vivir, tan despreocupado y relajado, siempre mirando hacia delante sin pararse a ver qué dejaba atrás, siempre centrado «en el ahora».

Me senté en un extremo del sofá y comí en silencio.

—Así que mañana irás al colegio en bici.

Asentí.

—¿Prefieres que te acerque en coche?

Negué.

—Está bien, como quieras. —Axel suspiró—. ¿Quieres té?

Levanté despacio la cabeza hacia él.

—¿Té? ¿Ahora?

—Siempre lo tomo de noche.

—Lleva teína —susurré.

—Yo no noto nada.

Axel se llevó los platos a la cocina. Lo miré por encima del hombro mientras se alejaba. Su cabello era rubio oscuro, como el trigo maduro o la arena de la playa al atardecer. Aparté los ojos de él de golpe, confundida, alejando los colores a un lado, enterrándolos.

Axel me llamó unos minutos después, con el vaso de té en la mano y una cajetilla de cigarros en la otra.

—¿Vienes a la terraza? —propuso.

—No, me voy ya a la cama. Buenas noches.

—Buenas noches, Leah. Descansa.

Me metí bajo las sábanas a pesar de que no hacía frío y escondí la cabeza debajo de la almohada. Oscuridad. Solo oscuridad. En casa de Axel no se oía ningún coche pasar por la calle de vez en cuando ni voces lejanas, solo silencio y mis propios pensamientos, que parecían gritar y agitarse, contenidos. Cuando noté la ansiedad que empezaba a oprimirme el pecho y la respiración más irregular, cerré los ojos con mucha fuerza y me aferré a las sábanas, deseando que todo desapareciera. Todo.

A la mañana siguiente, lo encontré en la cocina.

Solo llevaba puesto un traje de baño rojo aún mojado y estaba preparándose un pan tostado. Me sonrió. Y lo odié un poco por eso, por sonreírme así, con esa curva perfecta, con ese brillo en los ojos. Evité mirarlo y abrí el refrigerador buscando la leche.

—¿Dormiste bien? —preguntó.

—Sí —mentí. Había vuelto a tener pesadillas.

—¿Seguro que no quieres que te acerque?

—Seguro. Pero gracias.

Me alejé de allí, de él, un rato después, pedaleando sin parar hasta llegar al colegio y dejar la bicicleta atada a la valla pintada de azul. El edificio de madera era pequeño, con una terraza alrededor. Bajé la mirada al traspasar el umbral y no hablé con nadie. Tiempo atrás, había sido uno de mis momentos preferidos del día: llegar a clase, encontrarme con mis amigas, contarnos los últimos chismes y encaminarnos juntas al salón. Pero ya no podía hacer eso. Lo había intentado, de verdad que sí, pero había una barrera entre ellas y yo, algo que antes no estaba.

Deseé que ella no hubiera empezado a trabajar allí cuando pasé cerca de Blair con la cabeza baja, dejando que el pelo me cubriera un lado del rostro; creo que por eso lo llevaba tan largo, porque intentaba pasar desapercibida, esconder la expresión que sabía que todos podían leer en mis ojos. Si me hubieran ofrecido un superpoder, habría elegido el de la invisibilidad. Así podría haber escapado de las miradas de lástima iniciales y de las que vinieron después, esas que parecían gritar que era rara, que no me entendían, que no estaba esforzándome lo suficiente para salir de nuevo a la superficie y respirar…

Estuve toda la mañana sentada en mi escritorio, trazando espirales en una esquina del libro de Matemáticas, concentrándome en cómo las líneas se curvaban y en el movimiento suave de la pluma negra. Cuando terminó la clase, me di cuenta de que apenas había escuchado algo de lo que había dicho la profesora. Estaba guardando los libros en la mochila cuando Blair entró al salón con timidez y vino hacia mí. Casi todos los demás compañeros habían salido ya. La miré cohibida, deseando escapar.

—¿Podemos hablar un momento?

—Yo… tengo que irme…

—Solo serán unos minutos.

—De acuerdo.

Blair tomó aire.

—Me enteré de que tu hermano va a tener que pasar un tiempo en Sídney y quería que supieras que, si necesitas algo, cualquier cosa, sigues teniéndome aquí. De hecho, nunca me fui, en realidad.

El corazón me latía más deprisa.

Yo deseaba aquello, que todo volviera a ser como antes, pero no podía. Cada vez que cerraba los ojos veía el coche dando vueltas y vueltas, un surco verde borroso que significaba que nos habíamos salido de la carretera, una canción que cesó abruptamente, un grito congelado. Y después…, después ellos estaban muertos. Mis padres. No podía olvidarlo, no podía alejarme de la escena más allá de unas horas, como si hubiera ocurrido apenas y no hacía casi un año. No podía caminar al lado de Blair y sonreír cada vez que nos cruzáramos con un grupo de turistas surfistas o hablar de todo lo que haríamos en el futuro, porque lo único que quería hacer era… nada, y lo único en lo que podía pensar era… en ellos, y nadie podía entenderme. Al menos, a esa conclusión había llegado tras varias sesiones con el psicólogo al que me llevó Oliver.

—No tiene por qué ser igual, Leah.

—No podría serlo —logré decir.

—Pero sí diferente, nuevo. ¿No era eso lo que hacías tú antes, cuando pintabas? Tomar algo que ya existía e interpretarlo de otra manera. —Tragó saliva nerviosa—. ¿No podrías hacer eso con nuestra amistad? No hará falta que hablemos de nada que tú no quieras.

Asentí antes de que terminara, dejando una pequeña grieta abierta entre nosotras. Blair sonrió y después salimos juntas del colegio. Se despidió con la mano mientras yo subía en mi bicicleta naranja y empezaba a pedalear en sentido contrario.

La puerta de su habitación seguía cerrada.

Llevaba en mi casa casi tres semanas y cada día, cuando llegaba del colegio, comía en silencio lo que le hubiera preparado, sin protestar ni poner objeciones, y después se encerraba entre esas cuatro paredes. Las pocas veces que entré, estaba escuchando música con los audífonos o dibujando con una pluma de punto fino; nada interesante, solo figuras geométricas, repeticiones, borrones sin sentido.

Probablemente, la frase más larga que me dirigió fue durante la primera noche, cuando me dijo que el té llevaba teína. Después, nada. De no haber sido porque había un cepillo de dientes más en el baño y estaba aficionándome a eso de ir de compras de vez en cuando, apenas habría notado su presencia. Leah solo salía para comer, cenar e ir a clase.

Como era de esperar, mi madre había venido un par de veces a traer comida, a pesar de que había pasado varios días por la cafetería para decirle que todo iba bien, comer pastel sin pagar y pasar un rato con Justin, que, si en algún momento mis padres dejaban de ser adictos al trabajo, tomaría el relevo del negocio.

—¿Cómo van las cosas? —me preguntó.

—Supongo que van. O no, qué diablos.

—Es una situación complicada. Ten paciencia. No hagas de las tuyas.

—¿De las mías?

—Sí, ya sabes, alguna tontería que se te cruce por la cabeza y que no tenga mucho sentido.

Me reí y bebí el café de un trago. Nunca había sido amigo de Justin, no éramos ese tipo de hermanos que salen juntos por ahí y terminan emborrachándose o pasando el rato. No teníamos nada en común y, probablemente, si la sangre no nos hubiera unido de por vida, habríamos sido dos desconocidos que jamás se habrían dirigido más de un par de palabras. Justin era serio y un poco estirado, responsable y sensato, supongo. De pequeño, solía tener la sensación de que él se había quedado un poco rezagado en la vida que teníamos en Melbourne, como si lo hubieran arrancado de allí de golpe para dejarlo en un lugar que no comprendía bien. Conmigo había sucedido al revés. Ese trozo de costa era mi sitio, casi creado para mí con exactitud; la libertad, el poder caminar descalzo a todas horas, el surf y el mar, la vida relajada y el ambiente bohemio. Todo.

Caminé por las calles de Byron Bay tras despedirme de mi hermano y compré algunas frutas orgánicas. Después, mientras me dirigía a casa, llamé a Oliver. Habíamos hablado el día anterior, pero él tuvo que colgar enseguida, después de un par de frases, cuando le avisaron que llegaba tarde a una reunión.

—¿Cómo va eso? —me preguntó.

—Tengo algunas dudas nuevas.

—Soy todo oídos —contestó.

—Leah se pasa el día encerrada en la habitación.

—Ya te lo dije. Necesita su espacio.

—¿Puedo quitarle ese espacio?

Hubo un silencio al otro lado de la línea.

—¿Qué intentas decirme, Axel?

—¿Nunca le has pedido que deje de encerrarse y punto?

—No, no funciona así, el psicólogo dijo…

—¿Tengo que seguir esas normas? —insistí.

—Sí —pidió—. Es cuestión de tiempo. La ha pasado mal.

Reprimí el impulso de llevarle la contraria y me mordí la lengua. Después me habló del trabajo que estaba haciendo allí, de la organización que había llevado a cabo durante esas tres semanas. Quizá, con un poco de suerte, podría reducir algunos meses su estancia en Sídney. No quise aferrarme antes de tiempo al alivio que sentí.

Ese día era sábado. Llevaba toda la mañana encerrada y estaba empezando a perder la paciencia, a pesar de que Oliver llegaría el lunes y yo recuperaría la normalidad durante siete días. No es que no la entendiera, claro que comprendía su dolor, pero eso no cambiaba las cosas, el presente. Según el psicólogo al que Oliver la había llevado durante unas cuantas sesiones, no estaba avanzando correctamente a través de las fases de duelo. En teoría, seguía anclada en la primera, la negación, aunque yo no estaba del todo de acuerdo con eso. Quizá fue lo que me hizo llamar a su puerta.

Leah levantó la cabeza y se quitó los audífonos.

—Hay buenas olas, agarra tu tabla.

Ella parpadeó confundida. Ahí fue cuando me percaté de que las propuestas que le hacían estaban formuladas como una pregunta. Propuestas que Leah siempre se encargaba de rechazar. En mi caso no se trató de algo cuestionable.

—No quiero, pero gracias.

—No me las des. Mueve el culo.

Me miró alarmada. Vi su pecho subiendo y bajando al ritmo de su respiración acelerada, como si no hubiera esperado un ataque así, repentino, después de tantos días de calma. Yo tampoco lo había planeado, y le había prometido a mi mejor amigo que no haría algo semejante, pero me fiaba de mi instinto. Y había sido instintiva la necesidad de sacarla de esa habitación, las ganas de arrastrarla y alejarla de ese lugar. Leah se sentó recta, tensa.

—No quiero ir, Axel.

—Te espero fuera.

Me tumbé en la hamaca que tenía colgada de dos vigas de la terraza, esa en la que leía por las noches o cerraba los ojos mientras escuchaba música. Esperé. Diez minutos. Quince. Veinte. Veinticinco. Apareció al cabo de media hora, con la nariz arrugada de disgusto, el pelo recogido en una coleta y cara de no entender la situación.

—¿Por qué quieres que vaya?

—¿Por qué quieres quedarte?

—No lo sé —contestó en voz baja.

—Yo tampoco. En marcha.

Leah me siguió en silencio y atravesamos la corta distancia hasta la playa. La arena blanca nos recibió caliente bajo el sol del mediodía y ella se quitó el vestido quedándose en bikini. No supe por qué, pero aparté la mirada con brusquedad y la fijé en la tabla antes de dársela.

—Es muy corta —se quejó.

—Como tiene que ser. Más agilidad.

—Menos velocidad —replicó.

Le sonreí, no por la respuesta, sino porque por primera vez en aquellas tres interminables semanas estábamos manteniendo algún tipo de conversación. Me dirigí hacia el agua y ella me acompañó sin rechistar.

A pesar de que la ciudad era la meca de muchos surfistas, las olas no solían ser grandes; sin embargo, aquel día se daba un fenómeno conocido como «la famosa ola de Byron Bay». Sucedía cuando se juntaban tres *points* al subir la marea, creando una larga ola que avanzaba hacia la derecha, comenzando en la punta del cabo y entrando en la bahía con tubos regulares y sincronizados.

Yo jamás perdía una ocasión como esa.

Nos dirigimos hacia una zona más profunda. Una vez allí, permanecimos en silencio, sentados sobre nuestras tablas de surf, esperando el momento perfecto, esperando… Leah reaccionó y me siguió cuando le hice una señal y me moví, oliendo el nacimiento de una ola buena, la energía creciente en el agua en calma.

—Ya viene —le susurré.

Luego nadé mar adentro, apurando el tiempo, y me puse de pie en la tabla antes de deslizarme sobre la ola y bordearla, imprimiendo velocidad para hacer una maniobra. Sabía que Leah me seguía. Podía sentirla a mi espalda, abriéndose paso por la pared de la ola.

Feliz, la miré por encima del hombro.

Y un segundo después, ella ya no estaba.

10

LEAH

El agua me golpeó y cerré los ojos.

Después no hubo color y volví a sentirme a salvo de esos recuerdos que a veces intentaban entrar, de la vida que ya no tenía, de las cosas que había deseado y que ya habían dejado de importarme. Porque no era justo que todo siguiera igual, adelante, como si nada hubiera cambiado, cuando todo lo había hecho. Me sentía tan lejos de mi anterior vida, de mí misma, que a veces tenía la sensación de que también había muerto ese día.

Abrí los ojos de golpe.

El agua se arremolinaba a mi alrededor. Me estaba hundiendo. Pero no había dolor. No había nada. Solo el sabor salado del mar en la boca. Solo calma.

Y entonces lo sentí. Sus manos sujetándome contra su cuerpo, su fuerza, su impulso arrastrándonos hacia arriba. Luego el sol nos golpeó tras romper la superficie del agua. Sentí una arcada. Tosí. Axel me rozó la mejilla con los dedos, y sus ojos, de un azul tan oscuro que casi parecían negros, revolotearon sobre mi rostro.

—Carajo, Leah, cariño, carajo, ¿estás bien?

Lo miré agitada. Sintiendo…, sintiendo algo…

No, no estaba bien. No si volvía a sentirlo a él.

11

AXEL

Pánico. Perderla de vista así, había sido pánico. Aún tenía el corazón en la garganta cuando volvimos a casa, y no podía dejar de pensar en ella hundiéndose en el mar enfurecido a su alrededor, en lo frágil que parecía. Quería preguntarle por qué no había intentado salir, pero me daba miedo romper el silencio. O, quizá, lo que de verdad temía era su respuesta.

Me quedé en la cocina mientras ella se daba un baño, miraba por la ventana, dándole vueltas a la idea de agarrar el teléfono y llamar a Oliver. Cuando Leah salió y me miró avergonzada e inquieta, tuve que contenerme para no aflojar las riendas.

—¿Cómo te encuentras?

—Bien, solo me mareé.

—¿Al caer al agua?

Apartó la vista y asintió con la cabeza.

—Estaré en mi habitación —dijo.

—De acuerdo. Pero esta noche quiero hablar contigo.

Leah abrió la boca para protestar, pero se fue a su dormitorio y entornó la puerta. Respiré hondo, intentando recuperar la calma. Descalzo, salí a la terraza trasera, me senté en los escalones de madera agrietada y encendí un cigarro.

Maldición, claro que teníamos que hablar.

Di una última fumada antes de entrar a casa. Me acerqué a mi escritorio, removí los papeles sueltos y encontré uno en blanco. Tomé una pluma y garabateé todas las preguntas que me había hecho durante aquellas tres largas semanas. Dejé el papel cerca y fui apuntando alguna más mientras hacía la cena. Preparé una ensalada y llamé a su puerta. Leah no puso objeciones cuando le propuse cenar en la terraza.

El cielo estaba cuajado de estrellas y olía a mar.

Comimos en silencio, casi sin mirarnos. Al terminar, le pregunté si quería té, pero negó con la cabeza, así que fui a la cocina a dejar los platos. Cuando volví, Leah estaba de espaldas, apoyada en la valla con la mirada fija en la oscuridad.

—Siéntate —le pedí.

Suspiró sonoramente antes de voltear hacia mí.

—¿Esto es necesario? Me voy pasado mañana.

—Y volverás una semana después —repliqué.

—No te molestaré. —Me miró suplicante. Parecía un animal asustado—. Yo no quería, fuiste tú el que me obligó a meterme en el agua…

—No tiene nada que ver con eso. Vamos a pasar mucho tiempo juntos durante este año y necesito saber algunas cosas. —Bebí un trago de té y le eché un vistazo al papel lleno de interrogaciones que sostenía en la mano—. Para empezar, ¿no tienes amigos? Tú me entiendes. Gente con la que relacionarte, como hacen las chicas de tu edad.

—¿Estás bromeando?

—No, claro que no.

Leah permaneció en silencio. Yo no tenía prisa, así que me senté en la hamaca y dejé el vaso de té en el borde de la valla de madera para poder encender un cigarro.

—Sí tenía. Tengo. Creo.

—¿Y por qué nunca sales?

—Porque no quiero hacerlo, ya no.

—¿Hasta cuándo? —insistí.

—¡No lo sé! —Respiró agitada.

—De acuerdo… —Reparé en las arrugas que surcaban su frente, en el movimiento de su garganta al tragar saliva con brusquedad—. Eso resuelve tres de mis dudas. —Revisé el papel—. ¿Cómo te va en el colegio?

—Me va normal, supongo.

—¿Lo supones o lo sabes?

—Lo sé. ¿Por qué te interesa?

—Nunca te veo estudiar.

—Tampoco es asunto tuyo.

Me di unos golpecitos con el dedo sobre el mentón. Y al final la miré. De igual a igual. No como si ella fuera alguien que necesitara que la cuidaran y yo estuviera dispuesto a hacerlo. Vi miedo en sus ojos. Miedo porque ella sabía lo que iba a decirle.

—No quería tener que recordarte esto, pero tu hermano lleva un año matándose trabajando por ti, para que puedas ir a la universidad, para que sigas adelante…

Cerré la boca ante el primer sollozo.

Me levanté, sintiéndome como un imbécil, y la abracé. Su cuerpo se agitó contra el mío y cerré los ojos, aguantando, aguantando a pesar de que dolía, porque no pensaba pedir perdón por lo que había dicho, porque sabía que tenía que ser así.

Leah se apartó limpiándose las mejillas.

Me quedé a su lado, con los brazos sobre la valla de madera que cruzaba la terraza y el viento húmedo de la noche agitándose alrededor. Recuperé mis anotaciones.

—Voy a seguir. —La tenía justo en el punto que quería; abierta en canal, temblando. Nada de esa coraza que usaba a todas horas—. ¿Por qué ya no pintas?

Si no hubiera encontrado tantas cosas en sus ojos, podría haber separado lo que veía diseccionando las partes para intentar entenderla, pero no pude.

—No soporto los colores.

—¿Por qué no? —susurré.

—Me recuerdan a «antes» y a él.

Douglas Jones. Siempre lleno de pintura, de colores, de vida. En mi papel quedaban muchas más preguntas: «¿Por qué no puedes aceptar lo que ha ocurrido?», «¿Por qué te estás haciendo esto?», «¿Hasta cuándo crees que vas a estar así?». Lo arrugué en la mano y lo metí en el bolsillo del pantalón.

—¿Ya acabaste? —preguntó insegura.

—Sí. —Encendí otro cigarro.

—Pensaba que lo habías dejado.

—Y lo hice. No fumo. No como el resto de la gente que sí fuma.

Entonces sonrió. Fue una sonrisa tímida y fugaz, todavía entre el rastro salado de las lágrimas, pero durante una milésima de segundo estuvo ahí, iluminando su rostro, tensando sus labios, dibujada para mí.

12

LEAH

No recuerdo cuándo me enamoré de Axel, no sé si fue un día concreto o si el sentimiento siempre estuvo ahí, dormido, hasta que crecí y tomé conciencia de lo que era el amor, desear a alguien, anhelar una mirada suya más que cualquier otra cosa en el mundo. O, al menos, eso era lo que pensaba a mis trece años, cuando él vivía en Brisbane con mi hermano. Si venía de visita, yo pasaba la noche anterior en vela con un cosquilleo en el estómago. Dibujaba su nombre en la agenda del colegio, les hablaba a mis amigas de él y memorizaba cada gesto suyo, como si fueran valiosos o escondieran un mensaje. Y tiempo después, cuando Axel regresó y se quedó de nuevo en Byron Bay, empecé a quererlo hasta los huesos. Me bastaba con tenerlo cerca y dejar que ese sentimiento creciera lentamente a pesar de permanecer en silencio, guardado en una cajita cerrada con llave que protegía y alimentaba cuando soñaba despierta.

La primera vez que sus ojos se detuvieron en una pintura mía fue como si el mundo se parara; cada brizna de hierba, cada aleteo lejano. Me quedé sin respiración mirándolo por la ventana, mientras ladeaba la cabeza sin apartar la vista del cuadro. Lo había dejado ahí después de pasarme la mañana pintando el tramo de bosque que crecía detrás de nuestra casa, intentando seguir en vano las instrucciones de mi padre.

Cuando logré que me respondieran las piernas, salí.

—¿Esto lo hiciste tú? —me preguntó.

—Sí. —Lo miré con cautela—. Es malo.

—Es perfecto. Es… distinto.

Cruzada de brazos, noté que me sonrojaba.

—Estás quedando bien conmigo.

—No, maldición, ¿por qué piensas eso?

Dudé, sin apartar mis ojos de los suyos.

—Porque mi padre me pidió que pintara eso —señalé los árboles—, y yo he hecho esto, que no se parece en nada. Empecé bien, pero luego... luego...

—Luego hiciste tu propia versión.

—¿De verdad lo crees?

Asintió antes de sonreírme.

—Sigue haciéndolo igual.

Axel alabó ese lienzo lleno de líneas que hasta a mí me costaba comprender, aunque, de algún modo que no podía explicar, encajaban, se amoldaban, tenían sentido. Su cabello rubio oscuro se sacudió con el viento y sentí la necesidad de conseguir la mezcla perfecta que diera como resultado esa tonalidad; una base ocre con una pizca de marrón, algunas sombras en las raíces y el reflejo del sol salpicando las puntas más rubias que se curvaban con suavidad. Luego me centraría en su piel, con ese dorado por el bronceado que disimulaba las pocas pecas que tenía en la nariz, y los ojos entrecerrados, la sonrisa canalla, astuta y, al mismo tiempo, también despreocupada, dentro de su desorden, de él mismo...

13

AXEL

Pensé que sentiría un gran alivio el día que Oliver regresara para pasar la última semana del mes con su hermana, pero apenas noté la diferencia. Así de etéreo y poco perceptible fue el paso de Leah por mi casa.

Durante los siguientes días mantuve la costumbre de cocinar. No sé por qué, pero empezó a resultarme relajante. Mi vida volvió a ser como siempre: despertarme al amanecer, café, playa, almuerzo, trabajo, segundo café y la tarde más tranquila. Volví a caminar desnudo por la casa, a dejar la puerta del baño abierta cuando me bañaba, a poner la música a todo volumen al anochecer o a masturbarme en la sala. La diferencia era una cuestión de intimidad, de querer hacer todo lo que no podía en su presencia, no tanto porque quisiera, sino por la necesidad de marcar mi territorio.

El viernes había conseguido terminar dos encargos importantes, así que decidí pasar la tarde entre las olas; buscándolas, deslizándome por ellas, hasta que comencé a sentir los músculos entumecidos por el esfuerzo. Todavía era de día cuando volví a casa y me encontré a mi hermano sentado en el sofá y a mis sobrinos de seis años corriendo por la sala. Alcé una ceja mientras dejaba un rastro de agua a mi paso (¿quién quiere trapear cuando el agua se seca sola?, solo hay que tener paciencia). Justin se acercó a la zona de la cocina.

—¿Cómo se te ocurre entrar sin avisar?

—Me diste una llave —me recordó.

—Sí, para casos de emergencia.

—Este lo es. Además, si alguna vez contestaras el dichoso teléfono y no lo dejaras por ahí apagado durante días, no habría tenido que venir hasta aquí. Necesito tu ayuda.

Tomé una cerveza del refrigerador y le ofrecí otra a él, pero la rechazó.

—Habla —dije tras el primer trago.

—Hoy es nuestro aniversario.

—¿Y eso me importa porque…?

—Se me olvidó. Se me borró de la cabeza. Emily llevaba todo el día enojada, ya sabes, cerrando y abriendo las puertas, lanzándome miradas que no entendía y ese tipo de cosas. Hasta que vi qué día era y, recórcholis, ahora…

—No vuelvas a decir «recórcholis» bajo este techo.

—Es por los niños. Son esponjas, te lo juro.

—Ve al grano, Justin.

—Quédatelos. Solo esta noche.

Cerré los ojos y suspiré. ¿En qué momento mi casa se había convertido en un albergue familiar? No es que no los quisiera, amaba a mis sobrinos, adoraba a Leah, pero no tanto las responsabilidades que suponían. Yo siempre había sido muy independiente, y me gustaba estar solo. Se me daba bien. No era una de esas personas que sienten la necesidad de relacionarse, podía pasar semanas sin cruzarme con nadie y no era algo que extrañara. Pero de repente parecía destinado a experimentar los efectos de la convivencia. Solo me había quedado una vez cuidando a los gemelos, lo que me llevó al siguiente punto:

—¿Por qué no los dejas con nuestros papás?

—Hoy es el concurso de pasteles.

Me imaginé a mi madre en el tianguis lleno de comida, música y ambiente que montaban casi a las afueras, seguramente criticando los postres de los demás competidores y dispuesta a hacer llorar a la mitad de los asistentes a base de miradas punzantes solo para conseguir ganar. Byron Bay era famosa por sus muchas cafeterías, y cada una de ellas hacía sus propios pasteles caseros, aunque, sin lugar a duda, el de mi familia era el mejor.

—Está bien, lo haré —cedí y lo miré divertido—. Pero espero que el sexo de reconciliación valga la pena.

Justin me dio un puñetazo en el hombro.

—No va a haber reconciliación.

—O sea, que van a tener sexo salvaje en pleno enfado, nunca dejas de sorprenderme.

—Cállate. Emily no sabe que se me ha olvidado y nunca lo sabrá. Reservé una habitación en Ballina; le diré que era una sorpresa y que por eso llevaba todo el día sin decirle nada. —Me reí y él me fulminó con la mirada—. En cuanto a los niños, metí en la mochila todo lo que pueden necesitar y una muda de ropa. Vendremos a recogerlos mañana por la mañana. Intenta comportarte como una persona normal. Tampoco les dejes quedarse despiertos hasta muy tarde. Recuerda encender el celular.

—Me está dando dolor de cabeza.

—Y gracias por esto, Axel, te debo una.

Mi hermano se marchó después de despedirse de sus hijos con un abrazo y varios besos como si estuviera a punto de irse a la guerra y temiera no volver a verlos nunca más. Cuando cerró la puerta, hice una mueca y ellos se echaron a reír.

—De acuerdo, chicos, ¿qué les gustaría hacer?

Connor y Max me dedicaron dos sonrisas chimuelas.

—¡Comer dulces!

—¡Pintar contigo!

—¡Subir a la hamaca!

—Será mejor que hagamos una lista. —Fui a mi escritorio, tomé un papel y empecé a apuntar cada una de las tonterías que mis sobrinos soltaban. Tonterías que, por supuesto, en su mayoría me parecieron ideas maravillosas. Esa era la mejor parte de ser tío; cada vez que los veía, lo único que tenía que hacer era divertirme con ellos.

Al caer la noche, habíamos cenado espaguetis con cátsup (aunque el plato de Connor terminó siendo más bien «cátsup con espaguetis»), había sacado el viejo videojuego que guardaba encima del clóset para jugar con ellos y los había dejado que se columpiaran en la hamaca durante un buen rato. Terminé dándoles permiso para que usaran algunas de mis pinturas y, cuando volví a la sala después de lavar los platos de la cena, encontré a Max dibujando un árbol en la pared, justo al lado de la televisión. Me encogí de hombros, pensando que tenía pintura de sobra y que al día siguiente arreglaría el desastre; así que me coloqué a su espalda y le tome la mano con la que sujetaba el pincel.

—Las líneas más suaves, ¿lo ves?

—Yo también quiero —dijo Connor.

Cuando me di cuenta, ya era casi de madrugada, tenía un trozo de pared lleno de dibujos infantiles y recordé que no había encendido el celular. Justin me iba a matar. Había llegado la hora de ir a dormir. Los dos protestaron a la vez.

—¿Y qué pasa con los dulces?

—Está en la lista —me recordó Max.

—No tengo. Bueno, ahora que lo dices…

Esa semana, al hacer las compras, había agarrado un puñado de esas paletas de fresa con forma de corazón que a Leah le gustaban de niña. Saqué un par de la alacena y se las di. Encontré el celular en el cajón de la ropa interior; tenía seis llamadas de Justin, así que le escribí para asegurarle que todo iba bien. También tenía un mensaje de Madison para que nos viéramos el sábado por la noche. Respondí con un simple «sí» y volví a la sala.

—Ahora sí, chicos, a la cama.

Esta vez no opusieron resistencia. Los acompañé a la habitación de invitados y los dos se acostaron en la misma cama. Justo antes de apagar la lamparita de noche, reparé en los papeles que Leah había dejado encima de la mesita. Los tomé y me los llevé a la terraza. Encendí un cigarro y los miré. Uno a uno. Despacio. Fijándome en las espirales que llenaban la primera hoja; un dibujo mecánico y sin sentimiento, justo como lo que yo me dedicaba a hacer. Pasé un par de ellos más sin mucho interés hasta que uno me llamó poderosamente la atención. Expulsé el humo de golpe y le di la vuelta a la hoja cuando comprendí que, visto en horizontal, esas líneas temblorosas formaban el perfil de un rostro. Estaba dibujado a carboncillo. Las lágrimas negras se deslizaban por las mejillas de la chica que se había quedado congelada para siempre en ese papel, y hubo algo en su expresión que me resultó enternecedor dentro de la tristeza. Deslicé la punta de los dedos por las lágrimas y las emborroné un poco hasta convertirlas en manchas grisáceas. Y después aparté la mano como si quemara, porque yo no pintaba así, para expresar nada íntimo, no funcionaba de esa manera para mí.

14

LEAH

Llevaba meses sintiéndome egoísta e inútil, incapaz de avanzar, pero no sabía cómo cambiarlo. Un día, con los ojos hinchados y rojos de tanto llorar, me vi poniéndome un impermeable para evitar que el dolor pudiera mojarme y, de algún modo, entendí que la felicidad, la risa, el amor y todas las cosas buenas entre las que había vivido siempre tampoco podrían tocarme.

Una vez leí que los sentimientos tienen cierta mutabilidad: es posible que el dolor se transforme en apatía, por ejemplo, y que se manifieste de una manera diferente, a través de otras sensaciones. Yo había provocado eso, había logrado que mis emociones permanecieran engarrotadas, congeladas, a un nivel que me resultaba soportable de manejar. Y sin embargo…, Axel había agujereado mi impermeable en menos de tres semanas. Lo había temido desde el principio; tanto, que no quería volver a su casa, a ese sitio tan suyo que hacía que me sintiera acorralada.

Supongo que aún estaba pensando en eso cuando la última noche antes de volver a marcharse Oliver me propuso cenar una pizza y ver una película. Mi primer impulso fue decir «no». El segundo impulso fue salir corriendo para encerrarme en mi habitación. Y el tercero…, el tercero habría sido algo parecido si no hubiera sido porque las palabras de Axel sobre el esfuerzo que estaba haciendo mi hermano por mí se repitieron en mi cabeza. Me tembló la voz cuando pronuncié un «sí» bajito. Oliver sonrió, se inclinó hacia mí y me dio un beso en la frente.

MARZO

(OTOÑO)

15

AXEL

Leah volvió. Y con ella, la puerta cerrada, el silencio en casa y las miradas esquivas. Pero había algo diferente. Algo más. No se levantaba corriendo en cuanto terminaba de cenar, sino que se quedaba sentada un rato, arrugando distraída la servilleta entre los dedos, o se ofrecía para lavar los platos. A veces, por las tardes, mientras merendaba alguna fruta apoyada en la barra, miraba el mar a través de la ventana; ausente, perdida.

Esa primera semana le pregunté tres veces si quería venir conmigo a surfear, pero rechazó la oferta y, después de lo que había ocurrido la última vez, no la forcé. Tampoco dije nada cuando la gata tricolor que venía a visitarme a menudo andaba por allí y Leah estuvo dispuesta a darle las sobras de la cena. Ni cuando el primer sábado por la noche, tumbado en la hamaca, oí sus pasos a mi espalda. Había puesto el tocadiscos y, no sé por qué, pensé que los acordes de la canción se habían enredado en su pelo y la habían empujado hacia la terraza paso a paso, nota a nota.

—¿Puedo quedarme aquí?

—Claro. ¿Quieres té?

Negó con la cabeza mientras se sentaba en los almohadones sobre el suelo de madera.

—¿Qué tal la semana?

—Como todas. Normal.

Tenía muchas preguntas que hacerle, pero ninguna que ella fuera a querer responder, así que no me molesté en formularlas. Suspiré relajado, contemplando el cielo estrellado, escuchando la música, viviendo solo ese instante, ese presente.

—Axel, ¿tú eres feliz?

—¿Feliz…? Claro. Sí.

—¿Y es fácil? —susurró.

—Debería serlo, ¿no crees?

—Antes pensaba que lo era.

Me incorporé en la hamaca. Leah estaba sentada con las rodillas abrazadas contra el pecho; allí, bajo la oscuridad de la noche, parecía pequeña.

—Hay un error en lo que has dicho. Antes eras feliz precisamente porque no lo pensabas, ¿y quién lo hace cuando tiene el mundo a sus pies? Entonces solo vives, solo sientes.

Había miedo en su mirada.

Pero también vi el anhelo.

—¿Nunca volveré a ser así?

—No lo sé, Leah. ¿Tú quieres?

Tragó saliva y se lamió los labios, nerviosa, antes de tomar una brusca bocanada de aire. Me arrodillé a su lado, la tomé de la mano e intenté que me mirara a los ojos.

—No puedo... respirar...

—Ya lo sé. Despacio. Tranquila... —susurré—. Cariño, estoy aquí, estoy justo a tu lado. Cierra los ojos. Tú solo piensa..., piensa en el mar, Leah, en un mar revuelto que empieza a calmarse, ¿lo estás viendo en tu cabeza? Ya casi no hay olas...

Ni siquiera tenía claro qué estaba diciéndole, pero conseguí que Leah respirara más despacio, más relajada. La acompañé hasta su habitación y algo se agitó dentro de mí cuando en la puerta me dio las buenas noches. Compasión. Impotencia. Yo qué sé.

Esa noche rompí mi rutina. En lugar de leer un poco e irme a la cama, encendí la computadora y aparté las cosas que tenía sobre el teclado antes de teclear en el buscador «ansiedad». Estuve horas leyendo y tomando notas.

«Síndrome de estrés postraumático: trastorno psiquiátrico que aparece en personas que han vivido un episodio dramático en sus vidas.» Seguí apuntando: «Las personas que lo sufren tienen pesadillas frecuentes rememorando la experiencia. Otros signos característicos son la ansiedad, palpitaciones y secreción elevada de sudor». Y continué, incapaz de irme a dormir: «Sentirse psíquicamente distante, paralizado ante cualquier experiencia emocional normal. Perder el interés por las aficiones y diversiones».

Supe que hay cuatro tipos de estrés postraumático.

En el primero, el paciente revive constantemente el suceso que lo ha desencadenado. El segundo es la hiperexcitación, cuando se sufren signos constantes de peligro o sobresaltos. El tercero se centra en los pensamientos negativos y la culpabilidad. Y el cuarto…, carajo, el cuarto era Leah, toda ella. «Se adopta la evasión como maniobra. El paciente muestra y trasmite insensibilidad emocional e indiferencia ante actividades cotidianas; elude lugares o cosas que le hagan recordar los acontecimientos.»

El domingo me desperté al amanecer, como siempre, a pesar de haber dormido tan solo un par de horas. Era un día soleado, aunque la temperatura había bajado. Preparé café y dejé a Leah durmiendo antes de agarrar la tabla y caminar hasta la playa. Pero cuando vi los delfines tan cerca de la orilla, regresé sobre mis pasos, porque no podía dejar que se perdiera aquello y que esa mañana no terminara entre las olas a mi lado, no cuando empezaba a entenderla, como ese acertijo que deseas descifrar o esa pieza que necesitas que encaje.

Llamé a la puerta de su habitación, pero no contestó, así que terminé abriéndola sin hacer ruido. Ese fue mi primer error. Tomé aire al verla sobre la cama, de espaldas, vestida tan solo con una camiseta y la ropa interior blanca. Sus piernas desnudas estaban enredadas entre las sábanas. Ella se movió un poco y yo entorné la puerta y salí de casa.

—Carajo —mascullé mientras me abrochaba la correa.

Estuve en el agua durante varias horas.

Supongo que por eso ella vino a buscarme.

Todavía mar adentro, la distinguí sentada cerca de la orilla, con las piernas cruzadas y la mirada fija en el horizonte. Salí un poco después, con la tabla bajo el brazo y agotado. Me dejé caer a su lado sin decir nada, estirándome sobre la arena.

—Siento lo de anoche, no quería asustarte.

—Es ansiedad, Leah, no es culpa tuya; cuanto más intentes evitarlo o lo pienses, peor será. Las cosas no siempre son fáciles, pero deberías ir avanzando poco a poco.

—Nadie me cree, pero lo intento.

Yo le creía. Estaba convencido de que luchaba cada día por salir adelante sin ser consciente de que era ella misma la que se frenaba y lo impedía. Lo deseaba. Pero su instinto era más fuerte, y ese instinto le gritaba que el camino para llegar a la meta era demasiado complicado, que era más sencillo quedarse donde estaba, agazapada y protegida, anclada en un lugar que ella misma se había construido.

Al día siguiente, tras verla desaparecer por el sendero de la entrada encima de su bicicleta naranja, subí a la *pickup* y me dirigí hacia la cafetería familiar para cobrarme el favor que le había hecho a mi hermano y desayunar gratis. Pedí café y una rebanada de pastel.

—¿Cómo fue la noche? ¿Un acostón memorable?

—Mi mujer no es «un acostón», Axel. Cierra el pico.

—Está bien, tienes razón. Es un cogidón, perdona.

Mi hermano me atravesó con la mirada y yo me reí, porque lo decía en serio. Emily era una mujer tan fantástica que todavía no tenía muy claro qué hacía con Justin.

—¿Quién tiene un cogidón? —Mi padre apareció sonriente, como de costumbre. Solía intentar usar la misma jerga coloquial que los surfistas o los hippies que vivían en la zona, pero nunca lo conseguía del todo y mamá le daba un zape cada vez que lo escuchaba.

—Déjalo, papá. Es Axel. Es idiota.

—Pues tus hijos piensan que soy «el tío más increíble».

—Mis hijos tienen seis años —replicó con los ojos en blanco—. Y no te perdono que los dejaras pintar en las paredes, ¿en qué estabas pensando? El otro día arruinaron la sala y no entendían por qué los regañábamos.

—Yo les dije que podían hacerlo un día. Si ellos se han tomado la libertad de continuar el asunto, no es mi problema. Tengo que irme, hablamos mañana.

—¡Que te vaya bien, colega! —gritó mi padre sonriente.

Intenté no reírme mientras me despedía y luego subí al coche y conduje durante un buen rato hasta una ciudad cercana. No es que en Byron Bay no pudiera comprar lo que buscaba, pero había menos variedad y los precios solían ser más caros. Me tomé mi tiempo para elegir cada cosa. Quería que todo fuera nuevo, sin usar, sin marcas ni recuerdos. Aproveché para llevarme algunos materiales de trabajo que necesitaba. Cuando regresé a casa, salí a la terraza y lo dejé todo preparado. Luego metí en el refrigerador el sushi que había traído y esperé fumándome un cigarro hasta que la vi aparecer pedaleando a lo lejos.

16

LEAH

—Así que las cosas están mejor... —Blair me miró.

Asentí sin apartar los ojos del lazo morado que colgaba al final de su trenza; era un color intenso, vivo, como el de la piel de las berenjenas. Respiré hondo y, luego, hice eso que llevaba tanto tiempo evitando, interesarme por otra persona, romper la capa de indiferencia.

—¿Tú también estás bien? —pregunté.

Blair sonrió antes de contarme cómo había sido su trabajo durante las primeras semanas. Como su madre era profesora del centro, la había recomendado para que pudiera ayudar en el jardín de niños mientras estudiaba un curso de educación infantil. Ella nunca había querido salir de Byron Bay. Yo, en cambio, había soñado con ir a la universidad, estudiar Bellas Artes y regresar con la cabeza llena de ideas que plasmar. Y cuando me imaginaba haciéndolo, lo veía a él mirando mis pinturas, analizándolas con esa manera que tenía de ladear suavemente la cabeza.

Qué lejos quedaba todo aquello...

—Podríamos vernos algún día para tomar un café. O un refresco, no sé, lo que quieras. Ya sabes, ni siquiera hace falta que hablemos mucho.

—De acuerdo —accedí rápido, porque no soportaba ver a Blair así, casi suplicándome para pasar un rato conmigo, cuando tendría que estar huyendo en sentido contrario a mí y no molestarse en dirigirme la palabra ni una sola vez más.

Con las palmas de las manos sudorosas a pesar de que el viento era fresco, subí a la bicicleta y pedaleé lo más rápido que pude hacia la casa de Axel, como si con cada impulso intentara dejar atrás el desasosiego. Y lo hice, en algún momento durante el camino me quedé vacía, porque cuando llegué sentí un cosquilleo al verlo apoyado en la valla de madera con un cigarro entre los dedos. Enterré el cosquilleo. Lo enterré muy hondo. En mi mente, arañé el suelo con la punta de los dedos, excavé en la tierra, metí en ese hoyo cualquier atisbo de emoción y volví a cubrirlo.

Con un nudo en la garganta, dejé la bicicleta a un lado y subí los escalones. Había estado tan concentrada en él que no reparé en que allí había algo más, algo nuevo que no estaba en la terraza cuando me había ido esa mañana. Temblé al verlo. Un caballete impoluto y de madera clara con un lienzo en blanco encima.

—¿Qué es esto? —me falló la voz.

—Esto es para ti. ¿Qué me dices?

—No —fue casi una súplica.

—¿No? —Axel me miró sorprendido.

—No puedo… Es imposible…

Axel tragó saliva, como si no hubiera esperado mi reacción. Intenté escapar a mi habitación, pero antes de que lograra entrar en la casa él me tomó de la muñeca y tiró de mí con firmeza. «Mierda.» Sentí sus dedos rodeándome la piel…, su piel…

—Vi los dibujos que haces. Si puedes pintar sobre un papel, ¿por qué no puedes hacerlo aquí? Es lo mismo, Leah. Necesito que lo hagas. Necesito que empieces a avanzar.

Cerré los ojos. Lo odié por decirme aquello.

«Necesito…» ¿Él necesitaba? Me tragué la frustración, todavía temblando.

—Quedé con una amiga para tomar algo.

Axel me soltó de golpe. Sus ojos me taladraron en el silencio del mediodía y me empequeñecí frente a él, sintiéndolo capaz de ver a través de mi impermeable…

—Así que tendrás una cita. ¿Con quién? ¿Cuándo?

—Con Blair. No hemos concretado un día.

—¿Acaso no es un requisito para ello?

—Sí, pero lo hablaremos más adelante.

—Claro. El año que viene. O el próximo —se burló.

—Vete a la mierda, Axel.

AXEL

Oí un portazo cuando Leah desapareció, pero no me moví. Me quedé allí, delante del lienzo en blanco que había comprado esa misma mañana, con el corazón agitado. Y, maldición, ¿cuánto tiempo hacía que el corazón no me latía así, tan caótico, tan rápido? Mi vida solía ser como un mar sin olas: tranquila, serena, fácil. Solo había tenido que encajar un golpe de verdad y ese había sido la muerte de los Jones.

Recordaba aquel día como si acabara de ocurrir.

Unas horas antes, Oliver y yo habíamos salido y nos habíamos emborrachado con un grupo de turistas inglesas que nos invitaron a terminar con ellas la fiesta en el hotel. Cuando el teléfono sonó, los dos enfilábamos ya el camino de grava hacia la salida riéndonos de anécdotas de la noche anterior. El sol brillaba en lo alto de un cielo despejado y Oliver atendió la llamada todavía con una sonrisa.

Supe que era grave al ver su expresión, como si algo acabara de partirse en su interior. Oliver parpadeó y se sujetó al pilar que tenía delante cuando se le doblaron las rodillas. Murmuró: «Un accidente», y yo le quité el teléfono de las manos. Sentí la voz de mi padre como un golpe seco, duro: «Los Jones tuvieron un accidente». Y solo pude pensar en ella.

—¿Y Leah? Papá… —Tragué saliva—. ¿Leah está…?

—Está herida, pero no parece grave.

Colgué y sujeté a Oliver por los hombros mientras él vomitaba en la jardinera de aquel hotel. Mi hermano nos recogió diez minutos más tarde en una calle cercana. Diez minutos que fueron eternos, en los que él perdió el control y yo hice acopio de fuerzas para mantenerlo de pie.

No salí de la habitación durante toda la tarde. Pero sí abrí la mochila, saqué los libros e hice mi tarea. Cuando terminé, me puse los audífonos y dejé que las canciones me llenaran. Era el único nexo con el pasado que me permitía mantener, porque no podía..., no podía prescindir de él. Imposible.

Sonó *Hey Jude* y luego *Yesterday.*

Cuando llegó *Here comes the sun,* la brinqué.

Volví a *Yesterday,* a *Let it be,* a *Come together.*

Por primera vez en mucho tiempo, las horas dentro de esas cuatro paredes en las que me había sentido tan segura se me hicieron interminables. Salí casi al anochecer para ir al baño y Axel no estaba en casa, así que me acerqué a la cocina para agarrar algo de comida, evitando mirar hacia la puerta de la terraza trasera, porque seguía siendo dolorosamente consciente de lo que había allí. Abrí un par de alacenas antes de encontrar una caja de galletas Tim Tam y encogí los dedos cuando vi la bolsa que había al lado; estaba llena de paletas de fresa con forma de corazón. Estaba a punto de sacar una cuando Axel entró en casa; mojado aún, dejó la tabla en el umbral y me miró con cautela.

—Lamento lo de antes. Lo lamento mucho —dije.

—Olvídalo. ¿Qué se te antoja cenar?

—No quiero olvidarlo, Axel, es que no puedo. Siento que me ahogo cada vez que hago algo normal, algo de lo que hacía entonces, porque es como si eso significara que la vida sigue su curso y yo no entiendo cómo es posible que sea así, cuando una parte de mí sigue dentro de ese coche, con ellos, incapaz de salir de allí.

Axel se pasó una mano por el pelo húmedo suspirando. Y entonces..., entonces dijo algo que me rompió. *Crac.*

—Te echo de menos, Leah.

—¿Qué? —susurré.

Apoyó un brazo en la barra de la cocina que nos separaba.

—Echo de menos a la chica que eras antes. Ya sabes, verte pintar, bromear contigo, esa sonrisa que tenías… Y no sé cómo, pero voy a conseguir sacarte de ahí, de donde quiera que estés, y traerte de vuelta.

No dijo nada más antes de meterse en la regadera, pero esas palabras fueron suficientes para conseguir que sufriera una leve taquicardia. Me quedé quieta, con la mirada fija en la ventana y una mano sobre el pecho, temerosa de que cualquier movimiento pudiera generar un terremoto y el suelo empezara a temblar bajo mis pies. No ocurrió. La calma fue casi peor. La ausencia de ruido o caos. Solo eso, calma. De la que anuncia que la tormenta está cerca, o es una señal de que estás en el ojo del huracán.

Cuando hablé con Oliver por la noche, no le conté lo que había pasado esa tarde. Al colgar, me di cuenta de que apenas le estaba diciendo algo de lo que ocurría bajo ese techo en el que vivíamos, como si se hubiera convertido en un lugar cerrado, aislado, en el que las cosas solo tenían la importancia que nosotros queríamos darles. Y, pese a todo, Leah y yo nos entendíamos bien; podíamos enfadarnos y después cenar como dos personas civilizadas. O pasar días sin dirigirnos más que unas cuantas palabras y sin que resultara raro; de algún modo, nos acoplábamos, incluso a pesar de la tristeza que a ella la carcomía y de la desesperación que yo empezaba a sentir, porque si tenía un defecto en este mundo era la impaciencia.

Nunca había sido muy dado a esperar.

Recuerdo que, cuando era pequeño, deseaba comprarme un coche con control remoto y estuve insistiéndoles a mis padres durante días. Mi hermano se había empeñado meses atrás en un juego de mesa de lo más aburrido que a mí me hacía poner los ojos en blanco solo de oír su nombre. Así que, siguiendo mi lógica infantil, una tarde tomé la alcancía de mi hermano, saqué todo el dinero y volví a dejarla en su lugar sin que se diera cuenta. Mis padres me compraron el coche pensando que eran ahorros míos y lo disfruté jugando con Oliver por todos los caminos que había detrás de nuestras casas, poniendo trampas con piedras, troncos y hojas para ver si podía escalarlas. Durante muchas semanas, fui juntando el dinero que me ganaba portándome bien o haciendo las tareas de la casa y devolviéndolo a la alcancía de Justin poco a poco. Cuando él se decidió a comprarse su capricho, yo le había vendido el coche, ya medio destrozado, a un chico de mi colegio y no faltaba ni un céntimo del dinero que había tomado.

Y la moraleja de toda la historia es algo así como «¿Por qué esperar a conseguir algo mañana cuando puedes tenerlo hoy?».

En esos momentos la impaciencia me estaba matando.

Por Leah. Porque necesitaba verla sonreír.

Al día siguiente, cuando se levantó, me fijé en sus ojeras.

—¿Una mala noche?

—Algo así.

—Quédate aquí. Descansa.

—¿Me das permiso para no ir a clase?

—No. Eres mayor para saber si debes ir a clase. Pero si te interesa mi opinión, creo que hoy vas a perder el tiempo mirando el pizarrón y sin enterarte de nada, porque parece que estás a punto de caerte al suelo. A veces es mejor recuperar fuerzas para tomar impulso.

Leah volvió a acostarse. Yo estuve poco rato entre las olas antes de regresar a casa y prepararme un sándwich. Me senté delante de mi escritorio para intentar recuperar el trabajo que no había hecho el día anterior por ir por ese caballete que ya estaba empolvándose en la terraza trasera de mi casa. Anoté en un papel los plazos de entrega más próximos y lo clavé encima del calendario. Después adelanté algunos encargos hasta que Leah volvió a salir de su habitación casi a media mañana.

—¿Pudiste dormir?

—Sí, un poco. ¿Queda leche?

—No lo sé, tengo que ir a comprar.

—Quizá…, quizá podría acompañarte.

—Claro, me vendrá bien un poco de ayuda.

Eso y conseguir sacarla de allí, que le diera el aire al menos. Volví a concentrarme en el encargo más urgente mientras ella desayunaba sentada delante de la barra. Cuando terminó, para mi sorpresa, rodeó el escritorio y se inclinó sobre mi hombro para ver qué estaba haciendo.

—¿Qué es? —preguntó frunciendo el ceño.

—La duda ofende, son las orejas de un canguro.

—Los canguros no tienen las orejas tan largas.

Asimilé que nuestra primera conversación trivial iba a girar en torno al tamaño de las orejas de los canguros. Le pedí que tomara un taburete de la cocina y se sentara a mi lado. Codo con codo, extendí la viñeta de dibujos delante de ella.

—La cosa va de que el Señor Canguro tiene que explicarles a los niños por qué no está bien tirar basura al suelo, dejar el agua de la llave abierta o comer hamburguesas hasta reventar.

Leah parpadeó, todavía con una arruga en la frente.

—¿Qué tiene que ver eso con sus orejas?

—Es un dibujo, Leah. La gracia está en hacerlo así. Ya sabes, un poco exagerado, como con los pies más grandes o los brazos de rata. Tampoco se ríen así en la realidad.

Señalé los dientes blancos y brillantes que había dibujado en una de las viñetas y vi cómo una sonrisa temblaba en los labios de Leah antes de extinguirse de golpe, como si se hubiera dado cuenta y diera marcha atrás. Quise mantenerla a mi lado un poco más, porque la alternativa era ver cómo se encerraba en su habitación.

—¿Qué opinas de mis dotes artísticas?

Ladeó la cabeza. Lo pensó. Suspiró.

—Opino que desperdicias talento.

—Dijo la chica que ya no pinta…

Ella me dirigió una mirada dura y yo sentí alivio al ver una reacción por su parte, una respuesta inmediata. Golpe y efecto. Quizá por ahí iba la cosa: agarrar una cuerda y tensarla, tensarla y tensarla más…

—¿Y cuál es tu excusa? —replicó.

Alcé una ceja. Eso sí que no me lo esperaba.

—No sé de qué estás hablando. ¿Quieres café?

Negó con la cabeza mientras yo me levantaba para ir a la cocina. Me serví una taza, sin calentar, y volví a sentarme junto a ella delante del escritorio. Le enseñé algunos trabajos más, los últimos que había hecho, y me escuchó con atención sin hacer más preguntas ni interesarse por nada concreto. Estar con ella era fácil, cómodo, como las cosas que me gustaban de la vida.

Yo continué trabajando, y ella tomó sus audífonos y salió a la terraza trasera. Mientras delineaba el borde de los árboles que había detrás del Señor Canguro, no podía dejar de mirarla; porque allí, de espaldas, con los codos apoyados en la barandilla de madera y escuchando música, parecía tan frágil, tan difusa, tan nublada…

Esa fue la primera vez que sentí el cosquilleo.

Pero entonces no sabía que esa sensación hormigueante en la punta de los dedos significaba que deseaba dibujarla, guardarla para mí entre líneas y trazos, quedármela para siempre en los dedos llenos de pintura. No fui capaz de plasmarla real, viva, entera, hasta mucho tiempo después.

Salí al cabo de media hora, le quité los audífonos y me los puse. Sonaba *Something*. Con los primeros acordes, ese bajo alfombrando las demás notas, caí en la cuenta de que hacía una eternidad que no escuchaba a los Beatles. Tragué saliva al recordar a Douglas en su estudio hablándome de cómo sentir, de cómo vivir, de cómo llegar a ser la persona que era en ese momento, y me pregunté si una parte de mí lo habría evitado a propósito. Me quité los audífonos y se los devolví.

—¿Sigue en pie lo de acompañarme a comprar?

Fuimos a la ciudad en coche, atravesándola hasta llegar al extremo opuesto. Estacioné casi en la puerta, entramos al supermercado y avanzamos entre las estanterías. Leah agarró unas galletas para desayunar y pan de caja sin orillas.

—Pero ¿qué haces? Es casi ofensivo.

—A nadie le gusta la orilla —replicó.

—A mí me gusta la orilla. ¿Qué gracia tiene que todo el pan sea blanco, sin nada que rompa la monotonía? No, carajo. Muerdes primero los laterales y luego rematas el centro.

Vi una sonrisa tímida cruzando su rostro antes de que la cortina de pelo rubio se interpusiera cuando se inclinó para alcanzar un paquete de espaguetis. Veinte minutos después, mientras estábamos en la caja, noté que Leah parecía más relajada, como si los nubarrones que siempre llevaba en la cabeza se hubieran disipado un poco, y me dije que tenía que encontrar la manera de sacarla más de casa, de conseguir alejarla de la apatía que vestía todos los días; el siguiente mes las cosas iban a cambiar, aunque todavía no había establecido un plan.

Al salir del supermercado, estuvimos a punto de tropezar con una chica de ojos redondos y castaños que llevaba el pelo oscuro recogido en una coleta alta. Le sonrió a Leah, mirándola con cariño, y habló gesticulando con las manos.

—¡Qué casualidad! Acababa de llamarte para ver si estabas bien al no verte por el colegio, pero luego recordé que ya no tienes…, que ya no usas…

Dado que Leah no reaccionaba, intervine:

—El teléfono celular.

—Eso es. Me llamo Blair, aunque ya nos conocemos.

No la recordaba. Había conocido a varias amigas de Leah cuando la veía pasear rodeada de chicas aquí y allá, de la playa a la ciudad y de la ciudad a la playa sin ninguna preocupación a la vista y riendo como una chiquilla.

—Encantado. Axel Nguyen.

—No había dormido bien —logró decir Leah.

—Entiendo. Aun así, si te sigue interesando ese café…

—Sí le interesa —me adelanté.

Leah intentó asesinarme con la mirada.

—Venía por champú, pero estoy libre —añadió Blair.

—Y ella también. Toma —le di a Leah un par de billetes—. Coman algo juntas. Yo tengo cosas que hacer. ¿Quedamos aquí dentro de una hora?

Vi el pánico arremolinándose en sus ojos. Una parte de mí quiso hacerlo desaparecer de inmediato, pero la otra parte…, la otra se alegró, carajo. Me tragué la compasión y le di la espalda a la súplica silenciosa que sus labios no llegaron a pronunciar.

LEAH

Me quedé allí, de pie y en medio de la acera, mientras Axel desaparecía calle abajo. Tragué saliva al notar las pulsaciones más rápidas y bajé la vista al suelo. Había una hoja justo al lado del zapato de Blair. Era rojiza, con las pequeñas membranas dibujándose en su interior como un esqueleto que crecía bajo la piel llena de color. Aparté la mirada al pensar en la tonalidad, en la mezcla que daría ese resultado.

—¿Me acompañas por el champú y vamos a comer?

Asentí, ¿cómo negarme? No solo porque Axel me hubiera obligado a hacerlo, sino porque era imposible ignorar el anhelo que escondían los ojos de Blair, siempre tan transparente incluso cuando se esforzaba por no serlo. Así que volví a internarme de nuevo con ella en la zona de la farmacia, y después nos dirigimos hacia un local que estaba cerca, en el que hacían ensaladas variadas y siempre servían pescado fresco.

—Por lo que veo, la convivencia con Axel va bien.

Rodeé la mesa para sentarme enfrente de Blair.

—Algo así, hoy no ha sido su mejor día.

Ella me miró con interés cuando el mesero se marchó después de que nos tomara la orden. Me fijé en el movimiento rítmico de sus piernas por debajo de la mesa y supe que estaba nerviosa y sin saber cómo romper el hielo, algo que solo me hizo sentir peor.

—¿Sigues sintiendo algo… todavía?

No hizo falta más para que la entendiera.

—No. —«Porque ahora ya no siento nada», quise añadir, pero dejé que las palabras bajaran por mi garganta, impidiéndoles salir. Qué lejos parecía aquella época en la que me pasaba todo el día junto a Blair, jugando a hacernos mayores cuando aún éramos unas niñas, hablándole constantemente de él, de Axel, de lo mucho que lo quería, de lo especial que era, de que lo que pedí al soplar las velas en mi cumpleaños número diecisiete fue poder besarlo alguna vez y saber qué sentiría al hacerlo. Respiré hondo, incómoda y con la boca seca. Y después me propuse ser normal durante esos tres cuartos de hora que quedaban; o lo más cerca que pudiera llegar a estar de ese concepto—. ¿Qué tal te va en el trabajo?

Ella sonrió animada y feliz por tener algo de qué hablar.

—Bien, bien, aunque es mucho más sacrificado de lo que esperaba. Los niños no paran ni un momento, te juro que la primera semana estuve adolorida. Y los padres…, en fin, algunos deberían tomar clases antes de ponerse a procrear.

Esbocé una sonrisa trémula que casi me dolió.

—Es lo que siempre has querido hacer.

—Sí, lo es. ¿Y tú? ¿Vas a ir a la universidad?

—Eso parece —me encogí de hombros.

Había sido mi sueño tiempo atrás, pero en esos momentos me resultaba difusa, una carga. No quería irme. No quería estar sola en Brisbane. No quería tener que conocer gente nueva cuando ni siquiera era capaz de relacionarme con las personas que me habían visto crecer. No quería pintar ni estudiar nada que tuviera que ver con eso. No quería, pero Oliver…

Mi hermano había pasado de vivir pegado a una tabla de surf y caminar descalzo a todas horas a ponerse un traje que odiaba para trabajar como director administrativo de una importante agencia de viajes, porque él siempre había sido el mejor con los números y uno de los socios del negocio conocía a mi padre y le había ofrecido el puesto dos semanas después del accidente. Recuerdo que Oliver le dijo: «no se arrepentirá», y mi hermano era un hombre de palabra, de los que siempre cumplen lo que se proponen; como ahorrar hasta el último centavo para que yo fuera a la universidad.

Y por mucho que odiara la idea, no quería decepcionarlo, no quería causarle más dolor y más problemas, pero no sabía cómo dejar de sentirme así, tan triste, tan vacía…

—Axel parece muy directo —dijo Blair.

—Lo es. —Y estaba enfadada con él.

—También parece que se preocupa por ti.

Bajé la mirada al plato y me concentré en el color verde intenso de la lechuga, tan vibrante, el rojo del tomate y el ámbar de las pepitas, el amarillo de los granos de maíz y el morado oscuro, casi negro, de las pasas. Tomé aire. Era bonito. Todo era bonito; el mundo, el color, la vida, así lo veía antes. Si miraba a mi alrededor, solo encontraba cosas que quería transformar; plasmar mi propia versión de una ensalada, de un amanecer frente al mar o de ese bosquecillo que había delante de mi antigua casa y que, al ver la expresión de Axel contemplándolo, me hizo desear pasar el resto de mi vida con un pincel en la mano.

AXEL

Leah ya estaba delante de la puerta del supermercado cuando llegué. Estaba enfadada. Ignoré su ceño fruncido, subimos al coche y nos pasamos todo el trayecto callados. Cargué las bolsas las compras hasta la cocina y todavía no había empezado a guardar las cosas en las alacenas cuando ella apareció, furiosa y preciosa, con líneas nuevas rodeándola, delimitando contornos que el mes anterior habían estado difusos. Le brillaban los ojos.

—¡¿Cómo has podido hacerme eso?!

—¿Eso? Sé más específica, Leah.

—¡Traicionarme así! ¡Decepcionarme!

—Sí que eres de piel fina.

—Y tú sí que eres un imbécil.

—Puede ser, pero ¿la pasaste bien? ¿Qué tal es lo de relacionarse con otro ser humano?, ¿agradable? Ahora debería venir el «gracias, Axel, por ayudarme a dar el paso y ser tan paciente conmigo».

Pero no hubo nada de eso. Leah parpadeó para contener las lágrimas y, cargada de frustración, dio media vuelta y se metió en su habitación. Cerré los ojos, cansado, y apoyé la frente en la pared intentando centrarme. Quizá había sido un poco brusco, pero yo sabía…, no, sentía que era lo que tenía que hacer. Pese a ella, e incluso pese a lo que de verdad me interesaba a mí. Porque verla así, tan enojada y dolida, era mil veces mejor que verla vacía. Recordé lo que había pensado esa misma mañana: la idea de tener una cuerda en la mano y tensarla, tensarla más…, y eso fue lo que me hizo avanzar hasta su habitación y abrir sin llamar a la puerta.

—¿Puedo entrar?

—Ya estás dentro.

—Cierto. Intentaba ser educado. —Ella me fulminó con la mirada—. Vayamos al grano. ¿Me sobrepasé un poco? Sí. ¿Era por una buena causa? También. Quería avisarte que voy a seguir haciéndolo. Y sé que piensas que soy un estúpido cabrón insensible que disfruta metiendo el dedo en la herida, pero algún día, Leah, algún día me lo agradecerás. Acuérdate de esta conversación.

Ella se llevó una mano temblorosa a los labios y me susurró que me marchara antes de levantarse, abrir la ventana y tomar los audífonos que estaban sobre la mesita.

Apenas hablamos durante los siguientes días.

Me dio igual. No podía dejar de pensar en la información que había leído sobre el síndrome de estrés postraumático. Y al menos había encontrado una manera de romper esa parálisis y apatía durante unos segundos, que era mejor que nada. Cuando Leah se enfadaba, no había indiferencia en su mirada y las emociones la abrazaban sin remedio. Así que la tenía ahí, tirando de la cuerda despacio, buscando la manera correcta de hacerlo.

Oliver vino a recogerla el lunes de la última semana de marzo. Ella todavía estaba en el colegio, y yo lo abracé más fuerte que otras veces, porque lo había echado de menos, caray, y no me imaginaba lo que sería estar en su pellejo. Saqué dos cervezas del refrigerador y salimos a la terraza trasera. Encendí un cigarro y le ofrecí otro a él.

—Está bien esto de no fumar —dijo riendo.

—Es genial. Liberador. —Expulsé el humo—. ¿Cómo van las cosas por Sídney?

—Mejor que el mes pasado. ¿Qué tal aquí?

—Por el estilo. Leah avanza despacio.

Él miró la punta del cigarro y suspiró.

—Ya casi no recuerdo cómo era antes. Ya sabes, cuando se reía por cualquier cosa y era tan…, tan intensa que siempre me dio miedo que se hiciera mayor y no fuera capaz de sobrellevar sus propias emociones. Y ahora, mira. Maldita ironía.

Me tragué las palabras que me quemaban en los labios; de no hacerlo, le hubiera dicho que para mí seguía siendo igual de intensa en todos los aspectos, también a la hora de encerrarse y obligarse a no sentir nada porque, si lo hacía, sentía dolor por lo ocurrido y culpa ante la idea de seguir disfrutando de la vida cuando sus padres ya no podían hacerlo, como si no lo considerara justo. Oliver había asimilado la tragedia desde una óptica diferente; emocional, sí, pero con su parte práctica casi por obligación. Había llorado en el entierro, se había despedido de ellos y se había emborrachado conmigo la noche siguiente; después se había limitado a trabajar, a organizar las cuentas familiares y a cuidar de Leah, que estaba hasta el tope de calmantes.

Yo había pensado mucho últimamente en la muerte.

No en lo que pasa en ese adiós que todos terminaremos diciendo algún día, sino en cómo afrontarla cuando se lleva a las personas que más quieres. Me preguntaba si la tristeza y el dolor eran sentimientos instintivos o si nos habían inculcado cómo debíamos digerir ese trance.

Me terminé el cigarro.

—¿Se te antoja? —señalé el mar con la cabeza.

—¿Estás loco? Vengo directo del aeropuerto.

—Vamos, será como en los viejos tiempos.

Cinco minutos después le di un traje de baño y una tabla de surf y estábamos caminando por la arena. Aquel día hacía viento y el agua estaba fría, pero Oliver no se inmutó mientras nos adentrábamos en el mar. Algunos rayos de sol se colaban entre la telaraña de nubes que cubría el cielo e intentamos agarrar algunas olas, aunque eran bajas y apenas tenían fuerza. Tomamos un par, haciendo maniobras cortas y rápidas, y después nos quedamos tumbados sobre las tablas, de cara al horizonte.

—Conocí a alguien —dijo Oliver de pronto.

Lo miré sorprendido. Oliver «no conocía a mujeres», tan solo «se acostaba con mujeres».

—Vaya, eso sí que no me lo esperaba.

—Da igual, porque no puede ser.

—¿Por qué? ¿Está casada? ¿Te odia?

Oliver se echó a reír e intentó tirarme de la tabla.

—No es un buen momento para empezar una relación; en

76

unos meses volveré aquí y luego está Leah, responsabilidades, el tema del dinero, muchas cosas… —Nos quedamos callados, cada uno pensando en lo suyo—. ¿Tú sigues viéndote con Madison?

—Alguna vez, cuando me aburro, cosa que casi nunca ocurre ahora que trabajo como niñera de tiempo completo.

—Sabes que voy a estar siempre en deuda contigo, ¿verdad?

—No jodas, no digas tonterías.

Salimos del agua y vi la bicicleta de Leah al lado del poste de madera de la terraza. Cuando Oliver la encontró en la cocina, la abrazó con fuerza a pesar de llevar el traje de baño mojado y de que Leah no dejaba de quejarse. Se apartó de ella y, sujetándola por los hombros, la observó despacio.

—Tienes buen aspecto.

A Leah se le escapó una sonrisa.

—Tú no. Deberías afeitarte.

—Enana, te he extrañado.

Volvió a abrazarla y, cuando nuestras miradas se cruzaron mientras él la sujetaba contra su pecho, vi la gratitud reflejada en sus ojos; porque él sabía…, los dos sabíamos que ella estaba mejor, un poco más despierta.

El caos se desató en cuanto entré en casa de los Nguyen; los gemelos se lanzaron hacia mí, aferrándose a mis piernas como hacían con todo el mundo mientras su padre intentaba apartarlos y Emily me daba un beso en la mejilla. Conseguí llegar a la cocina siguiendo a Oliver, y Georgia nos abrazó a los dos como si llevara años sin vernos; a Oliver le revolvió el pelo y le pellizcó la mejilla diciéndole que estaba tan guapo que era un delito que saliera a la calle, y a mí me meció con delicadeza, como si creyera que me rompería si lo hacía más fuerte. No sé por qué, pero me emocioné como no lo había hecho las semanas anteriores. Quizá fue porque olía a harina y me recordó las tardes que ella y mamá pasaban en nuestra cocina hablando y riendo, con una copa de vino blanco en la mano y la barra llena de ingredientes. O porque estaba bajando las defensas.

La idea me aterró. Volver a sentir tanto…

Fui a la sala y me senté en un extremo del sofá deseando fundirme con la pared. Estuve un rato con la mirada fija en los pequeños hilitos que sobresalían de un lado de la alfombra, oyendo la voz fuerte y serena de Oliver mientras hablaba con Daniël de un partido de futbol australiano. Me gustaba verlo con el padre de Axel porque volvía a ser el de siempre, animado y relajado como si nada hubiera cambiado.

Axel llegó media hora más tarde; el último, claro.

Me dio un codazo cuando nos sentamos a comer.

—¿Preparada para volver mañana a la diversión?

—¿Qué tonterías dices, hijo? —replicó su madre—. Espero que no estés haciendo de las tuyas; Leah necesita tranquilidad, ¿verdad, cariño?

Asentí y removí la comida.

—Estaba bromeando, mamá. Pásame las papas.

Georgia le tendió el tazón desde el otro extremo de la mesa y el resto de la comida fue como de costumbre: conversaciones de lo más variopintas; los gemelos lanzando algunos chícharos y Axel riendo la gracia mientras su hermano y Emily se lo reprochaban con muecas; Oliver hablando con Daniël de su trabajo en Sídney, y yo contando los minutos que faltaban para regresar a casa y no tener que morirme un poco por dentro viendo a mi alrededor todo lo que no sabía cómo volver a disfrutar.

Era como si no recordara cómo ser feliz.

«¿Se podía aprender a serlo?» Como andar en bicicleta. Mantener el equilibrio, colocar bien las manos en el manubrio, la espalda recta, la mirada al frente, los pies en los pedales…

Y aún más importante, ¿era lo que quería?

ABRIL

—

(OTOÑO)

Leah regresó a casa con sus audífonos colgando sobre los hombros, la mirada esquiva y más cauta de lo normal, como si temiera que yo fuera a hacer algo imprevisto, organizar una fiesta de pijamas o tocar el pandero a las tres de la madrugada. Tenía claro que me evitaba; si entraba en la cocina, ella se iba; si salía a la terraza, ella se metía a la casa. Y quizá no debería molestarme tanto, pero lo hacía. Vaya si lo hacía.

—¿Tengo alguna enfermedad contagiosa y nadie de mi familia me ha dicho nada porque voy a morir y quieren que pase mis últimos días siendo feliz o algo así?

Ella se obligó a no reír.

—No. Al menos, que yo sepa.

Ahí estaba ese gesto que marcaba la diferencia respecto al primer mes, porque entonces solo se habría limitado a decir «no» antes de salir corriendo. Y en ese momento, aunque quería hacerlo, se mantenía delante de mí desafiante.

—Entonces estaría bien que dejaras de evitarme.

—No lo hago. Es difícil coincidir contigo.

—¿Difícil? Vivimos juntos —le recordé.

—Ya, pero siempre estás en la playa o trabajando.

—Ahora estoy aquí. Genial. ¿Qué quieres que hagamos?

—Nada, iba…, iba a escuchar música.

—Buen plan. Y luego me ayudarás a hacer la cena.

—Pero ¡Axel! Nosotros no…

—Nosotros no, ¿qué?

—No funcionamos así.

—En realidad, no funcionamos de ninguna manera. Espera, mejor dicho, tú no quieres funcionar, pero vamos a ir cambiando eso. Estoy cansado de entrar en una habitación y verte salir, y, por si te lo estás preguntando, sí, esto es ahora mismo una especie de dictadura temporal. Nos vemos en la terraza en cinco minutos.

Busqué entre los discos que acumulaban polvo al lado del baúl de madera sobre el que estaba el tocadiscos. Al final lo encontré, un vinilo de los Beatles. Limpié la cubierta con la manga de la sudadera que me había puesto porque por las noches refrescaba un poco, y lo puse.

I'm so tired empezó a sonar con suavidad mientras salía a la terraza. Me senté en los almohadones y, como si la música tirara de ella, Leah se acomodó a mi lado. Me rozó el codo con el brazo, se estremeció y aumentó la distancia entre nuestros cuerpos.

Cuando sonaron los primeros acordes de *Blackbird,* ella suspiró hondo, como si hubiera estado conteniendo el aliento. Me pregunté qué estaría sintiendo con esa música, tan cerca de mí. Tenía los labios entreabiertos y los ojos perdidos en el mar, sobre el que caía la noche.

—Esta me gusta —dije.

—*I will* —susurró ella.

—Un día, en el estudio, tu padre me obligó a escucharla de principio a fin con los ojos cerrados. —Ella hizo el amago de levantarse, pero fui lo suficiente rápido como para sujetarla del brazo y mantenerla a mi lado—. Me contó que, según decían, Paul McCartney necesitaba encontrar la inspiración en alguien que estuviera a su lado para componer; tuvo varias musas, incluida su perra a falta de una mujer, hasta que apareció Linda. Y esta fue una de las canciones que le escribió. ¿Sabes qué me dijo Douglas? Que el primer día que vio a tu madre oyó en su cabeza las notas de esta canción. Por eso siempre se la ponía cuando pintaba algo relacionado con el amor.

Leah parpadeó y yo sentí que se me encogía el pecho al ver sus pestañas mojadas, preguntándome cómo las dibujaría si me pidieran ese encargo, justo ese, el momento exacto en el que se movían como un aleteo que intentaba ahuyentar el dolor.

—¿Por qué me haces esto, Axel?

Carajo, y la súplica que había en su voz… Le limpié una lágrima con el pulgar.

—Porque esto es bueno para ti. Llorar.

—Pero me hace daño.

—El daño es un efecto colateral de vivir.

Cerró los ojos, la noté temblar y la abracé.

—Entonces, no sé si quiero vivir…

—No digas eso. Maldición, no lo digas nunca.

Me aparté de ella temiendo que fuera a derrumbarse, pero vi justo lo contrario: parecía más fuerte, más entera, como si algún pedazo se hubiera puesto en su lugar. Quería entenderla. Yo quería…, necesitaba saber qué estaba ocurriendo dentro de ella; entrar, escarbar, abrirle el corazón y verlo todo. Y la impaciencia me ganaba, la curiosidad me consumía. Intentaba dejarle espacio, pero terminaba quitándoselo.

—Sabía lo de mi padre —dijo Leah tan bajito que el viento de la noche se comía sus palabras y yo tenía que inclinarme hacia ella para oírla—. Me dijo que, si al encontrar a tu alma gemela suena una canción en tu cabeza, es un regalo. Algo especial.

Asentí, callado, con la espalda apoyada en la madera.

—¿Y a ti te ha ocurrido alguna vez?

Intenté sonar divertido, quitarle tensión al asunto, pero Leah me miró muy seria, con los labios apretados y los ojos aún brillantes después de llorar.

—Sí.

LEAH

Papá siempre estaba escuchando música y yo adoraba cada nota, cada estribillo, cada acorde; cuando regresaba a casa del colegio caminando con Blair y veía nuestro tejado a lo lejos, siempre me la imaginaba como cuatro paredes mágicas que guardaban dentro melodías y colores, emociones y vida. Mi canción preferida de pequeña era *Yellow submarine,* la podía cantar con mis padres durante horas, manchada de pintura en el estudio de papá o abrazada a mamá en el sofá, que era tan viejo que casi te hundías cuando te sentabas. Y se quedó conmigo al crecer. El ritmo infantil, las notas desordenadas, la letra tan imprevisible que hablaba del pueblo en el que nací, de un hombre que navegaba por el mar y contaba cómo era la vida en la tierra de los submarinos.

Una semana después de que yo cumpliera los dieciséis, Axel vino a casa, estuvo un rato hablando con mi padre en la sala y luego llamó a la puerta de mi habitación. Yo estaba molesta con él, porque era una niña y cosas así eran mi máxima preocupación, como que no hubiera venido a mi cumpleaños porque se fue a un concierto con un grupo de amigos a Melbourne y pasó allí el fin de semana. Lo recibí con el ceño fruncido y dejé el pincel lleno de acuarela encima del estuche abierto que tenía sobre la mesa.

—Hey, ¿por qué esa cara?

—No sé de qué hablas.

Axel sonrió de lado, esa sonrisa que hacía que me temblaran las rodillas. Y lo odié por provocar en mí ese efecto sin saberlo, porque siguiera tratándome como a una niña pequeña cuando yo me sentía muy mayor delante de él, porque ya me había roto el corazón varias veces…

—¿Qué es eso? —señalé la bolsa que llevaba.

—¿Esto? —Me miró divertido—. Esto es el regalo que no vas a tener como no desaparezca esta arruga que tienes aquí… —Se inclinó hacia mí y yo dejé de respirar cuando me alisó la frente con el pulgar. Después me lo dio—. Feliz cumpleaños, Leah.

Estaba tan emocionada que tardé medio segundo en olvidar mi enojo. Rompí la envoltura y abrí la caja pequeña con impaciencia. Era una pluma fuente fina y flexible de una conocida marca que costaba una fortuna; él sabía que había empezado a utilizarlas para perfeccionarme en otras técnicas.

—¿La compraste para mí? —me tembló la voz.

—Para que sigas creando magia.

—Axel… —Tenía un nudo en la garganta.

—Espero que algún día me dediques algún cuadro. Ya sabes, cuando seas famosa y llenes galerías de arte y ya casi no te acuerdes de ese idiota que no vino a tu cumpleaños.

Tenía la mirada borrosa y no podía ver bien su expresión, pero con el corazón latiéndome con fuerza en el pecho oí la melodía infantil, las notas se arremolinaron en mi cabeza, el sonido del mar que acompañaba los acordes iniciales…

Él no podía ni imaginarse las palabras que se me atascaron en la garganta, deseando salir. Esas que casi quemaban. Resbalaban. «Te quiero, Axel.»

Pero, cuando abrí la boca, tan solo dije:

—Todos vivimos en un submarino amarillo.

Axel frunció el ceño.

—¿Estás hablando de la canción?

Negué con la cabeza, dejándolo confundido.

—Gracias por esto. Gracias por todo.

25

AXEL

A partir del 9 de abril, cuando comenzaron las vacaciones escolares del primer trimestre, fue inevitable que empezáramos a convivir de verdad. Leah se negó a meterse en el agua por las mañanas, pero si algún día se levantaba temprano, caminaba hacia la playa y se sentaba en la arena con la taza de café en las manos. Yo la veía a lo lejos, mientras esperaba la siguiente ola con impaciencia, en el silencio que acompaña el amanecer.

Almorzábamos juntos, sin hablar demasiado.

Y luego trabajábamos. Conseguí hacerle un hueco en mi escritorio y, mientras yo terminaba encargos, ella hacía la tarea y estudiaba en silencio, con un codo apoyado en el borde y la mejilla sobre la palma de la mano. A veces me distraía su respiración pausada o que moviera las piernas bajo la mesa, pero en general estaba sorprendido por lo fácil que me resultaba tenerla al lado.

—¿Puedo poner música? —preguntó un día.

—Claro. Elige el disco que quieras.

Puso uno de mis preferidos, Nirvana.

Tras la primera semana de vacaciones, los dos teníamos ya una rutina marcada. Al atardecer, mientras yo continuaba trabajando un poco más, ella pasaba un rato a solas en su habitación, acostada en la cama o dibujando con un trozo de carboncillo casi consumido. Salía para ayudarme a hacer la cena y, al terminar, nos quedábamos un rato en la terraza.

Esa noche, la gata andaba por allí.

—Eh, mira quién está aquí. —Bajé de la hamaca y le acaricié el lomo; el animal respondió con un bufido—. Así me gusta, agradecida y dulce —ironicé.

—Iré a buscar algo de comida.

Leah apareció con una lata de atún y un cuenco lleno de agua. Se sentó en el suelo, con las piernas cruzadas y un suéter rojo viejo y lleno de bolitas, a pesar de que llevaba pantalón corto. Y allí, mirándola mientras le daba de comer a la gata, pensé…, pensé que alguien debería pintar esa escena. Alguien que pudiera hacerlo. El momento de paz, los pies descalzos, el pelo rubio revuelto y despeinado, la cara lavada y el mar hablando en susurros a lo lejos.

Aparté la vista de ella y le di un trago al té.

—En dos días empieza el Bluesfest. Iremos.

Leah alzó la cabeza hacia mí con el ceño fruncido.

—Yo no. Blair me invitó y le dije que no podía ir.

—Ah, ¿tienes algún compromiso social? ¿Una cita con el médico? Si no es el caso, te aconsejo que enciendas ese teléfono que tienes llenándose de polvo y que llames a Blair para aclararle que te equivocaste. Queda con ella. Así me despejaré un rato.

—Hablas como si fuera una carga.

—Nadie ha dicho eso —repliqué.

Aunque tal vez tuviera razón. Me motivaban sus avances, pero también echaba de menos pasar una noche por ahí, sin responsabilidades, sin estar pendiente de otra persona.

Así que, el viernes al atardecer me dirigí con Leah hacia Tyagarah Tea Tree Farm, al norte de Byron Bay, donde se celebraba el Bluesfest, uno de los festivales de música más importantes de Australia. La zona era también el hábitat de varios grupos de koalas, y la organización estaba comprometida con su cuidado, de modo que muchos turistas podían observarlos; el año anterior habían plantado ciento veinte árboles de caoba y financiaban programas de vigilancia que llevaba a cabo la Universidad de Queensland.

Divisamos docenas de carpas blancas ya desde lo lejos, antes de que nos aproximáramos a una de las varias entradas distribuidas por las hectáreas de la zona. Esperamos en aquella puerta porque Leah había quedado de verse allí con Blair después de que la amenazara con unirme a ellas.

«¿Qué dices? ¿Venir con nosotras?», había preguntado alucinada.

«Sí, a menos que hagas cosas normales, te vayas a pasar un rato con tus amigos y dejes que yo haga lo mismo con los míos. O si lo prefieres y no te incomoda, me uno a ustedes, veo cómo se hacen trencitas en el pelo e intercambiamos pulseras de colores de la amistad. Tú eliges. Hay dos opciones. A mí me sirve cualquiera, pienso emborracharme igual.»

«¿Tengo permiso para hacer eso mismo?»

«Claro que no. Ni una gota de alcohol.»

«Está bien, llamaré a Blair, tranquilo.»

No respiré aliviado hasta que vi aparecer a su amiga caminando sonriente hacia nosotros. La saludé distraído, pensando en las ganas que tenía de tomarme una cerveza, escuchar música, relajarme y hablar de cualquier cosa fácil que no implicara tensión ni ir con pies de plomo como si caminara por un campo lleno de minas.

—Recuerda estar pendiente del teléfono —le dije.

—De acuerdo, pero no…, no tardes mucho. —Me miró suplicante y estuve a punto de echarme atrás, sacarla de allí y llevármela a casa, a la seguridad de esas cuatro paredes en las que parecía sentirse cómoda.

Pero luego recordé el brillo que nacía en sus ojos cuando rompía esa capa con la que se protegía y decidí seguir adelante.

—Luego te llamo. Disfruta, Leah. Pásatela bien.

Me interné en el recinto sin mirar atrás. Como todos los años, el festival estaba lleno de gente y tardé un rato en encontrar a mis amigos cerca de uno de los muchos puestos en los que servían comida y bebida. Saludé a Jake y a Gavin dándoles una palmada en la espalda y pedí una cerveza. A esas horas, varios grupos ya estaban tocando. Tom apareció unos minutos después, ya un poco alegre.

—Hacía semanas que no se te veía el pelo.

—Ya sabes, vivo con una adolescente a tiempo completo.

—¿Dónde la dejaste? —Tom miró alrededor.

—Está con sus amigas. Ponme al corriente de todo.

Nos conocíamos desde el colegio, pero nunca habíamos llegado a tener una relación profunda; si me pedían un favor, lo hacía, y tanto Oliver como yo habíamos salido con ellos durante años, antes de irnos y después de regresar a Byron Bay, ya fuera por las noches o para pasar un rato entre las olas. Todas mis amistades, excepto la de Oliver, habían sido siempre un poco así: superficiales, sencillas, con esa sensación de que nunca traspasarían el límite marcado desde el principio. Pero a mí me bastaba.

—Pensaba que no vendrías. —Madison apareció más tarde, cuando ya llevábamos allí un par de horas y yo empezaba a preocuparme por Leah lo suficiente como para estar a punto de enviarle un mensaje para asegurarme de que todo iba bien.

Sacudí la cabeza, no era propio de mí estar tenso, intranquilo.

—¿Cómo van las cosas?

—Bien, Tom ya está borracho.

Me agaché cuando ella se puso de puntitas para darme un beso en la mejilla y, en cuanto quiso acercarse a uno de los escenarios, la seguí sin dudar. La música envolvía el ambiente y la gente se movía al son de la melodía. Bailé con ella y sentí que eso era todo lo que necesitaba. La vida que conocía; tan fácil y despreocupada, sin nada que me perturbara demasiado. Tomé su mano y le sonreí antes de darle una vuelta completa. Madison tropezó con sus propios pies y estuvo a punto de caer, pero la agarré al vuelo y los dos terminamos riéndonos a carcajadas bajo el cielo oscuro de la noche cerrada. Y entonces noté la vibración del celular.

La solté y me alejé de la música.

—¿Axel? ¿Puedes oírme? ¿Axel?

—Te escucho. ¿Eres tú, Blair?

—Sí. Necesito tu ayuda... —No entendí sus siguientes palabras—. Y no la encuentro... Estamos cerca del segundo escenario, en el puesto de comida, y yo... no sabía qué hacer...

—No te muevas, voy hacia allí.

Corrí hacia el otro extremo del festival con el corazón en la garganta. Porque solo de pensar que le hubiera ocurrido algo...

Encontré a Blair en la zona que me había indicado.

—¿Dónde está Leah?

—No lo sé. Hemos estado toda la noche bien, se estaba divirtiendo, parecía... la de antes, pero se fue con un chico del grupo y hace más de media hora que no la veo. Dejó su bolsa y estaba preocupada por ella, no sabía qué hacer...

—Quédate aquí, voy a intentar encontrarla.

Rodeé el escenario tratando de distinguirla entre la multitud que bebía, reía y saltaba al son de la música, pero parecía imposible que pudiera dar con ella en medio de tanta gente. Dejé atrás caras desconocidas y docenas de chicas rubias de cabello largo que no eran ella; recorrí toda la zona, agitado y con los nervios a flor de piel. Ya estaba planteándome qué opciones tenía, si poner un puto cartel con su cara en cada poste o preparar el discurso para contarle a Oliver que había perdido a su hermana como quien pierde una pieza del Lego, cuando la encontré.

Tomé una brusca bocanada de aire mientras caminaba hacia ella. No veía nada más. Solo la mano del chico debajo de su camiseta, acariciándole la espalda, y a ella con los ojos cerrados, casi en trance, sin reaccionar cuando él le dio un beso en los labios y se pegó más a su cuerpo, bailando al ritmo de la canción lenta que sonaba, meciéndose bajo los focos y las luces como una marioneta que se deja llevar.

—Aléjate de ella —gruñí.

El chico la soltó y Leah me miró con los ojos entrecerrados y brillantes. No solo había bebido, sino que también se había echado encima algún trago porque olía a ron y llevaba la camiseta empapada. La tomé de la mano y la arrastré a mi paso, que no era lento, ignorando sus protestas. O balbuceos. Lo que fuera.

Conseguimos salir de allí y alejarnos de la multitud.

La subí al coche. No decía nada. Apenas me miraba. Y estuvo bien, porque estaba tan enojado que me habría bastado un gesto para ponerme a gritar y desahogarme.

De todos los escenarios que me había imaginado que podrían ocurrir cuando decidí que iríamos al Bluesfest, ese era el último. Había pensado que pasaría la noche malhumorada y apartada en algún rincón; que estaría un rato con su amiga y me llamaría en cuanto se cansara. Pero no que me la encontraría borracha y… así.

Me estacioné delante de casa, todavía nervioso.

El silencio se hizo más denso cuando entramos y arrojé las llaves encima del mueble de la sala. Me pasé una mano por el pelo, debatiéndome sobre qué decir y cómo hacerlo, pero terminé dejándome llevar y alzando la voz.

—Al final va a ser verdad que sí soy tu puta niñera. ¿En qué estabas pensando, Leah? ¿Sales una noche después de un año sin pisar la calle y acabas así? ¿No controlas, no eres capaz de comportarte como una persona normal? ¿Y qué diablos hacías con ese tipo? ¿Te has vuelto loca? ¿Cómo se te ocurre desaparecer sin llevar el celular contigo, sin avisar a nadie y…?

Paré de hablar. Lo hice porque Leah me rodeó el cuello con los brazos, dejando congeladas las palabras que nunca llegué a decir, y me besó. Eso. Carajo. Se puso de puntitas y me besó. Me dio un vuelco el estómago cuando sus labios rozaron los míos y tuve que sujetarla de las caderas para apartarla.

—¿Qué estás haciendo, Leah…?

—Solo quería… sentir. Tú dijiste…

—Carajo, pero no así. Leah, cariño…

Me callé, incómodo, al verla tan vulnerable y pequeña y rota. Solo quería abrazarla durante horas y aliviar lo que fuera que empezaba a sentir. Y había olvidado cómo lo hacía ella, con esa intensidad que la cegaba, con esa impulsividad que la llamaba a saltar al vacío.

Irónicamente, todo lo que yo nunca fui.

—No me encuentro bien… —gimió.

Un segundo después, vomitó en el suelo de la sala.

—Yo me encargo de esto, tú métete en la regadera.

Leah se alejó tambaleándose un poco y dudé de si estaría lo suficientemente serena como para darse un baño, pero olía a ron y pensé que el agua la despejaría.

No entendí la última mirada dolida que me dedicó. Esa noche no entendía nada.

Limpié aquel desastre mientras oía el agua correr por las cañerías.

Me había besado. A mí. Leah.

Sacudí la cabeza contrariado.

Fui a la cocina cuando cesó el ruido del agua. Busqué en las alacenas, pero no quedaba té, me había terminado el último sobre la noche anterior. Miré a ver si tenía algo que sustituyera el sabor de Leah en los labios. Y acababa de encontrar unas galletas cuando oí su voz dulce a mi espalda.

—Necesito saber por qué nunca te fijaste en mí.

Me di la vuelta sorprendido. Y ahí estaba ella. Desnuda. Completamente desnuda. Con el pelo mojado y un charco de agua a sus pies, con las curvas de su cuerpo recortándose bajo la luz de la luna que entraba por el ventanal y los pechos pequeños y firmes, redondeados.

Estaba tan bloqueado que ni siquiera pude apartar la mirada. Se me secó la boca.

—Carajo. ¿Quieres que me dé un puto infarto? Tápate, carajo.

«No, carajo no, eso no, porque...» Se me iba a salir el corazón del pecho; seguro que pestañearía y estaría ahí, en el suelo de mi sala. Y carajo..., carajo..., no sé cuándo pasó ni por qué, pero mi cerebro se desconectó como si alguien acabara de apretar un interruptor, y dejé de pensar. Al menos, con la cabeza. Se me puso dura.

Eso fue lo único que me hizo reaccionar. La excitación.

Agarré la tela que cubría el sofá y se la puse encima. Leah sujetó los extremos casi por inercia y, por suerte, la mantuvo contra su cuerpo. Respiré aliviado, aún con las pulsaciones a mil por hora, aún excitado delante de la hermana pequeña de mi mejor amigo. Quise darme de cabezazos contra la pared.

—Vete a la cama. Ya. Te lo ruego.

Leah parpadeó, a punto de llorar, con la mirada todavía vidriosa por culpa del alcohol, y se fue a su habitación. Yo me quedé allí, respirando agitado e intentando asimilar todo lo que había ocurrido en apenas unas horas.

LEAH

—Leah, la vida hay que sentirla. Siempre.

—¿Y si lo que sentimos no siempre es bueno?

Estábamos sentadas en los escalones del porche trasero de casa y mi madre me trenzaba el cabello despacio, moviendo los mechones de pelo entre sus dedos.

—Puedes equivocarte y cometer mil errores, los humanos somos así, metemos la pata, pero para eso existe también el arrepentimiento, saber decir «lo siento» cuando uno debe hacerlo. Pero, cielo, escúchame, ¿sabes qué es lo más triste de no hacer algo por cobardía? Que, con el paso del tiempo, cuando pienses en ello solo podrás pedirte perdón a ti misma por no haberte atrevido a ser valiente. Y reconciliarse con uno mismo a veces es más complicado que hacerlo con los demás.

AXEL

«Necesito saber por qué nunca te fijaste en mí.»

Las palabras se repitieron en mi cabeza durante el resto de la noche. Tumbado en la cama, sin poder dormir, recordé el día que entré en la habitación de Leah para esperarla porque su madre me había dicho que no tardaría en llegar. Yo solía pasar un rato por la casa de los Jones siempre que visitaba a mis padres; hablaba con Douglas, me reía con Rose o me dedicaba a echarle un vistazo a las últimas pinturas de Leah.

Veía en ella magia. Todo lo que yo nunca tuve.

Recordé una tarde años atrás en que la esperé sentado en la silla que había delante de su escritorio. Estuve mirando distraído unos dibujos desperdigados entre sus tareas. Al apartar algunos, encontré su agenda abierta y llena de notas como: «Entregar el trabajo de Biología el miércoles» o «B&L, amigas para siempre». Y justo al lado, un corazón pintado de rojo con un nombre en el centro: «Axel».

Contuve la respiración. Pensé que podía tratarse de una coincidencia; seguramente, un compañero suyo de clase se llamaría igual, o algún estúpido cantante famoso que estuviera de moda. La cuestión es que, cuando ella regresó del colegio con una sonrisa inmensa, enterré el recuerdo en algún lugar perdido de mi memoria y lo dejé ahí.

No volví a buscarlo hasta esa noche en la que todo empezó a cambiar.

AXEL

Ya había amanecido cuando me desperté.

Abrí los ojos un poco desorientado. No estaba acostumbrado a seguir en la cama cuando el sol brillaba en lo alto del cielo. Claro que, por lo general, tampoco estaba acostumbrado a empalmarme viendo a una niña desnuda ni a dormirme pasadas las cinco de la madrugada dándole vueltas a lo ocurrido.

Me incorporé despacio, suspirando.

Mientras iba al baño empecé a pensar en todo lo que tenía que hablar con ella. Iba a ser complicado; para empezar, porque ni siquiera sabía qué diablos decir. «Primera prohibición: nada de besos.» Chasqueé la lengua enfadado. «Y también lo de emborracharte y terminar vomitando en mi sala.» En cuanto a lo de salir así de la regadera, bueno, también tenía un par de puntos que discutir con ella.

Las cosas iban a ser diferentes, sí. Y ella tenía que empezar a cooperar.

Abrí la puerta decidido y furioso, pero en cuanto levanté la mirada me quedé congelado en el sitio, con la vista fija en el ventanal que daba a la terraza trasera.

Leah estaba allí, delante de un lienzo que ya no era blanco y estaba lleno de marcas caóticas negras y grises. Me acerqué sigiloso hasta el marco de la ventana, como si cada trazo tirara de mí hacia ella. La observé mientras deslizaba el pincel de un lado a otro con la mano temblorosa.

No sé cuánto tiempo estuve parado al otro lado de la ventana hasta que me decidí a salir a la terraza. Leah alzó la vista hacia mí y me zambullí en sus ojos enrojecidos; en el miedo, en la vergüenza, en las ganas que tenía de salir corriendo.

—Lo de anoche nunca ocurrió —dije.

—Vale. Lo siento… Lo siento mucho.

—No puedes sentir algo que nunca ha ocurrido.

Agradecida, Leah bajó la cabeza y yo me paré a su lado, con la mirada fija en el lienzo. Entonces pude verlo bien. Las salpicaduras grises que eran estrellas sobre el cielo oscuro, las rayas que se deslizaban hacia abajo y se curvaban en las puntas como si la noche estuviera hecha de humo. Todo era humo, en realidad. Lo entendí al ver cómo se enroscaba en los bordes de los laterales, como si aquella lobreguez intentara escapar de los límites del lienzo.

—Es tremendamente siniestro —dije admirado.

—Iba…, iba a ser un regalo —titubeó.

—¿Un regalo?

—Un regalo, un «lo siento» para ti. Pintar.

—¿Has vuelto a pintar por mí, Leah?

—No. Yo solo… —Le tembló el pincel en la mano e intentó dejarlo encima de la madera, pero la sujeté de la muñeca y se lo impedí.

—No quiero que dejes de hacerlo. Y no porque estés arrepentida de eso que nunca ha ocurrido, sino porque lo necesito, aunque solo sea en blanco y negro, no me importa. Necesito lo de antes —repetí—. Ver a través de ti lo que nunca encontraré en mí. Mírame, cariño. ¿Estás entendiendo lo que intento decirte?

—Sí. Creo que sí.

LEAH

Él nunca le contó a Oliver lo que ocurrió la noche que fuimos al Bluesfest. Esa semana con mi hermano fue un descanso mental, sin presiones, sin nadie pisándome los talones a cada paso que daba. Axel me asfixiaba. Era como si todas las emociones que tanto me esforzaba por mantener controladas se desbordaran cuando él estaba cerca, y ya no sabía cómo lidiar con ello. Cada vez que daba un paso atrás, Axel me empujaba hacia delante.

—He estado pensando… —me dijo mi hermano el sábado, un día antes de volver a marcharse, mientras se secaba el pelo con una toalla—. ¿Te gustaría que salgamos a comer? Podríamos dar una vuelta.

—De acuerdo.

—Vaya, no me lo esperaba.

—¿Y por qué has preguntado?

Oliver se echó a reír y yo sentí un cosquilleo en el pecho. Mi hermano era…, era increíble. Tan leal. Tan hecho a sí mismo. Cuando el nudo que tenía en la garganta se hizo más fuerte me obligué a mantener esos sentimientos bajo control. Pude hacerlo. Porque él no era Axel. Él no tiraba más y más llevándome al límite, sino que me dejaba ese espacio que tanto necesitaba para no ahogarme.

Paseamos sin hablar por las calles de Byron Bay y terminamos delante de Miss Margarita, un restaurante bonito y pequeño de comida mexicana al que a veces íbamos con nuestros padres. Oliver me tomó de la mano cuando me quedé parada, dubitativa.

—Vamos, Leah. Seguro que Axel te está matando de hambre con esa mierda suya de ser vegetariano. No me digas que no se te hace agua la boca al pensar en un taco de carne.

Nos sentamos en una mesa de la terraza. Desde allí, al final de la calle en la que había un par de tiendas, se distinguía el azul del mar.

Pedimos tacos y burritos para compartir.

—Humm, carajo, esto sí que vale cada dólar que cuesta —dijo mi hermano mientras se relamía tras darle un bocado—. No te puedes ni imaginar lo malo que es ese mexicano que está al lado del guapo. La primera vez estuve a punto de pedir que me devolvieran el dinero, pero, ya sabes, era el nuevo y no quería armar el numerito delante de los demás. —Se chupó los dedos—. Me gusta esta salsa.

—¿Las cosas van bien por allí?

No le había preguntado demasiado por su trabajo. No porque no me interesara, sino porque me sentía tan culpable, tan mal... Saber que mi hermano estaba desperdiciando su vida, haciendo todo lo que jamás quiso hacer para cuidar de mí...

—Sí, todo bien, claro.

—Te conozco, Oliver.

—Hay días y días. No es como Byron Bay, nada lo es, ya lo sabes. —Suspiró y me pasó la mitad del burrito—. Y hay una chica que a veces me complica las cosas.

—¿Qué chica?

—Mi jefa. ¿Quieres oír algo divertido? A cambio de que sonrías como lo has hecho antes.

Sonreí en respuesta porque no pude evitarlo al ver cómo le brillaban los ojos y lo relajado que parecía recostado sobre el respaldo de la silla.

—Así me gusta. Te ves preciosa cuando lo haces, ¿lo sabías?

—No cambies de tema —dije un poco incómoda.

—Está bien. Pero no se lo dirás a nadie.

—Claro que no.

—Trato de hermanos.

—Trato —contesté, aunque sabía que solo estaba haciendo todo aquello para alargar la conversación un poco más y mantener mi atención.

—La segunda noche que pasé en Sídney estaba todavía alojado en un hotel, aburrido y un poco jodido, así que decidí irme a dar una vuelta, solo, y terminé en un bar tomando algo. Llevaba veinte minutos allí cuando ella apareció. Y era increíble. Le pregunté si podía invitarle una copa y aceptó. Estuvimos hablando un poco y al final acabamos…, ya sabes, en mi habitación.

—No hables como si fuera una niña.

—Está bien. Tuve sexo con ella. —Aguanté la risa—. ¿Y a que no adivinas a quién me encontré a la mañana siguiente cuando me dijeron que fuera al despacho a conocer a la jefa?

—¿Lo dices en serio?

—Sí, carajo. Ahí estaba.

—¿Y qué pasó?

Oliver sonrió y respiró hondo, como si acabara de demostrarse algo a sí mismo que llevaba mucho tiempo esperando. Lo entendí al ver la satisfacción en sus ojos y al darme cuenta de que hacía un rato que yo no pensaba en nada, tan solo estaba allí, en ese presente, prestándole atención a mi hermano, en una situación tan normal, tan cotidiana.

—Será mejor que nos vayamos ya.

Él asintió y se levantó para pagar.

Yo me quedé un rato aún sentada en la terraza, intentando aclarar lo que estaba sintiendo; era como flotar en medio de la nada, un limbo, un lugar entumecido y muy vivo al mismo tiempo, lleno de contrastes e incoherencias, de miedos y anhelos.

Oliver respetó el silencio mientras regresábamos andando. Al llegar a una calle que conocía bien, frené en seco.

—¿Te importa si voy a casa por mi cuenta?

—¿No vive Blair aquí?

—Sí. Tengo que hablar con ella.

—De acuerdo. Dame un beso.

Se inclinó para que pudiera alcanzar su mejilla y luego se marchó caminando a paso rápido. Yo me quedé un rato en el mismo lugar hasta que encontré el valor para llamar. Abrió la señora Anderson, sorprendida hasta que la compasión ganó la batalla e inundó sus ojos oscuros. Yo bajé la cabeza, porque no soportaba ver la lástima desperezándose poco a poco.

—Vaya, cielo, ¡qué alegría verte por aquí! Hacía tanto tiempo que… —Dejó la frase a medias y se hizo a un lado—. Blair está en su habitación. ¿Te gustaría tomar algo? ¿Un poco de jugo?, ¿café?

—Gracias, pero no es necesario.

Me indicó el camino hacia el dormitorio de su hija. Recorrí el pasillo con el corazón en la garganta. Las pulsaciones se me dispararon. Tantos momentos felices que había vivido allí…

Tomé aire y llamé a la puerta antes de abrir.

Al verme, Blair se llevó una mano al pecho.

—¡No lo puedo creer! —Sonrió, y se dio un golpe en el meñique al levantarse corriendo de la cama para venir hacia mí—. ¡Auch, carajo! Nada, no importa. El dolor es solo mental, ¿no es eso lo que dicen? Vamos, ven, siéntate aquí. ¿Todo bien? ¿Ha ocurrido algo? Porque si necesitas cualquier cosa, ya sabes…, bueno, lo sabes.

—No necesito nada. Solo quería pedirte perdón.

Tenía la sensación de que me pasaba los días pidiendo perdón. Pero es que me sentía tan culpable, tan mal, tan nociva… Sabía que estaba haciendo daño a todas las personas a las que quería y aun así no podía evitarlo, porque la alternativa era demasiado…, demasiado, a secas.

—¿Por qué ibas a hacer eso?

—Por lo que ocurrió en el festival.

—No digas tonterías. Me gustó que te animaras a ir.

—No debería haber bebido ni ponerte en un aprieto.

Blair sacudió la mano.

—Olvídalo. Lo importante es que estuviste allí.

—Gracias por ser así —susurré.

Me senté a los pies de la cama, cerca de ella. Contemplé la habitación, fijándome en las fotografías de las dos y de otros amigos que llenaban el corcho colgado encima del escritorio, justo al lado de un cuadro que había pintado para ella por su cumpleaños, y que mostraba su delicada silueta de espaldas frente a un mar embravecido. Porque, para mí, Blair siempre había sido un poco así, la calma en medio del caos. La calma en medio de mí misma. Una vez, mi padre me dijo que todos necesitamos un ancla; en cierto modo, ella había sido la mía.

—La próxima vez haremos algo tranquilo —dijo.

—Sí, será mejor. No sé qué me pasó.

—¿A qué te refieres?

Y no sé si fue porque no sabía qué más decir antes de irme de allí, si fue por su mirada llena de nostalgia o a causa del momento extraño que estábamos viviendo, pero lo solté de golpe, con las ideas revueltas y la garganta seca:

—Me desnudé delante de él.

—¿Cómo dices?

—Delante de Axel. Y lo besé.

—Caray, Leah. ¿Hablas en serio?

—No era yo misma —me defendí.

Los rasgos de Blair se suavizaron y sus ojos se llenaron de ternura. Alargó una mano y la apoyó encima de la mía antes de darme un apretón que me calentó por dentro, como si ese contacto fuera una descarga de recuerdos, de una sensación tan familiar, de su amistad.

—¿No te has dado cuenta, Leah? Eras más tú que nunca. La de verdad. ¿Ya no te acuerdas? Siempre fuiste así. Visceral. Impredecible. Hacías cualquier locura que te pasara por la cabeza, me arrastrabas a mí contigo y eso…, eso me hacía sentir muy viva. Lo echo de menos.

Me levanté temblando.

—Tengo que irme.

30

AXEL

Acostada en la cama, se quitó el sostén y tiró de mi mano hacia ella. Caí a su lado de rodillas. Clavé la mirada en aquel cuerpo femenino al tiempo que alargaba un brazo y le acariciaba las piernas, ascendiendo con lentitud. Madison separó las rodillas para que pudiera tocarla, y cuando lo hice, ella se arqueó en respuesta, gimiendo.

Entonces pensé en unos pechos más pequeños, más redondeados; diferentes. «Carajo.» Sacudí la cabeza para alejar esa imagen, el recuerdo.

Me acosté. Madison trepó por mi cuerpo, me puso un condón y me olvidé de todo, del resto del mundo, de cualquier otra cosa que no fuéramos nosotros dos moviéndonos al mismo ritmo, sus gemidos en mi oreja, el placer volviéndose más intenso; la necesidad, el sexo, ese momento. Solo eso.

MAYO

—

(OTOÑO)

31

AXEL

En esa ocasión no dejé unos días de margen, ni siquiera unas horas. En cuanto Leah entró en casa, agarré su maleta y la llevé a la habitación. Ella me siguió desconcertada.

—¿Qué está ocurriendo? —preguntó.

—Vamos a poner orden. A hablar. Ya sabes, esas cosas normales. He estado pensando a lo largo de toda esta semana en lo que dijiste y me di cuenta de que debería haberlo entendido antes. Sentir. Tú tienes que sentir. Es eso, ¿no, Leah?

—No. —Estaba asustada.

—Vamos a la terraza.

Una vez allí, ella se cruzó de brazos.

—Te prometí que pintaría.

—Y lo harás. Pero no es suficiente. Una noche, aquí mismo, me preguntaste si algún día volverías a ser feliz, ¿lo recuerdas? Y yo te planteé a ti si querías serlo, pero no pudiste responder porque te entró un ataque de ansiedad. Contesta ahora. Vamos.

Estaba tan bloqueada, tan perdida…

—No lo sé… —jadeó.

—Sí lo sabes. Mírame.

—No me hagas esto, no así.

—Ya lo estoy haciendo, Leah.

—Tú no tienes ningún derecho…

—Ah, lo tengo. Carajo si lo tengo. Te lo dije, Leah. Te dije que no pararía, aunque pensaras que estaba metiendo el dedo en la herida. Que me lo agradecerías. Y voy a seguir, porque, ¿sabes qué?, ya te he roto. Puedo verlo. No voy a permitir que vuelvas a cerrarte en banda. Y ahora responde a la pregunta: ¿quieres ser feliz?

Le tembló el labio. Sus ojos eran lava fundida; intensos, atravesándome como si intentaran hacerme daño. Así quería verla siempre. Así. Llena de emociones, aunque fueran malas, aunque fueran contra mí. Podía soportar eso.

—¡No quiero! —gritó.

—Por fin eres sincera.

—¡Que te jodan, Axel!

Intentó entrar a la casa, pero me puse delante de la puerta.

—¿Por qué no quieres ser feliz?

—¿Cómo puedes preguntármelo?

—Abriendo la boca. Haciéndolo.

—Odio cómo eres. Te odio ahora.

Aguanté. Me repetí que el odio era un sentimiento. Uno de los más fuertes, capaz de sacudir a las personas como lo estaba haciendo con ella.

—Puedes llorar, Leah. Conmigo sí.

—Contigo…, tú eres la última persona…

No pudo terminar la frase antes de que un sollozo escapara de su garganta. Y entonces sí, di un paso al frente y la retuve con suavidad, abrazándola, sintiéndola sacudirse contra mí. Cerré los ojos. Yo casi podía palpar su enfado, la rabia y el dolor, de una manera tan intensa que sabía que estaba cegada, anclada en ese punto en el que solo puedes pensar: «Es injusto, es injusto, es injusto». Una parte de mí se compadecía de ella; a veces tan solo tenía ganas de sentarme a su lado en silencio y cederle terreno, pero después recordaba a la chica llena de color que debía de estar escondida en algún lugar, dentro de sí misma, y entonces la idea de sacarla de ahí era lo único en lo que podía pensar, casi de forma obsesiva.

Hablé con los labios sobre su pelo enredado.

—Siento haberte hecho esta especie de emboscada, pero es lo mejor para ti. Ya lo verás. Ya lo entenderás. Me perdonarás, ¿verdad, Leah? Lo del odio no acabo de entenderlo del todo. —Ella sonrió entre lágrimas—. Vamos a hacer esto juntos, ¿de acuerdo? Me encargaré de todo, tú solo tienes que seguirme y ya está. Yo te guío si estás dispuesta a darme la mano.

La extendí delante de ella. Leah dudó.

Su mirada recorrió la palma de mi mano despacio, como si se detuviera en cada línea y cada marca; luego sus dedos me rozaron con timidez y se quedaron ahí. Los apreté entre los míos.

—Tenemos un trato —dije.

Dos días después, me crucé de brazos delante de ella.

—Primera norma: mi rutina es tu rutina. A partir de ahora, harás lo mismo que yo cuando estés en casa. Eso implica surf todas las mañanas. No, déjame terminar antes de quejarte. Somos un equipo, esa es la idea; si yo estoy entre las olas (y créeme, tiene que ser así), tú estarás a mi lado. Comeremos juntos. Por la tarde, mientras trabaje, harás la tarea. Después habrá un poco de tiempo libre, ya sabes que soy muy flexible. No te rías, lo digo en serio, ¿por qué me miras así?

Leah alzó una ceja.

—Tú no eres nada flexible.

—¿Quién diablos dice eso?

Ella puso los ojos en blanco.

—De acuerdo, pues si nadie lo dice, todo aclarado. Sigamos. Después de cenar, pasaremos un rato en la terraza y a dormir. ¿Sabes que la mayoría de las tribus funcionan así? Hay un orden, una serie de actividades a lo largo del día que deben hacerse y una estructura piramidal. Es sencillo.

—¿Por qué tú estás más alto en la pirámide?

—Porque agrado más. Evidentemente.

—Así que será como vivir en una cárcel.

—Sí, pero piensa que no está mal como alternativa, teniendo en cuenta que llevas aquí tres meses sin hacer nada. Así no te aburrirás.

—¡Pero no es justo! —replicó indignada.

—Cariño, ya te darás cuenta de que nada lo es.

Leah resopló y me pareció más niña que nunca. Estaba a punto de seguir explicándole cómo íbamos a funcionar cuando ella pasó por mi lado con una sonrisa. La seguí con la mirada hasta distinguir a la gata tricolor que estaba sentada delante de la puerta trasera, en la terraza, sin entrar en casa, como si respetara mi espacio y quisiera marcar unos límites.

—Volvió —dijo Leah—. ¿Tenemos algo para darle?

Con un suspiro, fui a la cocina. Leah apareció a mi lado, abrió una alacena y se quedó paralizada cuando sus dedos tantearon esa bolsa que seguía llena de paletas de fresa. Apartó la mano con rapidez y agarró una lata de atún que había cerca.

Me senté junto a ella en la terraza.

—¿De dónde vendrá? —preguntó.

—Yo qué sé. De ningún lugar, quizá.

—Axel… —negó con la cabeza.

—¿Qué? Yo, si fuera un gato, querría ser salvaje. Mírala, seguro que vive en el bosque cazando, y cuando se despierta un día un poco perezosa, piensa: «Eh, qué diablos, voy a dar un paseo hasta la casa de Axel y a vaciar su despensa». Y aquí está.

Su risa llenó la terraza, me llenó a mí, lo llenó todo.

La gata ronroneó tras terminar de comer cuando ella le acarició el lomo y luego se echó sobre el suelo de madera y se quedó ahí, mirándonos bajo el sol del atardecer de un miércoles cualquiera. Yo estiré las piernas. Leah estaba sentada al estilo indio.

—Así que, retomando el tema, ¿entendiste todo?

—No hay nada que entender, solo tengo que hacer todo lo que tú hagas.

—Exacto. Qué razonable eres, cariño —bromeé.

—No me llames así más —susurró con una mirada dura, intensa.

—¿Qué dices?

—Eso… eso de «cariño» —logró decir.

—Siempre lo he hecho. No es…, no significa…

—Ya lo sé. —Bajó la cabeza y el pelo rubio escondió su expresión.

Necesité unos segundos para asimilar aquello, intentar entenderla. Tenía la sensación de haber pasado años alrededor de una persona que nunca había llegado a conocer del todo. Me había quedado en la superficie, sin rascar ni quitar el polvo que recubre las cosas que uno intenta olvidar y deja guardadas en el desván. Y en esos momentos la tenía ahí delante, tan diferente a lo que recordaba, igual pero distinta. Más compleja que nunca, más enredada en su madurez.

—Está bien. No volveré a llamarte así.

—No es por la palabra, es por el cómo.

—¿Quieres explicármelo?

Ella negó y yo no la presioné.

Me levanté, fui hasta el tocadiscos y elegí un disco de Elvis Presley. Coloqué la aguja en el surco y me quedé contemplando el vinilo girando con suavidad y las líneas curvas moviéndose antes de regresar a la terraza.

Vivimos en silencio aquel atardecer de música.

LEAH

Recuerdo la primera vez que me rompieron el corazón. Yo había imaginado que sería como un crac seco, contundente, de golpe. Pero no ocurrió de esa manera, sino trozo a trozo; pedacitos pequeños, casi diminutos, punzantes. Así fue como di la bienvenida a un año nuevo.

Tenía quince años y mis padres se habían ido a celebrar esa noche con los Nguyen a Brisbane, a una fiesta de unos amigos que tenían una galería de arte con la que, a veces, papá había colaborado. Estuve suplicando durante semanas, y al final me permitieron quedarme con Oliver y Axel, que iban a estar en casa con unos amigos.

Nunca antes me había maquillado, pero ese día Blair me ayudó: un poco de rímel, rubor y labial casi transparente. Estrené un vestido negro y ajustado y me dejé el cabello suelto. Al mirarme en el espejo, me vi mayor y guapa. Sonreí hasta que Blair empezó a reírse a mi espalda.

—¿En qué estás pensando? —me preguntó.

—En que me gustaría que fuera mi primer beso.

Blair suspiró sonoramente y me arrebató el brillo de labios para aplicarse un poco delante del espejo. Se dio la vuelta y me colocó bien el pelo por la espalda.

—Podrías besar a cualquier chico de clase.

—Ninguno me gusta —contesté decidida.

—Kevin Jax está loco por ti y es guapísimo, cualquier chica desearía salir con él. ¿Te has fijado en sus ojos? Son de dos colores distintos.

No me importaba nada Kevin ni tampoco que Axel fuera diez años más mayor. Solo podía pensar en él; en el cosquilleo que me acompañaba desde que había vuelto a Byron Bay, en lo mucho que me afectaba una mirada suya o verlo sonreír, como si todo lo demás se congelara.

Oliver me miró ceñudo cuando salí al comedor.

—¿Qué llevas puesto?

—Un vestido.

—Un vestido muy corto.

—Se llevan así —repliqué y, al ver que no parecía convencido, fui hacia él y lo abracé—. Vamos, Oliver, no seas aguafiestas, que es mi primera noche de fin de año sin los papás.

—Más te vale no darme trabajo.

—No lo haré. Te lo prometo.

Él sonrió y me dio un beso en la frente.

Me despedí de Blair y ayudé a mi hermano con los preparativos de la cena, aunque casi todo era precocinado. Oliver puso la mesa grande en el centro de la sala y yo extendí un mantel y llevé los cubiertos y los vasos. El timbre sonó mientras colocaba bien un tenedor encima de la servilleta de color amarillo. Recuerdo ese detalle porque, en ese momento, oí la voz de Axel y me dio un vuelco el estómago, así que centré la mirada en los pequeños cuadraditos del estampado.

—¿Dónde dejo la bebida? —preguntó.

—Mejor en el comedor —le dijo Oliver.

Me di la vuelta hacia él con las rodillas temblorosas.

No sé qué esperaba. No sé si pensaba que él me vería con aquel vestido negro y los ojos pintados y de repente dejaría de parecerle una niña pequeña, aunque siguiera siéndolo. Se fijó. Sí lo hizo. Lo sé porque Axel siempre ha sido muy transparente en sus gestos, pero no pareció sorprendido.

Dejó las botellas y me dio un beso en la mejilla.

—Cariño, ¿puedes poner un cubierto más?

Lo odié. Odié ese «cariño» con el que solía dirigirse a mí como si fuera una niña, ese que no tenía nada que ver con el tono que seguramente usaba en la intimidad. Tan tierno, tan de hermano mayor, tan… de todo lo que no quería que fuera.

Un rato más tarde llegaron los demás. Jake, Tom, Gavin y dos chicas morenas.

Apenas abrí la boca durante la cena. Tampoco tuve la oportunidad, porque Axel, Oliver y sus amigos hablaban de sus cosas, de anécdotas del pasado, de lo que habían hecho el fin de semana anterior, de lo que pensaban hacer los siguientes, de asuntos que les concernían solo a ellos y de los que yo no formaba parte. Nadie parecía reparar demasiado en mi presencia. Estaba removiendo la comida cuando él me habló.

—¿Empiezas las clases este mes?

—Sí, en unas semanas.

La chica que tenía al lado le dijo algo que no llegué a entender y él se echó a reír y apartó la mirada de mí. Volví a concentrarme en mi plato, intentando ignorar la sonrisa que Axel acababa de dedicarle a Zoe; al lado de ella, me sentí pequeña e irrelevante, totalmente transparente para él. Y lo fui durante el resto de la noche, mientras ellos bebían y hablaban y despedían el año chocando sus copas, yo con mi vaso de agua.

El nudo que tenía en el estómago se fue apretando cuando Axel se terminó la tercera copa y empezó a tontear con Zoe; bailó con ella la canción que sonaba en estéreo, deslizando las manos por su cuerpo curvilíneo, apretándola contra él mientras reía con los ojos brillantes y le susurraba palabras al oído.

—Leah, ¿estás bien? —Oliver me miró.

—Un poco cansada —mentí.

—Vete a dormir, si quieres. Bajaremos la música.

—No hace falta. Buenas noches.

Le di un beso en la mejilla a mi hermano y me despedí de los demás casi sin mirarlos antes de subir las escaleras y meterme en mi habitación. Encendí la luz de la lámpara de noche y me saqué el vestido por la cabeza, dejándolo arrugado a los pies de la cama. Sentada delante del escritorio, me quité el maquillaje con una toallita húmeda; miré los trazos negros que la cubrían cuando terminé y pensé que esos surcos oscuros plasmaban bien lo que había sido la noche. Todo por mi culpa, por pensar que él se fijaría en mí. Me habría conformado solo con una mirada. Una. Algo más que ese «cariño» fraternal. Cualquier pequeño gesto de Axel me bastaba para guardarlo en mi memoria, aferrarme a ello…

Me puse una pijama corta y me acosté.

No podía dormir. Estuve horas escuchando la música, dando vueltas en la cama, pensando en él y en lo niña que me había sentido, arrepintiéndome por no haberme ido con mis padres a esa fiesta en Brisbane; al menos así habría evitado ser una carga para mi hermano.

No sé qué hora era cuando oí el primer golpe en la pared seguido de risas. Tragué saliva al distinguir la voz de Axel desde la habitación de al lado, antes que la de ella la silenciara y no se oyera nada durante unos minutos. Después sus gemidos y el pequeño golpeteo del cabezal de la cama contra la pared lo inundaron todo.

Se me revolvió el estómago y cerré los ojos.

Él embistiéndola. Y más gemidos.

Dolor. Y un trozo. Un pedazo roto. Otro más.

Escondí la cabeza debajo de la almohada para llorar.

Así fue como supe que hay corazones que se rompen poco a poco, en noches eternas que olvidar, en años siendo invisible, en días imaginando un imposible.

AXEL

La miré, acostado encima de la tabla. Observé cómo agarraba una ola y se movía a través de ella con el cuerpo inclinado hacia delante y las piernas flexionadas, manteniendo el equilibrio al alzarse por la pared de la ola.

Sonreí cuando se cayó y nadé hacia allí.

—Nadie diría que llevas un año sin practicar.

Leah me miró agradecida y subió a la tabla. Nos quedamos en silencio, con la mirada fija en la mañana que se desperezaba tras el horizonte. No había muchas olas.

—¿Por qué esto? ¿Por qué al amanecer?

—¿Surfear? Es una buena forma de iniciar el día, ¿no crees?

—Supongo que sí. ¿Cuándo empezaste a hacerlo?

—No lo sé. Miento. Sí lo sé. Fue por tu padre. ¿Quieres escucharlo?

Dudó, pero terminó asintiendo.

—Ocurrió hace años. Yo estaba un poco decepcionado conmigo mismo, ¿sabes cómo es eso, Leah? La sensación de sentir que te has fallado, que, por más que buscas, no encuentras eso que deberías tener. La cuestión es que vino a verme una tarde. Hacía poco que había comprado esta casa y, quizá no lo sepas, pero lo hice porque me enamoré de ella; no, peor, me enamoré de la idea de todo lo que imaginaba que haría aquí. Pero eso… nunca fue. Douglas trajo un par de cervezas y nos sentamos en la terraza. Entonces hizo la pregunta que yo no quería escuchar.

—Si habías pintado… —adivinó en un susurro.

—Le contesté que no, que no podía hacerlo. Algún día, Leah…, algún día te explicaré por qué y quizá así te valores todavía más —suspiré—. Yo le conté lo que me ocurría y Douglas lo entendió, siempre lo hacía. Esa noche me ayudó a subir el caballete encima del clóset y a guardar todas las pinturas que tenía desperdigadas por la sala.

Despejé el escritorio y decidí que me dedicaría a otra cosa. Y luego estuvimos hablando un rato más; de todo y de nada, de la vida, ya sabes cómo era tu padre. Cuando se fue, me quedé toda la noche en la terraza, contando estrellas y bebiendo y pensando...

—Me va a doler... —murmuró Leah.

—Sí. Porque esa noche entendí que no valía la pena ser infeliz. Y en algún momento, por mucho que te duela seguir adelante, a ti también te ocurrirá. Me di cuenta de que tenía que disfrutar cada día. Pensé que la mejor forma era empezar haciendo lo que más me gustaba; el surf, el mar, el sol. Y luego iría improvisando. Pero tomaría el placer, las pequeñas cosas, la música, la tranquilidad; elegiría todo lo que me llenara.

—Pero a mí no me llena nada, Axel.

—No es cierto. Te llenan muchas cosas, pero todas están relacionadas con tu pasado, con tus padres, y no quieres volver allí, así que las evitas cuando curiosamente..., curiosamente sigues anclada en ese momento. Es irónico, ¿nunca lo has pensado?

Leah se quedó mirando las olas, mientras el sol del amanecer le acariciaba la piel y creaba sombras y luces sobre el lienzo de su rostro. Volví a sentir ese hormigueo en la punta de los dedos. Volví a pensar que alguien debería dibujarla en ese preciso instante: sentada sobre su tabla con la espalda recta y la mirada triste.

—Supongo que tienes razón. Pero no puedo...

—Con el tiempo, Leah, confía en mí.

—¿Cómo? Si siempre duele. Siempre.

—Existen tres maneras de vivir la vida. Están las personas que solo piensan en el futuro; seguro que has conocido a muchas, ese tipo de gente que se pasa el día preocupándose por cosas que no han ocurrido, como las enfermedades que podrían llegar a sufrir algún día, por ejemplo. Y siempre tienen metas, aunque casi les resulta más satisfactorio el hecho de alcanzarlas que disfrutar de lo que sea que se hayan propuesto. Suelen ahorrar, que no es que sea malo, pero lo hacen para «ese viaje largo que ya haremos algún día», «esa casa que nos compraremos cuando nos jubilemos».

Una sonrisa apareció en la comisura de su boca.

—Tu madre es un poco así —comentó.

—Mi madre es totalmente así. Y no es que esté mal ser previsor, pero a veces resulta frustrante porque ¿y si mañana le ocurriera algo? Lleva veinte años soñando con ir a Roma y mi padre ya le ha propuesto hacerlo en varias ocasiones, pero siempre encuentra una excusa para seguir atrasándolo porque, pensando desde su lógica, viajar nunca va a ser una prioridad, claro, sino un capricho. Así que, sí, caray, debería abrir la cuenta de ahorros, largarse y vivir la experiencia ahora, ya, este mes.

—Tienes razón —admitió Leah.

—Luego están las que viven en el pasado. Personas que han sufrido, a las que les han hecho daño o algo las ha marcado. Personas que se quedan estancadas en una realidad que ya no existe, y creo que eso es lo más jodidamente triste de todo. Saber que ese momento, esas carencias que los acompañan, se desvanecieron y tan solo viven en sus recuerdos.

—Esa soy yo, ¿verdad? —preguntó muy bajito.

—Sí, eres tú. La vida ha seguido su curso y te has quedado atrás. Y lo entiendo, Leah. Sé que, después de lo que ocurrió, te resultaba imposible agarrar impulso e incorporarte. Aún más, tampoco querías hacerlo. He estado dándole vueltas estos días, comprendiendo que te debió de resultar más fácil renunciar a sentir que afrontar el dolor, y entonces, supongo que simplemente tomaste una decisión. ¿Cómo fue?

—No lo sé, no hubo un momento concreto…

—¿Estás segura? ¿Nada lo condicionó?

Yo recordaba esos primeros días después del accidente. Leah estaba en el hospital y había llorado y gritado entre los brazos de mi madre, que la sostenía con fuerza contra su cuerpo intentando calmarla. Toda ella había sido… dolor, en su máxima expresión. Tal y como lo sentiría cualquiera que acabara de perder a las dos personas que más quería en el mundo. Nada fuera de lo normal, ni siquiera durante el funeral.

La pérdida es así. El duelo. El llanto. Y luego, conforme pasa el tiempo, te vas lamiendo las heridas, vas asimilando lo ocurrido y los cambios que eso supone en tu vida, lo que has dejado atrás y sus implicaciones.

Ese es el paso que ella nunca llegó a dar.

Se quedó en el anterior, en el duelo. Se quedó tanto tiempo empapada de ese dolor que una parte de su subconsciente debió de pensar que era más fácil crear una barrera para aislarse y así encontrar la calma.

—Ya te lo dije. No hubo un instante que marcara la diferencia —contestó, y me di cuenta de que estaba siendo sincera. Se aferró a la tabla cuando una ola un poco más fuerte nos zarandeó—. Te falta una, Axel. Háblame de la tercera forma de vivir.

—El presente. Puedes seguir reteniendo recuerdos, eso no es malo, ni tampoco pensar de vez en cuando en el futuro, pero la mayoría del tiempo la mente no debería estar ni en algo que ha pasado ya ni en algo que no sabemos si pasará, sino aquí, en el ahora.

—Ese eres tú. —Me sonrió.

—Lo intento. Mira a tu alrededor, fíjate en el sol, en los colores del cielo, en el mar. Caray, ¿no es todo increíble cuando te paras a mirarlo de verdad? A sentirlo, Leah. La sensación de estar en el agua, el olor de la playa, el viento templado…

Ella cerró los ojos y su rostro se llenó de paz, porque estaba a mi lado sintiendo lo mismo que yo, fija en ese momento y en nada más, como una tachuela que cuelgas en la pared y no se mueve de ahí, no va hacia atrás ni hacia delante, no va a ningún sitio.

—No abras los ojos, Leah.

—¿Por qué?

—Porque ahora voy a enseñarte algo crucial.

Se quedó quieta. No se oía nada. Solo teníamos el mar a nuestro alrededor y el sol alzándose despacio. Y en medio de esa calma, me eché a reír y, antes de que ella pudiera entender qué estaba pasando, la tiré de la tabla.

Salió del agua rápidamente.

—¿¡Por qué has hecho eso!? —gritó.

—¿Y por qué no? Empezaba a aburrirme.

—¿Qué problema tienes?

Se lanzó hacia mí y dejé que me hundiera la cabeza, pero la arrastré conmigo hacia el fondo. Emergimos unos segundos después; Leah tosiendo, yo todavía sonriendo. Y en ese momento, cuando el amanecer casi llegaba a su fin, me di cuenta de lo cerca que estábamos, de que le estaba rodeando la cintura con una mano y de que, por alguna razón, ese gesto ya no me resultaba tan cómodo como antes, cuando años atrás Leah se venía a surfear con Oliver y conmigo un día cualquiera.

La solté inquieto.

—Será mejor que salgamos ya o llegarás tarde al colegio.

—Dice el que acaba de tirarme de la tabla como un niño.

—Ya casi había olvidado lo contestona que eras.

Leah resopló sin poder ocultar una sonrisa.

—No me jodas —mascullé.

—Esa boca, hijo. Menudos modales.

Mi madre entró en casa sin avisar, cargada con bolsas suficientes como para abastecer a un ejército y seguida por los gemelos, mi hermano, mi cuñada y mi padre. Era sábado, así que tardé un par de minutos en asimilar la escena mientras todos me saludaban.

—¿Qué demonios están haciendo aquí? ¿Y quién está en la cafetería?

—¡Demonios! —gritó Max, y su padre le tapó la boca como si acabara de decir «hijo de puta» o algo peor.

—Es festivo, ¿lo olvidaste?

—Evidentemente sí.

—¿Dónde está Leah?

—Durmiendo.

En ese momento ella abrió la puerta de su habitación, todavía bostezando, y los gemelos se lanzaron a abrazarla; quizá ellos eran los menos conscientes de que esa chica que antes se dedicaba a disfrazarlos y a jugar ya no era la misma. Leah los tomó en sus brazos y dejó que mi madre la agobiara un rato.

—¿Por qué están aquí? —pregunté.

—Siempre alegre de vernos —ironizó Justin.

—Colega, tu madre pensó que podríamos pasar el día todos juntos e intentó llamarte, pero tenías el teléfono apagado —dijo mi padre.

Mi madre resopló mientras vaciaba las bolsas.

—No llames a tu hijo colega.

—¿Acaso no lo somos? —Papá me miró.

Iba a contestar cuando mi madre me señaló.

—¿Para qué tienes ese aparato si nunca lo usas?

—Sí lo hago. A veces. De vez en cuando.

—Es un ermitaño, déjalo —intervino Justin.

—Oliver está harto de decirte que lo tengas encendido y a la mano. Vives aquí aislado y con una chica a tu cargo, ¿qué ocurre si te pasa algo? ¿Y si te tropiezas y te partes una pierna o estás en el agua y te ataca un tiburón o…?

—¡Carajo, mamá! —exclamé alucinado.

—¡Carajo! —gritó mi sobrino Connor.

—Maravilloso —Justin resopló.

Por suerte, Emily se echó a reír, ganándose una mirada re-probatoria de mi hermano, que salió con los chiquillos a la terraza seguidos por mi padre, sonriente como de costumbre. Me quedé allí, todavía un poco desubicado, observando cómo mi madre guardaba cinco o seis envases de comida preparada en el refrigerador y una docena de sopas de sobre en la despensa. Leah preparó café mientras Emily hablaba con ella y le preguntaba cómo le estaba yendo este curso en el colegio.

—Te traje vitaminas. —Mi madre agitó un bote lleno delante de mis narices.

—¿Por qué? Estoy bien.

—Seguro que puedes estar mejor.

—¿Tengo mal aspecto o algo así?

—No, pero nunca se sabe. La carencia de vitaminas es la causa de muchas enfermedades, y no solo el escorbuto por falta de la C, o la osteomalacia si no tienes la D, sino también otros problemas como el insomnio, la depresión, la indigestión. ¡Incluso la paranoia!

—Ah, de eso sufro mucho, mamá. A veces tengo paranoias en las que mi familia aparece en mi casa un sábado cualquiera sin avisar, pero luego se me pasa y respiro aliviado al darme cuenta de que estoy solo y todo son imaginaciones mías.

—No digas tonterías, hijo.

Me serví el segundo café del día y pregunté a gritos si alguien más quería; solo Justin respondió que sí. Se lo preparé y salí a la terraza, en la que terminamos reuniéndonos todos. Mi padre se había sentado en la hamaca con aire bohemio y empezó a decir cosas como «Huele a paz» o «Me encanta la onda que tienes en tu casa».

—Entonces, ¿volviste a surfear? —le preguntó Emily a Leah mientras uno de sus retoños se le subía encima.

—Un poco. Hice un trato con Axel.

Leah me miró y sentí una conexión. Un vínculo que empezaba a crearse entre nosotros. Me di cuenta de que éramos los únicos testigos de todo lo que estábamos viviendo aquellos meses y, en cierto modo, me gustó.

—¿Estás obligándola? —preguntó Justin.

—¡Claro que no! O sí, ¡¿qué más da?! —Me eché a reír al ver su desconcierto.

—No me obliga —mintió Leah.

—Eso espero —sentenció mi madre.

—¡Yo también quiero surfear! —gritó Max.

—Aprende de tu tío y serás un *crack* —intervino papá.

Su comentario desencadenó reacciones de todo tipo: desde el «Suena ridículo, Daniël» de mi madre hasta la mueca de fastidio de Justin y los gritos entusiasmados de mis sobrinos, que se abalanzaron sobre las tablas de surf en el otro extremo de la terraza.

Quince minutos después estaba con ellos y con mi padre en el agua. Los subí a la tabla, que era ancha y larga, y se mantuvieron sentados mientras los guiaba hacia la zona en la que nacían las olas. Mi padre me seguía de cerca, animado. Y sentados en la arena estaban los demás, charlando y comiendo donas que mamá había traído de la cafetería.

—¡Quiero levantarme! —Connor se movió.

—No, eso más adelante. Hoy, sentados.

—Promete que otro día…

—Te lo prometo —lo corté.

Connor se sujetó a los extremos de la tabla cuando una ola la sacudió. Estuvimos un rato haciendo lo mismo, hasta que Max se cansó y tiró a su hermano dándole un empujón. Los dejé en el agua, jugando y riendo, y miré a mi padre.

—Leah tiene buen aspecto —comentó.

—Avanza poco a poco. Pero lo hará.

—Estás haciendo un buen trabajo.

—¿Por qué piensas que es cosa mía?

—Porque te conozco y sé que cuando algo se te mete en la cabeza ya no hay nada que hacer. Todavía recuerdo el día que me preguntaste si los escarabajos eran gordos porque estaban llenos de margaritas. Acabábamos de mudarnos y lo habías visto en un cuadro de Douglas, ese tan raro lleno de colores del que siempre me burlaba diciéndole que se había fumado algo al pintarlo. Yo te dije que no, pero por supuesto tú no te convenciste, tenías que verlo con tus propios ojos. Así que dos días después te encontré en la terraza diseccionando a un pobre escarabajo. Y ahora mírate, vegetariano.

Me eché a reír.

—¿Por qué pintaría eso?

Recordaba aquel cuadro de Douglas a la perfección; los colores arremolinándose en torno a un montón de flores y varios escarabajos de un tono púrpura oscuro en el suelo, abiertos en canal y llenos de margaritas.

—Ah, él era así, era su magia. Tan inesperado.

—Caray —inspiré hondo—. Lo echo de menos.

—Yo también. A los dos. —Mi padre apartó la mirada, triste como pocas veces lo estaba, y señaló con la cabeza la tabla a la que los gemelos intentaban subirse—. Deberías retocarla. Se vería mejor.

Escondí una sonrisa.

Se marcharon después de la hora de comer y Leah y yo volvimos a quedarnos a solas en nuestro silencio habitual. Por la tarde, trabajé un rato en un encargo que tenía que entregar a principios de semana, un logotipo y un par de imágenes promocionales para un restaurante que abriría en breve. Leah se quedó en la habitación escuchando música, y decidí dejarle su espacio. No había vuelto a pintar ni yo le había pedido que lo hiciera. Aún.

Al caer la noche, cenamos en la terraza.

Entré por una sudadera tras dejar los platos, porque el invierno estaba a punto de llegar y refrescaba a última hora.

Me acomodé al lado de ella, entre los cojines.

—¿De verdad no quieres probarlo?

—No. Pareces la señorita loca del té.

—Así que bromeando… Vaya, vaya.

Leah sonrió tímidamente, pero enseguida su expresión se ensombreció.

—Hoy me he dado cuenta de que debe de ser muy duro para ti tenerme en tu casa.

—¿Qué te ha hecho pensar eso?

—Verte con tu familia; lo poco que te gusta que invadan tu espacio. Sé que siempre has sido muy independiente. Y lo entiendo, de verdad. Siento que las cosas sean así.

—No digas eso. No es verdad.

Y lo decía en serio. Ni siquiera me lo había planteado, pero la presencia de Leah en mi vida no me molestaba. Vivir con ella era sencillo, a pesar de sus problemas, de los cambios que se sucedían cada semana.

—Gracias de todas formas —susurró.

LEAH

Mi primer beso fue con Kevin Jax.

Habían pasado tres semanas desde la noche de Año Nuevo y me seguía doliendo recordarla. Era enero y el curso acababa de empezar, así que las clases todavía no requerían toda nuestra atención, y Kevin y yo comenzamos a mandarnos notitas desde el primer día.

«¿Qué tal las vacaciones?»

«Bien. Pintando. ¿Y tú?»

«En la playa con estos. ¿Vas caminando a casa?»

«Sí, ¿por qué lo preguntas?»

«¿Puedo acompañarte?»

Mordisqueé un poco la punta de la pluma y contesté solo con un «sí». Cuando las clases terminaron y me despedí de Blair, que iba en otra dirección, Kevin se acercó con una sonrisa tímida.

Apenas hablamos al principio, como si mandarnos notas en clase no tuviera nada que ver con estar cara a cara; pero conforme fueron pasando los días, la incomodidad se disipó y me di cuenta de que Kevin era divertido y muy inteligente. Le gustaban los palitos de regaliz y a veces se comía alguno mientras caminábamos, porque decía que le daba envidia verme a mí con una paleta en la boca. Me hacía reír. Era una de esas personas optimistas que siempre estaban alegres y conseguían contagiar ese sentimiento.

—Así que vendrás este sábado a la fiesta de la playa —repitió cuando llegamos a la puerta de mi casa.

Yo asentí, con las manos en las asas de la mochila. Kevin me miró nervioso y tomó aire antes de hablar:

—Iba a esperar hasta entonces, pero…

Supe lo que pensaba hacer antes de que sucediera.

Allí, bajo un zarzo dorado que trepaba por la valla blanquecina entre las hierbas que crecían salvajes, él se inclinó y me besó. Fue un beso un poco torpe y cohibido, como lo son casi todos a esa edad. Yo cerré los ojos y noté un cosquilleo en el estómago que persistió mientras Kevin se daba la vuelta y se marchaba calle abajo.

No me moví hasta que oí una voz familiar:

—Prometo que no se lo contaré a nadie.

Me volví. Axel alzó las cejas y sonrió divertido.

—¿Qué haces aquí? —pregunté.

—Acordé verme con tu padre. No me mires así, no pretendía espiarte. Parece un buen chico, de los que cortan el césped los sábados por la mañana y acompañan a su novia hasta la puerta de casa. Me gusta. Tienes mi aprobación.

—No necesito tu maldita aprobación.

—¡Vamos! ¡No me digas que te has enfadado!

Reprimí las ganas de llorar, entré a la casa y me encerré en mi habitación. Mi madre subió un rato después con un bote de helado. Se sentó a mi lado en la cama, con las piernas cruzadas y la bata llena de pintura seca, y me tendió una cuchara antes de hundir la suya en el chocolate. Tragué saliva y la imité.

Tiempo después entendí que una madre siempre suele saber más de lo que parece. Que hay cosas que no se le pueden esconder cuando se trata de sentimientos. Que, a pesar de respetar mis silencios, ella lo supo casi antes de que yo misma empezara a darme cuenta.

LEAH

Sonaba de fondo *Ticket to ride* y cada nota conducía a un trazo diferente, más preciso, más contundente, como si desearan traspasar la superficie rugosa del lienzo.

Pinté sin parar. Casi sin respirar. Sin ver nada más.

Pinté hasta que el cielo se oscureció tanto como el cuadro.

Ni siquiera le presté atención a Axel, que estuvo echado en la hamaca con un libro. Su mirada se desvió hacia mí cuando suspiré con fuerza. Se levantó despacio; me recordó a un gato perezoso, estirándose con suavidad mientras se acercaba hacia mí.

Miró el cuadro. Se cruzó de brazos.

—¿Qué se supone que debería ver?

—No lo sé. ¿Qué es lo que ves?

El cuadro era negro, absolutamente negro.

—Te veo a ti —respondió, y luego alzó la mano y señaló una esquina puntiaguda del lienzo que se había quedado de color blanco—. Dejaste esto. Dame el pincel.

Intentó agarrarlo de mis manos, pero yo di un paso hacia atrás y negué con la cabeza. Él levantó una ceja curioso, esperando una explicación.

—No lo he dejado. No sin querer.

Axel sonrió cuando comprendió el significado.

—¿Preparada para el día de excursión?

Leah me miró y se encogió de hombros.

—Lo tomaré como un sí —dije.

Era el penúltimo sábado del mes, lo que significaba que Oliver volvería al cabo de dos días, y por alguna razón eso me hacía sentir que no teníamos tiempo que perder. Salimos de casa y caminamos en silencio. Yo llevaba una mochila y había preparado un par de sándwiches y un termo lleno de café. Avanzamos alrededor de dos kilómetros por el sendero pedregoso que conducía hacia la ciudad. Al pasar delante de la cafetería familiar, entramos y saludamos a mi hermano.

—¿Adónde van? —preguntó Justin.

—De excursión, como los niños —respondió Leah.

Él pareció sorprenderse cuando la oyó bromear, pero, tras un primer momento tenso, le sirvió un trozo de pay de queso.

—Para reponer fuerzas —comentó animado.

—Ya había preparado el almuerzo —me quejé—. Eh, ¿y qué pasa conmigo?

La satisfacción brilló en los ojos de Justin. Apoyó un codo en la barra.

—Pídemelo por favor. Y con dulzura.

—Vete al diablo. —Me senté en un taburete y le quité el tenedor a Leah antes de agarrar un trozo de pay y llevármelo a la boca.

Ella se quejó indignada, pero luego rio, mientras mi hermano la observaba con curiosidad.

Entré en la cocina para saludar a mis padres y nos fuimos. Las calles de Byron Bay, con sus edificios bajos de ladrillo y madera, estaban llenas de chiquillos practicando *skate* y gente que volvía de la playa con las tablas bajo el brazo tras surfear a primera hora de la mañana en Fisherman's Lookout. Pasamos delante de un local de aromaterapia y de una camioneta hippy pintada de colores en la que podía leerse una frase de John Lennon: «Todo está más claro cuando estás enamorado». Y enfilamos el sendero del cabo Byron, el punto más oriental de Australia.

—No vayas tan rápido —le dije.

Leah se mantuvo a mi lado mientras subíamos la rampa del camino lleno de escaleras y tierra. La punta del cabo estaba cubierta por un manto verde de hierba que contrastaba con el mar azul. Bordeamos el acantilado en silencio. Se respiraba tranquilidad.

—¿Estás aquí? —le pregunté.

—¿Aquí?

—Aquí de verdad, en este instante. Deja de pensar y solo disfruta del camino, de las vistas, de lo que nos rodea. ¿Sabes lo que me ocurrió una vez mientras vivía en Brisbane? Estaba haciendo las prácticas en una empresa que quedaba a unos veinte minutos de mi departamento y pasaba todos los días por una calle peatonal. No sé si es que iba por la vida pendiente solo de mi propio ombligo, si solo pensaba en llegar al trabajo como única meta o qué diablos, pero llevaba dos meses haciendo el mismo camino cuando me fijé en un grafiti en una pared. Lo había visto antes, te lo juro, de refilón o algo así, cuando miras algo como de pasada, pero no le prestas atención. Esa mañana frené en seco, sin ninguna razón, y lo contemplé. Era un árbol, y de cada rama que se extendía hacia los lados colgaba un elemento diferente: un corazón, una lágrima, una esfera de luz, una pluma... Me quedé tanto tiempo allí que llegué tarde al trabajo. Fascinado con un dibujo en el que no había reparado a pesar de que llevaría no sé cuánto tiempo en aquella pared, lo que me hizo pensar que a veces el problema no está en el mundo que nos rodea, sino en cómo lo vemos nosotros. La perspectiva, Leah, creo que todo depende de la perspectiva.

Ella no dijo nada, pero casi podía oír sus pensamientos y observarla atrapando las palabras y guardándoselas.

Continuamos subiendo por el cabo Byron, atentos a cada paso que dábamos. Había estado allí muchas veces, dando un paseo o viendo el amanecer, pero cada ocasión era diferente. Esa, porque

Leah se encontraba a mi lado con expresión pensativa y la mirada fija en las olas que murmuraban a la izquierda.

Media hora más tarde llegamos al faro, que se alza a más de cien metros sobre el nivel del mar. Nos quedamos allí un rato contemplando el paisaje, hasta que decidimos avanzar por un sendero a lo largo de los acantilados. Paramos al distinguir una colonia de cabras salvajes.

—Me muero de sed —dijo sentándose.

—Toma. Bebe.

Le tendí la botella de agua y me dejé caer a su lado, delante del mar. Cuando una ola grande chocaba contra las rocas, el agua entraba y se deslizaba hasta casi rozarnos los pies.

—¿Comemos aquí? —preguntó.

—¿Por qué no? —Saqué los sándwiches de la mochila.

—¿Sabes? Creo que tienes razón. Que a veces no miramos bien las cosas. Yo antes lo hacía cuando pintaba. Era inevitable fijarme en los detalles, ya sabes, las tonalidades, las formas y las texturas. Me gustaba eso. Absorberlo. Interiorizarlo.

Me fijé en ella, en su perfil, en la línea algo más ovalada de su frente, en los pómulos salientes, en la curva de los labios y de la nariz respingona; en lo suave que parecía su piel bajo la luz del sol y en el tono dorado que adquiría.

—Tampoco podemos hacerlo todo el tiempo. Son momentos —añadí.

—Supongo que sí. —Le dio un mordisco al sándwich.

Yo me había terminado el mío, así que me quité los tenis y me acomodé mejor sobre la roca, echándome a su lado. El cielo estaba despejado y soplaba una brisa suave. Si aquello no era felicidad y calma y vida, nada más podría parecerme real. Cerré los ojos y noté a Leah moverse cuando se tumbó también. No sé cuánto tiempo estuvimos allí, si fueron diez minutos o casi una hora, pero fue perfecto y me limité a respirar.

—Axel, gracias por esto. Por todo.

Abrí los ojos y analicé su expresión. Estábamos muy cerca y tan solo su cabello revuelto se interponía entre los dos.

—No me las des. Somos un equipo, ¿recuerdas?

—Pensaba que dijiste «tribu», con un jefe asignado.

—Lo mismo es. —Me reí. Alcé una mano, ya serio, y le rocé el brazo para llamar su atención; ella lo apartó con brusquedad—. Eh, ¿recuerdas lo que hablamos el primer día de este mes?

—Sí, lo recuerdo.

—Pues falta poco para que termine y voy a hacerte la misma pregunta que te hice cuando empezó, ¿estás preparada?

Ella negó con la cabeza y yo reprimí las ganas de abrazarla y protegerla de sus propios pensamientos, esos tan dañinos, tan negativos. Seguí adelante pese a su súplica silenciosa:

—¿Tú quieres volver a ser feliz? Con todo lo que implicaría. Asimilar lo que pasó, aprender a dejarlo atrás, sonreír al levantarte cada mañana sin sentirte culpable por hacerlo cuando ellos ya no están. Mírame, Leah.

Lo hizo. Sus ojos se clavaron en los míos mientras asentía despacio y a mí se me llenó el pecho de orgullo.

LEAH

Aparté la mirada de él, incapaz de sostenérsela.

Un cosquilleo suave me atravesó. Un cosquilleo que llevaba su nombre, porque lo conocía demasiado bien: tantos años, tantos momentos... Inspiré hondo y me dije: «Puedes controlarlo, puedes». Me puse de pie de golpe.

«¿Quería ser feliz?» Una parte de mí, sí. Quería.

Contemplé el paisaje. Estábamos en un pico que parecía ser el extremo del mundo, bajo el sol del mediodía. La forma del cabo se asemejaba a la cola de un dragón verde echado al borde del océano Pacífico, entre cañas de azúcar y macadamias. Me fijé en el color turquesa del agua, en las rocas escarpadas, en las formas de las pocas nubes que había...

—¡Leah! ¡Cuidado! —gritó Axel, pero no me dio tiempo a reaccionar y una ola gigantesca me empapó de los pies a la cabeza—. ¿Estás bien?

—¿Te estás riendo? —gemí.

—Caray..., sí. —Rio más fuerte.

—¡Serás...! ¡Serás...! —La palabra se me atascó en la garganta mientras me escurría la camiseta alejándome del borde del acantilado.

—¿Increíble? —Me siguió—. ¿Alucinante? ¿El mejor?

—¡Cállate ya! —le di un empujón sonriendo.

—Eh, no me toques, que no a todos nos agrada un baño a media tarde.

Miré su sonrisa perfecta, esa que tantas veces había recreado dibujando una luna menguante y el brillo chispeante de sus ojos, que eran de un azul oscuro, como el mar profundo, como un cielo de tormenta.

Temblé y no de frío, sino por Axel.

Por lo que siempre había sido para mí. Por los recuerdos.

LEAH

Los amores platónicos son así, se quedan contigo para siempre. Pasan los años y, mientras olvidas besos y caricias de rostros borrosos, puedes seguir recordando una sonrisa de ese chico que fue tan especial para ti. A veces pensaba que lo sentía de esa manera por eso, por ser platónico, por no llegar nunca a suceder, como una pregunta que permanece flotando en el aire: «¿Cómo serían sus besos?». Años atrás, antes de quedarme dormida solía imaginármelos. En mi cabeza, los besos de Axel eran cálidos, envolventes, intensos. Como él. Como cada uno de sus gestos, su forma sigilosa de moverse, la mirada inquieta y llena de palabras no dichas, el rostro sereno de líneas marcadas…

Me preguntaba si el resto del mundo lo veía igual, si esas chicas que se giraban para mirarlo cuando pasaba también se habían fijado en todo lo que lo hacía especial. En lo directo que podía llegar a ser, en lo duro que era bajo ese aspecto despreocupado, en el miedo que le daba sostener un pincel entre las manos si nadie le había indicado qué pintar…

¿Por qué era tan difícil olvidar un amor que ni siquiera llegó a ser real, a existir?

Quizá porque para mi corazón… simplemente fue.

—¿Otra ronda? Yo invito.

Oliver chasqueó la lengua.

—No debería beber más.

—«No debería, no está bien, se me ha roto una uña», ¿qué diablos ha sido de mi mejor amigo? Vamos, disfruta de la noche.

—Debería llamarla para saber si lleva llaves.

—Está bien, pues hazlo y zanja el tema de una vez.

Mi amigo se levantó de la mesa de madera pintada de rojo en la que acabábamos de cenar. Se alejó un poco para hablar con Leah, que por suerte, desde que había retomado su relación con Blair, solía cargar el teléfono; no como me ocurría a mí, que era como si mi subconsciente se negara a ceder con ese aparato que me obligaba a estar localizable veinticuatro horas al día. Esa noche Leah había accedido a ir con mis padres, Justin, Emily y los gemelos a dar una vuelta por un mercado a las afueras de la ciudad, así que esperaba que Oliver se relajara un poco.

—De acuerdo, todo bien, regresará por su cuenta.

—¿Lo ves? No era tan complicado.

—Pídeme algo fuerte —Oliver sonrió.

Como el buen amigo considerado que era, me acerqué a la barra. El servicio de cenas había terminado y una música ambiental flotaba en el local de aspecto bohemio, lleno de sillones de colores y estampados estrambóticos. Saludé a uno de los meseros, que era un viejo compañero de clase, y pedí dos copas.

—Ponme al corriente antes de que me emborrache —dijo Oliver relamiéndose tras dar un trago largo—. ¿Cómo van las cosas con Leah? ¿Todo normal?

«Se desnudó, me besó», recordé, pero ignoré ese pensamiento

fugaz intentando que la imagen de su cuerpo se volviera borrosa. No lo conseguí. Era un maldito demonio. Iría al infierno por no ser capaz de olvidar cada curva y cada jodido centímetro de su piel.

—Sí, todo genial, ya sabes, rutinario.

—Pero está mejor. Está diferente.

—A veces viene bien un cambio de aires.

—Puede ser. Es verdad. ¿Y tú cómo vas?

—Nada nuevo, bastante trabajo.

—Al menos, el tuyo es soportable. Te juro que un día me levantaré, iré a la oficina e intentaré suicidarme con la engrapadora. ¿Cómo pueden no volverse todos locos dentro de esos cubículos? Son pequeñas cárceles.

Me eché a reír.

—En serio, no durarías ni dos días ahí dentro, con un montón de reglas y pendejos…

—Te recuerdo que hice las prácticas en una oficina.

—Ya, quizá se te haya olvidado que abriste un extintor y rociaste el despacho del jefe antes de marcharte riendo como un idiota demente.

—Culpable. Pero era un imbécil, se lo merecía. Fue una especie de acción poética en nombre de todos mis compañeros y de los futuros becarios que pasaran por allí. Deberían haberme creado un club de fans o algo así.

—Sí, eso te faltaba. Pide otra —alzó la copa vacía.

—¿Soy tu puto esclavo o qué? Te invito a cenar, te hago de niñera gratis, aguanto tus lloriqueos…

El mesero pasó cerca de nuestra mesa y Oliver le pidió dos más mientras se reía.

—¿Sabes? Tampoco está tan mal el trabajo. Quiero decir, es una mierda porque no va conmigo, pero, bueno, uno se acostumbra y los compañeros son agradables; los viernes solemos ir a tomar una copa al salir.

—¿Estás intentando sustituirme?

—¿Otro como tú? No, ni cobrando.

Di un trago y lo saboreé estirando las piernas.

—Oye, ¿tú no tenías un lío de faldas? ¿Cómo se llama?

—Bega. —Era un nombre aborigen.

—¿Y qué pasa con ella? —insistí.

—Nada. Que cogemos. A veces. En el despacho.

—¿Te has liado con una compañera?

—Ando con mi jefa.

Tardé un minuto en darme cuenta de que, para él, ese pequeño desliz era un respiro, algo fuera de control a lo que aferrarse en medio de esa vida que nunca había deseado. Esa necesidad de rebelarse en algo para sentir que no se estaba perdiendo entre responsabilidades y horarios.

—¿Y vale la pena?

—No estoy seguro.

—Vaya. —Di un trago.

—Ella me gusta, aunque es complicada y vive solo para trabajar. Pero lo que tenemos es todo lo que hay. Yo tengo cosas importantes de las que ocuparme, no puedo arriesgar eso. Tampoco sé si querría hacerlo. Nosotros no somos así, ¿verdad, Axel?

—¿A qué te refieres?

—El compromiso. Las ataduras.

—No lo sé.

Tras dar muchas vueltas, había llegado a la conclusión de que no sabía la mayoría de las cosas, sobre todo las que todavía no habían ocurrido. Me había dado cuenta justo por lo contrario, por aferrarme durante años a lo que sí creía saber, como que terminaría pintando o que nunca les ocurriría nada a las personas que formaban parte de mi vida, de mi familia. Y me había equivocado. Así que ya no daba nada por sentado.

—Supongo que yo tampoco —admitió.

—La idea es que Leah vaya a la universidad, ¿no?

—¿Y qué quieres decir con eso? —preguntó.

—Hablo de ti. De qué harás entonces. De que esta responsabilidad que tienes ahora no será para siempre. Sé que están los gastos de la universidad y del departamento, pero no será lo mismo. Podrás retomar un poco tu vida. Y si ella vuelve a pintar…

—No volverá a hacerlo —se adelantó Oliver.

—Si ocurre… —seguí mientras recordaba la promesa que le hice a Douglas una noche cualquiera echado en la terraza de mi casa—, entonces yo la ayudaré a abrirse camino.

Oliver se terminó la copa.

—No pasará. ¿Acaso no lo ves? Es otra persona.

—Ya lo está haciendo —dije en voz baja y, por alguna razón, me sentí extraño al confesar aquello, como si estuviera traicionándola a ella, su confianza, nuestro vínculo. Pero, carajo, era su hermano y estaba preocupado.

—¿Lo estás diciendo en serio?

—Sí. Poco. Y sin colores.

Oliver se quedó pensativo.

—¿Por qué no me lo ha dicho?

Ah, la pregunta que yo no quería escuchar.

—Puede que estés demasiado cerca. ¿Por qué hay gente que es capaz de abrirse y hablar con un psicólogo de cosas que no le cuenta ni a su familia? Supongo que a veces estar tan unido a alguien complica las cosas. Y creo…, creo que ella se siente culpable contigo, por tantos cambios…

Se quedó con la vista fija en el vaso ya vacío e ignorando la música animada que sonaba a nuestro alrededor.

—Cuídala, ¿de acuerdo? Como si fuera tu hermana.

Sentí una presión desconocida en el pecho.

—Lo haré, te lo prometo. —Me puse de pie—. De acuerdo, vamos a divertirnos.

LEAH

Me froté los ojos y me senté en un taburete al lado de Oliver, delante de la barra de la cocina en la que solíamos desayunar. Bebí un poco de jugo de naranja.

—Leah, sabes que te quiero, ¿verdad?

Lo miré. Sorprendida. Cohibida. Asustada.

—Eres la persona más importante de mi vida. Da igual lo que me pidas, siempre te diré que sí. Ahora estamos solos, tú y yo, mano a mano, pero encontraremos la manera de salir adelante y mantenernos unidos. Quiero que confíes en mí, ¿de acuerdo? Y si en algún momento quisieras hablar, da igual la hora que sea o si estoy en Sídney, llámame. Yo estaré al otro lado esperando.

Respiré, respiré, respiré más fuerte…

JUNIO

(INVIERNO)

—¿Qué tal la libertad condicional? ¿Te has divertido? —pregunté en cuanto Oliver se fue. Seguí a Leah hasta su habitación y me crucé de brazos mientras ella dejaba la maleta al lado del clóset—. ¿Qué te ocurre?

Leah me miró con inquietud.

—Quiero que me ayudes.

El corazón me latió fuerte.

—Estoy en ello. Confía en mí.

—Gracias. —Apartó la mirada—. Voy a guardar la ropa.

Advertí cómo se limpiaba el sudor de las palmas de las manos en los jeans, los nervios que la sacudían, la rigidez de sus hombros.

—¿Qué quieres cenar? ¿Los presos no tienen en las cárceles un día especial en el que pueden elegir el menú o algo así?

Ella sonrió un poco y la tensión se disipó.

—Vamos, elige a la carta, aprovecha.

—¿Entre brócoli o acelgas? Hum.

—¿Lasaña vegetal? Con mucho queso.

—Hecho —dijo, y abrió la maleta.

Puse el tocadiscos y la música llenó cada rincón de la casa mientras empezaba a cortar las verduras en trozos pequeños. Pensé en ese «quiero que me ayudes» que casi había sido una súplica, en la valentía y el miedo entremezclados hasta el punto de que no sabía dónde empezaba un sentimiento y terminaba otro.

—¿Te ayudo en algo?

—Sí, saca el refractario.

Terminamos haciéndola entre los dos, aunque no estaba seguro de que fuera una lasaña como tal, pero sí un revoltijo de verduras, pasta y una ingente cantidad de queso. Mientras se gratinaba, limpiamos la cocina y lavamos los platos; yo enjabonaba y ella los escurría.

Cenamos en la terraza en silencio.

Al acabar, entré para tomar una pluma y papel.

—Este es el plan. Vamos a hacer cosas durante este mes. Cosas nuevas. O cosas que provoquen sensaciones. El otro día pensaba en toda esa gente que vive un poco de forma autómata, sin ser muy consciente de que lo está haciendo, ¿sabes a qué tipo de personas me refiero?

Leah asintió lentamente.

—Vale, pues pensaba en eso… y en si es posible que uno se olvide de ser feliz, que de pronto mire atrás y se dé cuenta una mañana de que lleva años insatisfecho, vacío.

—Puede ser, supongo.

—Estuve dándole vueltas a qué pasaría si me ocurriera. Qué cosas me harían recordar esa sensación de plenitud. Y no sé, me vinieron a la cabeza las más cotidianas, y las más raras también. Como, por ejemplo, comer espaguetis. —Ella se echó a reír y yo me quedé con ese sonido; tan vibrante, tan vivo—. Va en serio, carajo, comer es un placer. Y me arrepiento de todas esas veces que me he terminado un plato casi sin saborearlo, porque creo que ahora, siendo consciente, lo disfrutaría de verdad. Deja de reírte, cari…

Me callé y suspiré, un poco molesto por no poder llamarla ya así, como antes, como siempre desde que era una niña.

—Comida. Tienes razón —admitió. Leah aún sonreía cuando lo apunté.

—Algo que hacías antes. Bucear, por ejemplo.

—Podría intentarlo… —dijo dubitativa.

—Claro. Lo haremos juntos un día.

—De acuerdo —respiró hondo.

—Escuchar música, respirar, pintar, bailar sin ritmo o hablar conmigo para reforzar la idea de que soy la persona más increíble que vas a conocer jamás —bromeé. Leah me dio un codazo suave—. Caminar descalza y sentir que lo haces. Ver el amanecer… —Hice una pausa—. Pero nada de todo esto sirve si tú no lo sientes, Leah.

—Lo entiendo…

—Pero…

—Va a ser difícil.

—Dime qué es lo que más miedo te da.

—No lo sé.

Le sostuve la barbilla entre los dedos para obligarla a mirarme, porque empezaba a conocer esas capas nuevas que cubrían las que ya había antes; sabía cuándo mentía, cuándo se le disparaban las pulsaciones y se ahogaba un poco.

—No te escondas de mí. No hagas eso, por favor.

—¿Y si no funciona? ¿Y si no puedo volver a ser feliz y me quedo toda la vida así, tan vacía, tan adormecida? No me gusta, pero tampoco la idea de lo contrario, de seguir como si nada hubiera pasado, porque ha pasado, me ha pasado a mí por encima, Axel, y sigue ahí, pero soy incapaz de prestarle atención porque entonces me duele. Me duele demasiado, no puedo controlarlo. Y eso hace que me sienta mal, culpable por ser tan débil, por no poder aceptarlo como otras personas aceptan cosas peores, más jodidas aún; entonces, todo es un bucle y camino en círculos y no encuentro la manera de salir, de… respirar.

—Carajo, Leah.

—Me pediste que fuera sincera.

No lloró, pero fue peor. Porque la vi llorar por dentro, mordiéndose el labio inferior, aguantando, aguantando…

—Víveme a mí —susurré sin pensar.

—¿Qué? —parpadeó aún temblando.

—Eso. Víveme. Déjate arrastrar. Vamos.

Le tendí la mano. Leah la aceptó. Tiré de ella.

—Hagamos algo de la lista. Caminar descalzos.

—Es de noche —apunté todavía confundida.

—¿Qué más da eso? Vamos, Leah.

Enmudecí al ver que Axel no me soltó de la mano mientras dejábamos atrás los escalones del porche y caminábamos por el sendero. En teoría, debería haber estado concentrada tan solo en las pequeñas piedrecitas que notaba en la planta de los pies o en el tacto delicado de la hierba cuando avanzamos un poco más, pero en la práctica no podía ignorar su mano, sus dedos, su piel. Me dio un vuelco el corazón, como si dentro del pecho no tuviera suficiente espacio, como si se agitara pese a estar gritándole que no lo hiciera.

—Dime qué estás sintiendo —susurró Axel.

«Te estoy sintiendo a ti», quise responder.

—No lo sé…

—¿Cómo no vas a saberlo? Leah, no pienses. Solo intenta concentrarte en este momento.

Caminábamos despacio. Él un poco más adelantado y tirando de mí con suavidad, sin soltar mi mano.

«¿Qué estaba sintiendo?»

Sus dedos; largos, cálidos. El suelo alfombrado de hierba húmeda que me hacía cosquillas en los pies. Su piel contra la mía, rozándose a cada paso. Un tramo del sendero más áspero, más seco. Su uña suave bajo la yema de mi pulgar. Y al final, la arena. Arena por todas partes, los talones hundiéndose en la superficie templada.

Solo entonces comprendí lo que Axel pretendía. Durante esos minutos que duró el paseo, lo había sentido todo. Pero estando allí. Había sentido desde la realidad de ese momento, no a través de la ventanilla rota de un coche que se había salido de la calzada.

Me senté en la arena. Axel también.

El sonido del mar nos arropó y se quedó con nosotros durante un rato, hasta que él suspiró y comenzó a juguetear distraído con la arena.

—Cuéntame algo que no le hayas dicho a nadie más.

«Un día te dije que te quería, pero tú solo escuchaste "todos vivimos en un submarino amarillo".»

El recuerdo me azotó como si llevara años adormecido y de repente intentara abrirse paso aferrándose a paredes llenas de instantes que había creído olvidar. Y a veces, al encontrar cajas cubiertas de polvo, descubrimos fotografías que siguen despertando sentimientos, esa piedra con forma de corazón que un día lo significó todo, esa notita arrugada tan especial, esa canción que siempre sería «la nuestra» a pesar de que él no lo supiera.

Hundí los dedos en la arena intentando ignorar aquel recuerdo y me zambullí en otro más doloroso y difícil, como si todos se conectaran entre sí y al despertar fueran como fichas de un dominó cuando golpeas la primera ficha, cayendo en cadena.

—¿Quieres saber qué fue lo que sentí cuando salí a la calle poco después de lo que ocurrió? —pregunté insegura, y Axel asintió—. Hacía sol. Lo recuerdo como si hubiera sido ayer. Me quedé delante de la puerta del departamento de Oliver, mirándolo todo e intentando encajarlo. Un hombre sonriente pasó por mi lado, tropezó y me pidió perdón antes de seguir su camino. Delante había una mujer empujando una carriola de bebé y llevaba una bolsa de súper en la mano; lo sé porque era incapaz de dejar de mirar las zanahorias que sobresalían. Había un perro ladrando a lo lejos.

No sé si Axel era consciente de que ese momento que le estaba regalando ni siquiera había sido capaz de dármelo a mí misma, de masticarlo en soledad. Porque era más fácil así, con él, con los sentimientos que brotaban cuando estaba cerca enredándose con los otros, esos más complicados que no quería ni mirar.

—Sigue, Leah. Quiero entenderte.

—Yo solo…, solo vi todo eso y me pregunté cómo era posible que nada hubiera cambiado. Parecía irreal. Casi una broma.

Supongo que es lo que pasa cuando un mundo se para, no solo por algo así, también por una ruptura, por una enfermedad… Es como sentir que estás congelada mientras todo se mueve. Y creo…, creo que cada uno de nosotros vivimos dentro de una burbuja, muy centrados en nuestras cosas, hasta que de pronto un día esa burbuja estalla y quieres gritar y te sientes solo y desprotegido. —Tragué saliva para deshacer el nudo que me oprimía la garganta—. Fue como ver las cosas a través de otra perspectiva, más lejana y borrosa, todo en blanco y negro.

—Y tú siempre pintas lo que sientes —susurró Axel, y me gustó que pudiera colarse dentro de mí, entenderme y descifrarme incluso cuando a veces yo misma no sabía por qué hacía las cosas; como aquello, la ausencia de color, la necesidad de que fuera así.

44

AXEL

Después de aquella noche en la playa, Leah volvió a encerrarse en sí misma. No quiso decirme por qué y yo tampoco insistí demasiado y la dejé tranquila durante unos días. Por las mañanas, antes del colegio, siguió acompañándome a hacer surf. Y por las tardes, cuando terminaba de trabajar y ella de estudiar, pasábamos un rato juntos en la terraza leyendo, escuchando música o tan solo compartiendo el silencio.

A pesar de no evitarnos, apenas hablábamos.

Leah se puso a pintar el viernes por la noche. Yo estaba dándole el último trago al té con un libro en la mano cuando la vi ponerse de pie con lentitud y acercarse al lienzo en blanco. La observé de reojo, acostado en la hamaca a un par de metros de distancia.

Ella agarró un pincel, abrió la pintura negra y respiró hondo antes de permitir que lo que sea que tuviera en su cabeza saliera. La contemplé maravillado, atento a los movimientos suaves de sus brazos, a la fuerza con la que sus dedos se aferraban al pincel, a sus hombros tensos y al ceño fruncido, a esa energía que parecía empujarla a dibujar un trazo y luego otro y otro más. Controlé las ganas de levantarme para ver lo que estaba haciendo cuando vi que mezclaba la pintura y creaba diferentes tonalidades de gris.

Yo también me había sentido así alguna vez, pero hacía tanto tiempo que ya era incapaz de recordar la sensación exacta. Había sido en el estudio de Douglas, algunas tardes que pasaba con él allí, sintiendo…, sintiéndolo todo, quizá porque por aquel entonces no pensaba demasiado y tampoco me importaba el resultado final, hacerlo bien o mal. Me bastaba con hablar un rato con él tomándome una cerveza y dejar que las cosas fluyeran.

Cuando Leah terminó, me levanté.

—¿Puedo verlo? —pregunté.

—Es horrible —me advirtió.

—Está bien, intentaré soportarlo.

Una sonrisa tiró de las comisuras de su boca mientras me acercaba y contemplaba el cuadro. Había un punto en el centro, redondo y solo, congelado en medio de un remolino de pintura que giraba a su alrededor; la burbuja y el resto del mundo siguiendo su curso. Por una vez, no me fijé solo en el contenido, también en la técnica, en cómo había plasmado el movimiento circular; tan real, tan ella.

Una vez Douglas me dijo que lo complicado de la creatividad no es tener una idea o ver una imagen en tu cabeza que deseas dibujar, lo jodido es volcar todo eso, hacerlo existir, conseguir encontrar ese hilo conductor entre lo imaginario y lo terrenal para lograr expresar ese pensamiento, las sensaciones, las emociones...

—A mí me gusta. Me lo quedo.

—¡No! Este no.

—¿Por qué? —Me crucé de brazos.

—Porque para ti... haré otro. Algún día. No sé cuándo.

—De acuerdo, te tomo la palabra. —Estiré los brazos en alto—. No deberíamos tardar en acostarnos si mañana queremos ir a bucear.

—No me habías dicho nada —replicó.

—¿No? Bueno, pues te lo digo ahora.

Leah arrugó la nariz, pero no protestó y empezó a limpiar los pinceles y a guardar el material. Le di las buenas noches y la dejé allí cuando entré en casa.

Julian Rocks era uno de los lugares más famosos para bucear y quedaba a escasos veinte minutos de casa. Cargamos parte del material en la zona trasera de la *pickup*, porque el resto lo rentaríamos en un centro de buceo. Encendí el motor y subí el volumen de la música. Hacía un día agradable y la temperatura era suave y cálida a pesar del invierno. Mientras dejábamos atrás playas casi salvajes y selva tropical, recordé por qué me sentía tan atado a esa parte del mundo.

—Vas muy rápido —susurró Leah a mi lado.

—Perdona. —Frené un poco—. ¿Mejor así?

Apenas dijo nada más cuando llegamos y empezamos con los preparativos, pero me gustó verla concentrada y decidida, muy entera. Había algunos surfistas en la playa cuando subimos a la lancha junto a varias personas más y nos alejamos de la costa. Leah se mantuvo a mi lado pensativa, mientras yo hablaba con un viejo conocido que era instructor de buceo. No tardamos en detenernos.

—¿Estás preparada? —la miré.

—Sí. Tengo…, tengo ganas.

Tras ultimar los detalles, revisé su equipo.

—Tú primera, ¿de acuerdo? Yo te sigo.

Cuando llegó su turno, después de que otros dos chicos se sumergieran, se sentó en el extremo de la lancha, de espaldas al agua, y se dejó caer. Y entonces sentí algo raro al verla hundirse. Inquietud. Una jodida sensación de angustia. Eso me gustó y me disgustó a partes iguales; la extrañeza de sentir algo así frente a lo irracional del pensamiento.

—Bajo ya —le dije al instructor.

La vi enseguida, apenas a unos metros de distancia. El mar estaba tranquilo. Julian Rocks era una reserva marina con una gran biodiversidad por la mezcla de corrientes cálidas y frías; no tardamos más de unos minutos en ver un tiburón leopardo y mantarrayas. Leah alargó la mano hacia un banco de peces payaso que se dispersó cuando nos acercamos. La seguí cuando se entretuvo con una tortuga enorme y cuando dejó de moverse entre miles de peces, rodeada de una explosión de color en medio del océano. La imagen se me quedó grabada en la cabeza como si hubiera hecho una fotografía mental; la paz que desprendía, las tonalidades mezcladas, la belleza de algo tan salvaje…

Ya en tierra, comimos en un local tailandés. Pedimos tallarines, arroz con verduras y la sopa del día.

—¿A qué hora vamos a volver?

—¿Por qué lo preguntas? ¿Tienes prisa?

—Le dije a Blair que quizá…, quizá podría tomarme un café con ella por la tarde.

—No me lo dijiste. Claro, te acercaré adonde quieras en cuanto terminemos de comer. ¿Qué me dices del buceo? ¿Te gustó?

Leah sonrió de verdad, animada y contenta.

—Ya casi no lo recordaba. Tantos colores... —dijo mientras removía con los palillos los tallarines que acababan de servirnos—. Peces amarillos y naranjas y azules... Y la tortuga era genial. Me encantan las tortugas, la cara que tienen...

—Caray, qué bueno está —me relamí.

—Tú siempre eres así, ¿verdad?

—¿Así de genial? —alcé una ceja.

—Disfrutas de cada instante.

—Sí y no. También tengo mis épocas.

—¿Alguna vez la has pasado mal?

Suspiré y dejé los palillos a un lado.

—Claro. Muchas veces, como todos. Es inevitable, Leah. Y no es malo, no tiene por qué serlo, la vida es así; hay momentos buenos y momentos malos. Creo que el secreto está en intentar superar los malos y en disfrutar de los buenos, no nos queda mucho más.

—¿No vas a decirme qué te ocurrió?

—Depende. ¿Qué me das a cambio?

—¿Yo? Dudo que nada te interese.

—¿Quieres quedar bien conmigo?

—De acuerdo. Hagamos un trato.

Me gustó verla bromeando a pesar de que los dos sabíamos que estábamos hablando de un asunto serio. Estiré las piernas por debajo de la mesa hasta casi rozar las suyas. El local tailandés era muy pequeño, había tan solo cinco mesas de madera y nosotros estábamos en una que hacía esquina.

—Hay algo que llevo meses preguntándome. —Me froté el mentón—. ¿Cómo es posible que sigas escuchando los Beatles a diario? Es una conexión directa con ellos, con tus padres. Y lo haces desde el primer día, cuando te pasabas las tardes encerrada en la habitación con los audífonos puestos.

Leah apartó la vista un poco nerviosa.

—Lo necesitaba. Eso no podía..., no podía dejarlo atrás, tenía que llevármelo conmigo. No lo sé, Axel, no tengo una respuesta razonable, ni siquiera le encuentro la lógica a la mayor parte de las cosas que siento o hago, porque me contradigo todo el tiempo.

—Todos lo hacemos a veces.

—Supongo. Solo sé que necesito esas canciones, escucharlas.

—Se calló, dudando, y añadió—: Todas menos una.

—¿Qué quieres decir?

—*Here comes the sun.* Esa no.

—¿Y por qué no? —pregunté.

Leah deslizó el dedo por una veta de madera en la mesa y la acarició despacio, siguiendo la trayectoria de la pequeña imperfección. Tomó aire antes de mirarme.

—Era la canción que sonaba cuando ocurrió el accidente. La canción que le pedí a mi padre que pusiera.

—No lo sabía, Leah.

Alargué una mano para posarla sobre la suya, pero ella la apartó antes de que pudiera rozarla.

—Háblame de ti, de esas épocas malas.

—Ha habido varias. La peor fue cuando murieron tus padres, pero hubo otras. Momentos en los que me sentí un poco perdido, ya sabes, como todo el mundo cuando no tienes muy claro qué quieres hacer. Y luego, controlar la frustración al darme cuenta de que no quería pintar más, tomar esa decisión… A veces esperas cosas de la vida que no llegan. Quizá la culpa sea nuestra por planificar demasiado, ir marcando rutas que después uno nunca llega a recorrer. Y supongo que eso genera decepciones.

No dijimos nada más mientras terminábamos de comer. Después, sin prisa, regresamos hacia el centro de Byron Bay, y Leah me pidió que la dejara en la calle donde vivía su amiga Blair.

—¿Paso a recogerte más tarde?

—No. Volveré caminando.

—¿Estás segura?

—Sí.

—¿Llevas el celular?

Leah resopló y abrió la puerta del coche.

—Axel, no me trates como a una niña.

—¡Eh! —Bajé la ventanilla para llamarla—. ¡Recuerda lavarte los dientes si comes algo! ¡Y no aceptes dulces de extraños!

Ella frunció el ceño y me enseñó el dedo medio.

Yo sacudí la cabeza riendo y feliz por verla así.

45

LEAH

Blair salió de su casa poco después de que tocara el timbre y caminamos juntas por la calle bajo el sol de la tarde. Soplaba un viento suave y decidimos sentarnos en la terraza de una cafetería que frecuentábamos tiempo atrás. Yo siempre solía pedir un café y una magdalena de plátano con chocolate que estaba casi tan rica como el pay de queso de Georgia. Blair, en cambio, era más de salado y a veces se comía una ración pequeña de papas fritas mientras hablábamos sin parar. Pasábamos todo el día juntas, mano a mano.

—Ya pensaba que no vendrías —dijo.

—Fui a bucear con Axel y se hizo tarde.

—¿A bucear? —sonrió—. Qué envidia.

—Estuvo bien —admití.

En realidad, había sido mucho más. Estimulante. Intenso. Estar flotando en medio del océano, sintiéndome liviana mientras los peces se arremolinaban a mi alrededor como puntos de colores que bailaban desordenados. Y Axel cerca acompañándome.

—Yo tomaré papas fritas al punto de sal y un refresco —pidió Blair cuando la mesera nos atendió—. ¿Qué quieres tú?

—Una magdalena de plátano y café con leche descafeinado.

—De acuerdo, chicas, vuelvo enseguida.

—¿Sabes? Me estaba acordando de ese día que le gastamos una broma a Matt llenando su estante de brillantina y terminamos riéndonos aquí, hasta que lo vimos a lo lejos y echamos a correr…

—Pero nos descubrió porque yo volví para agarrar el trozo de magdalena que me había dejado. Lo recuerdo. También que sus libros brillaron durante un par de semanas.

Blair se echó a reír y terminé contagiándome un poco de su buen humor y de esa facilidad que ella tenía para conseguir que todos los momentos sumaran en vez de restar. Ella había sido la mejor amiga del mundo y yo me había esforzado durante meses por alejarla de mí porque, de algún modo, sabía que si la mantenía cerca acabaría por hacerle daño y decepcionarla.

—¿Cómo te va en el colegio?

—Bastante mejor que antes.

—¿Al final irás a la universidad?

Me encogí de hombros. No quería hablar de eso.

—¿Tú estás contenta con el trabajo?

—Mucho, a pesar de que sea agotador.

—Siempre te han gustado los niños.

Nos trajeron el pedido y empecé a comerme la magdalena a trocitos, desmenuzándola con los dedos, distraída. La saboreé despacio, recordando las palabras de Axel, degustando el plátano que contrastaba con el amargor suave del chocolate.

Alcé la mirada hacia Blair, vacilante.

—Creo que sigo sintiendo algo por él.

—Te refieres a Axel, ¿verdad?

—Sí. ¿Por qué…, por qué me pasa?

—Porque te gusta. Siempre ha sido así.

—Me gustaría poder enamorarme de otra persona.

—No podemos elegir eso, Leah —me miró con cariño—. ¿Cómo es la convivencia?

Lo pensé. Llevaba cuatro meses y medio viviendo en esa casa perdida en medio de la naturaleza. No guardaba muchos recuerdos de los primeros dos meses, esos que pasé encerrada en mi habitación. Marzo había sido caótico; enfadarme con él, perder el control en el Bluesfest, empezar a pintar de verdad. Así que, al llegar abril, Axel había tensado más las cuerdas, obligándome a tomar una decisión. Y es que a veces, quedarte tal y como estás resulta más sencillo y cómodo que tener que esforzarte y afrontar cambios.

—Con altibajos. Ahora bien.

—Sé tú misma, Leah —dijo.

—¿A qué te refieres? —me tensé.

—En todo. También con Axel. Tal como eras antes. Solo déjate llevar sin pensar las cosas. ¿Ya no te acuerdas? Yo me reía cuando decías que «dejabas de respirar al verlo» o «morirías por un beso suyo», pero estaba acostumbrada porque siempre habías sido así de exagerada.

Me llevé una mano al pecho. Blair tenía razón, pero seguía sintiéndome muy lejos de todo aquello a pesar de que, a veces, aparecía un recuerdo como un fogonazo, aunque también se marchaba tan rápido como llegaba. Eran picos desordenados; aún llevaba encima mi impermeable, por muy agujereado que estuviera, y me costaba reconocerme en esa chica que tiempo atrás no dudaba en saltar al vacío sin preguntar antes cuánta distancia había hasta el suelo.

Alejé esa imagen y disipé la nostalgia.

—Háblame de ti. ¿Sales con alguien?

—Quería comentarte algo sobre eso, pero no estaba muy segura de cómo hacerlo. —Blair se removió incómoda—. El mes pasado salí un par de veces con Kevin Jax.

Sonreí casi por inercia. Kevin no solo había sido el chico que me había robado mi primer beso delante de la reja dorada de casa, también había perdido la virginidad con él un par de años después, cuando decidí que había llegado el momento de ser realista y aceptar que Axel jamás me miraría como si fuera una mujer y no una niña.

—¿Y qué tal estuvo? —pregunté.

—Bien. Demasiado bien.

—¿Cómo puede algo ir demasiado bien? —Me llevé a la boca un trozo de magdalena.

—Leah... —torció el gesto—, le dije que no podía seguir saliendo con él antes de…, antes de hablar contigo. Estuvieron juntos durante un tiempo. Y somos amigas. Eso siempre será lo primero.

Sentí un ligero picor en la nariz y parpadeé para no llorar. Miré a Blair, tan transparente ella, con el cabello oscuro revuelto y esa expresión tan dulce cruzándole el rostro. No la merecía. No merecía una amiga así, tan leal a pesar de que había estado meses ignorando sus llamadas y fingiendo que no podía verla cada vez que venía a buscarme a casa, pidiéndole a Oliver que abriera la puerta y se inventara alguna excusa.

—Puedes salir con Kevin. Y es un chico genial, de verdad, creo que harían muy buena pareja porque los dos son igual de generosos. —Me froté la nariz, respiré hondo—. Siento mucho cómo han sido estos últimos meses. Estoy intentando cambiar. Mejorar.

—Y lo estás consiguiendo —Blair sonrió.

Regresé a casa de Axel caminando a paso lento, contemplando mi alrededor como hacía tiempo no lo hacía. El sendero pedregoso estaba rodeado por una frondosa vegetación coloreada por infinitos tonos de verde: verde oliva, verde musgo, verde botella, verde lima en las hojas más tiernas, verde menta, verde jade…

Recrear cada color siempre había sido una de las cosas que más me gustaban. Mezclar pinturas, probar, errar, seguir mezclando, aclarar, oscurecer, buscar ese matiz exacto que tenía en la cabeza y que deseaba plasmar…

Avancé más deprisa cuando empezó a llover. Las gotas de agua eran grandes y la lluvia se intensificó a mi paso, como si me diera una tregua para llegar hasta casa. Al cerrar la puerta, ya se había transformado en una tormenta.

—No sabía si salir a buscarte —dijo Axel.

—He llegado justo a tiempo.

El sonido de la lluvia retumbaba en las paredes.

—Creo que queda agua caliente, por si quieres darte un baño —comentó, y luego lo vi dirigirse hacia la tabla apoyada en la pared, al lado de la puerta trasera.

—¿Qué haces? ¿Vas a surfear?

—Sí, no tardaré en volver.

—¡No! No lo hagas…

—Vamos, no pasará nada y las olas son perfectas.

—Por favor… —supliqué otra vez.

Axel me revolvió el pelo y sonrió.

—Volveré antes de que te des cuenta.

Bloqueada, lo vi salir, bajar los tres escalones del porche y alejarse caminando bajo la lluvia, directo a la playa. Quería gritarle que diera media vuelta, rogarle que no se metiera en el agua, pero tan solo me quedé allí, congelada en el sitio, con las pulsaciones aceleradas.

La lluvia repiqueteaba sobre el techo de madera que cubría la terraza cuando salí con el caballete y lo abrí en medio. Busqué entre las pinturas ansiosa, con el corazón latiéndome frenético en el pecho casi al mismo ritmo que el de las gotas de agua impactando en el suelo. Abrí los botes con las manos temblorosas, tomé un pincel y dejé de pensar.

Entonces solo sentí.

Sentí cada trazo, cada curva, cada salpicadura.

Sentí lo que estaba pintando en los dedos agarrotados, en la vulnerabilidad que me sacudía al estar preocupada por él, en el pulso impreciso y en los pensamientos caóticos.

No sé cuánto tiempo estuve delante de aquel lienzo volcando todo lo que tanto me costaba decir con palabras, pero tan solo paré de hacerlo al ver a Axel a lo lejos con la tabla en la mano, bajo la lluvia que seguía cayendo.

Subió a la terraza empapado, y dejó la tabla a un lado.

—La corriente era buena, había olas que… —Se calló al ver mi expresión—. ¿Qué ocurre? ¿Estás enfadada?

Quise controlarlo. Quise tragarme lo que sentía y encerrarme en mi habitación como hacía los primeros meses. No reaccionar. No desentumecerme.

Pero no pude. Sencillamente, no pude.

—Sí, carajo, ¡sí! —exploté—. ¡No quería que te fueras! ¡No quería tener que estar preguntándome si te habría ocurrido algo! ¡No quería preocuparme por ti! ¡Ni tener ansiedad y miedo y ganas de gritarte como lo estoy haciendo ahora!

Axel me miró sorprendido y sus ojos se llenaron de comprensión.

—Lo siento, Leah. Ni siquiera lo pensé.

—Ya me di cuenta —repliqué, y dejé el pincel.

¿Cómo podía no haberlo visto? Me daba miedo, no, más, un pánico atroz que a las personas que quería les pasara algo. Apenas soportaba el mero hecho de pensar en ello. Allí, frente a él, me sentía enfadada y aliviada a la vez por tenerlo de vuelta.

—¿Qué es eso? ¿Pintaste en color?

Axel señaló el cuadro. Era oscuro, como todos los demás, pero en un lateral había un solo punto rojo intenso, vibrante, lo único que llamaba la atención de toda la pintura.

—¡Sí, porque eso eres tú! ¡Un grano en el culo!

Lo dejé allí y entré a casa oyendo sus carcajadas de fondo, cada vez más lejos. Fruncí la nariz ante lo que estaba sintiendo y me llevé una mano al pecho.

Respirar…, solo tenía que respirar…

Ni siquiera me había parado a pensar en el miedo que Leah pudiera sentir al decirle que iba a surfear en medio de la tormenta. Yo estaba acostumbrado. De hecho, era uno de mis momentos preferidos; el mar agitado, la lluvia rompiendo la superficie, el caos a mi alrededor y las olas más altas de lo normal debido a las corrientes.

Pero ese punto rojo, ese grano en el culo... Bueno, casi me hacía creer que había valido la pena.

Leah no salió de la habitación hasta la hora de cenar. Preparé una ensalada y dos sopas de sobre de esas que mi madre traía cada vez que venía de visita como si quisiera ir acumulándolas por si se desataba el apocalipsis y nos quedábamos atrapados o algo así.

Seguía lloviendo, así que cenamos en la sala mientras escuchábamos el vinilo de los Beatles que giraba en el tocadiscos. Ella estuvo concentrada en su plato hasta que se lo terminó y contestó a todas mis preguntas con monosílabos.

Lavó los platos mientras yo preparaba el té.

Una vez que regresamos al sofá, tomé un papel.

—Necesitamos hacer más cosas —dije—. Como, no sé, ¿qué pasa con esas paletas de fresa? Antes te encantaban, ¿no? Siempre llevabas una en la boca.

—No lo sé. Ya no —respondió.

—¿Y qué te gustaría que apuntáramos en la lista? Ahora tienes carta abierta. Y es divertido, ¿no? Tú y yo juntos haciendo lo primero que te pase por la cabeza.

—Quiero bailar *Let it be* con los ojos cerrados.

—Es una idea genial. Hecho. —La apunté.

—Y también quiero emborracharme.

—¿Quién soy yo para impedirlo? Eres mayor de edad. De acuerdo. Me gusta que estés participativa. ¿Qué más podemos hacer? —Me llevé la pluma a la boca—. A ver, cosas que hagan sentir, dejar de pensar…

—Un beso. —Leah me miró—. Tuyo —aclaró.

Se me subió el puto corazón a la garganta.

—Leah… —Mi voz era un susurro ronco.

—No es para tanto. Solo una emoción más…

—Eso no puede ser. Pensemos en otra cosa.

—¿No eras tú el que no les daba más importancia a las cosas que la que tenían? Es solo un beso, Axel, y jamás se enterará nadie, te lo prometo. Pero quiero…, quiero saber cómo es, qué se siente. ¿Qué más te da? Si tú besas a cualquiera…

—Por eso. Porque son cualquiera.

—Está bien, olvídalo. —Suspiró dando la batalla por perdida.

Jugueteé con la pluma entre los dedos.

—¿De dónde vino eso, Leah?

Ella alzó el mentón. Respiró hondo.

—Ya lo sabes, Axel. Que antes yo…, que hace años…

—Déjalo, no me lo digas. Ahora vuelvo.

Me levanté para ir a fumar un cigarro.

Seguía lloviendo a cántaros cuando me apoyé en la barandilla de madera y expulsé el humo de la primera calada. La oscuridad lo envolvía todo y parecía amortiguar el ruido de la tormenta. Suspiré hondo, cansado, frotándome el mentón.

Pensé en la chica que tenía en casa. En lo complicada que era. En tantos nudos que había ido desenredando poco a poco sin saber los que todavía me quedaban por descubrir.

Y al mismo tiempo me gustaba eso.

El desafío. El reto. Era casi una provocación.

Apagué el cigarro justo cuando la gata apareció en el porche. Estaba empapada y más delgada que nunca. Me miró y maulló.

—Bueno, un día es un día, supongo que puedes quedarte a pasar la noche. —Le abrí la puerta y, como si lo hubiera entendido, se sacudió y luego entró.

—¡Pobrecita! —Leah se acercó.

—Iré por una toalla.

La secamos entre los dos frotándola mientras ella nos bufaba de vez en cuando o hacía el amago de darnos un zarpazo.

—¿Sabes a quién me recuerda?

—Muy gracioso —replicó Leah.

—Tienen mucho en común.

—Voy a darle algo de cenar.

Le sirvió un plato con los restos de sopa y la gata se lo terminó mientras ambos la observábamos sentados sobre el suelo de madera de la sala. Me acosté, dejándome caer hacia atrás con las manos debajo de la cabeza. Empezó a sonar *Day tripper* y la tarareé distraído mientras ella sonreía y se relajaba; el momento de tensión que habíamos vivido quince minutos atrás se disipó.

—Buscaré algo de ropa vieja para que duerma.

—No, me la llevaré a mi habitación —dijo.

—¿Estás bromeando? Yo no me fiaría de ella. Ya sabes, parece dulce cuando quiere, pero podría sacar las garras en cualquier momento. ¿Nunca hemos hablado de por qué los gatos son tan increíbles?

—No, no es un tema sobre el que charlemos a menudo.

—Pues deberíamos. Son independientes, curiosos y dormilones. Las tres claves de una vida feliz. Son salvajes y solitarios, pero se dejan domesticar por mera comodidad. En los inicios, la cosa debió de ser algo así: «Eh, humano, yo finjo que soy civilizado y tú a cambio me atiborras de comida, me proteges y me cuidas. Hecho». —Leah se echó a reír y yo me estiré más en el suelo, justo como haría un gato perezoso—. No te rías, es verdad.

—Pienso intentar dormir con ella.

—Está bien. —Me puse de pie—. Si te ataca y necesitas ayuda, tú grita e iré a buscarte.

Ella puso los ojos en blanco.

—Buenas noches, Axel.

—Buenas noches.

Me concentré en el colegio durante esa semana. Intenté prestar atención en clase, cumplir con las tareas y estudiar por las tardes mientras Axel terminaba de trabajar. El miércoles quedé con Blair para tomar un café. Y el jueves, cuando la profesora de Matemáticas me hizo una pregunta y toda la clase se quedó en silencio, expectante, logré contestar sin que me temblara demasiado la voz. Al salir, dejé atrás los nervios y la inseguridad pedaleando rápido.

—¿Tienes mucho que hacer hoy?

—Literatura y Química —respondí.

—¿Qué disco pongo? —Axel se levantó.

—El que quieras. No me importa.

Abrí los libros, sentada en mi lado del escritorio, y comencé a realizar las tareas pendientes. Ya no volvimos a hablar en toda la tarde. De vez en cuando, yo alzaba un poco la mirada y lo contemplaba dibujar. Él era todo lo contrario a mí. No se dejaba llevar, no había emoción ni nada que volcar en lo que estaba haciendo. Era delicado, de líneas precisas y muy pensadas, dejando poco espacio a la improvisación. Pero había algo cautivador en la manera que tenía de hacerlo, tan contenido, tan dispuesto a mantener una barrera entre él y la hoja.

—Deja de mirarme, Leah —murmuró.

Me sonrojé y aparté la vista rápidamente.

Cuando llegó el viernes tenía la sensación de que aquella había sido la semana más normal durante el último año. Estudié, me vi con una amiga, intercambié tres palabras con una compañera de clase tras prestarle una goma de borrar, y la presencia de Axel seguía despertándome un cosquilleo en el estómago.

Así era como solía ser mi antigua vida. O algo parecido.

Al llegar a casa, dejé la bicicleta al lado de la valla de madera y la mochila encima del porche al ver que la gata estaba allí sentada y mirándome muy seria.

—Bonita, ¿tienes hambre?

Maulló. Entré en la cocina y ella me siguió, como si tras pasar la otra noche en casa ya tuviera todo el derecho del mundo. Busqué en la despensa.

Axel apareció diez minutos después aún mojado.

—¿Qué hace la gata dentro de casa? —gruñó.

—Ha entrado sola. ¿Qué hay de comer?

Axel torció el gesto. Agarró una camiseta que había dejado encima del respaldo del sofá y se la puso estirando los brazos; intenté en vano no fijarme en su torso, en la piel dorada, en las líneas marcadas…

—¿Qué se te antoja? —preguntó.

—Cualquier cosa estará bien.

—¿Huevos revueltos con espinacas?

Asentí y, poco después, comimos en la terraza. Esa tarde fue tranquila y, como era viernes, dejé la tarea para el día siguiente y terminé durmiéndome en la hamaca de Axel. No tenía muy claro cómo me sentía. A veces muy bien. A veces horrible. Caminaba sobre una cuerda floja y podía pasar de un estado a otro en menos de lo que dura un pestañeo.

A última hora, mientras Axel preparaba la cena, pinté un rato. Con el pincel en la mano, dudé y desvié la mirada hacia el pequeño maletín repleto de pinturas de colores, todas intactas, menos la roja que había abierto el otro día, todas tan bonitas e inalcanzables…

—Los tacos ya están listos —anunció Axel.

—Está bien. Ya voy.

Limpié los pinceles y lo ayudé a sacar los platos.

Al terminar, en vez de prepararse un té, me pidió que lo acompañara dentro y sacó las botellas que tenía guardadas en las alacenas de arriba. Ron. Ginebra. Tequila. Apoyó las manos en la barra de madera de la cocina y alzó las cejas divertido.

—¿Qué se te antoja?

—¿Un mojito?

—Hecho. Tú pica un poco de hielo.

Axel tomó azúcar y un par de limas del refrigerador antes de salir a la terraza para buscar unas hojas de la menta que crecía cerca del porche. Terminamos preparando una jarra que él agitó para mezclar los ingredientes.

—Ya está listo el mejor mojito del mundo.

—A ver si es verdad… —Él me miró divertido mientras salíamos a la terraza.

—Si en algún momento veo que estás a un paso de terminar desnudándote en medio de la sala, te frenaré, ¿de acuerdo?

Noté que me ardían las mejillas.

—Dijiste que nunca había pasado…

—Y nunca pasó. Solo ponía un ejemplo. —Bebió un trago y se relamió sin apartar sus ojos de mí; sentí un escalofrío—. Sé buena y sacia mi curiosidad: ¿antes te emborrachabas a menudo? ¿Por eso lo pusiste en la lista?

—No, qué va. Solo un par de veces.

—¿Y qué pasó en el festival? —preguntó serio.

—Nada. Que me bebí tres cervezas y está claro que no las digerí muy bien.

—Está bien. Pues bebe con cuidado. Sorbitos pequeños, como los niños.

Lo asesiné con la mirada, dolida. Parecía que hacía a propósito lo de remarcar todo el tiempo que le parecía una niña. Y no era mi mejor momento para demostrarle que se equivocaba, no cuando dependía de todos, cuando no había sido capaz de superar la pérdida de mis padres como el resto del mundo.

Me bebí la mitad del mojito de un trago.

—Eh, no bromeaba, caray. Sorbos pequeños.

—No te estoy pidiendo consejo —repliqué.

—Aun así, me tomaré la molestia de darte uno: no me desafíes.

Me terminé el resto. Axel apretó la mandíbula mientras yo entraba y me servía una segunda copa. Salí unos minutos después. Él estaba de pie con un cigarro entre los dedos y apoyado en la barandilla de madera que atravesaba la terraza.

162

Se volteó y se cruzó de brazos.

—¿Qué te ocurre? Vamos, suéltalo.

Tomé aire nerviosa. Estábamos cerca.

—Odio que me trates como a una niña. Ya sé que a veces lo parezco y que piensas que lo soy, pero no es verdad. Antes no me sentía así. Y no me gusta hacerlo ahora.

—Está bien.

Axel apagó el cigarro antes de ir por otro mojito. Nos sentamos juntos entre los almohadones y hablamos, hablamos sin parar durante más de una hora; de él, de mí, de cosas sin importancia y de otras que sí la tenían.

—Y crees que debería ir a la universidad…

—No es que lo crea, sé que sí, Leah.

—Yo no quiero estar sola.

—Conocerás a gente nueva.

—Eso es fácil para ti.

—Necesitas experiencia.

—¿De qué? —Bebí un trago.

—De todo. Experiencia de vida.

—Me aterra cómo suena…

Axel se rio y sacudió la cabeza.

—Espera aquí, voy a poner música.

AXEL

Puse un vinilo de los Beatles.

Leah me sonrió cuando volví a la terraza con dos mojitos más en la mano y le tendí uno mientras la música envolvía la noche. Encendí otro cigarro, sin apartar la mirada del cielo lleno de estrellas que parecían temblar al ritmo de las notas.

—¿Está siendo como esperabas?

Ella se estiró.

—Sí. Gracias, Axel.

Me gustó verla así, tan centrada en ese mismo instante, sin pensar en nada más, con la cabeza vacía del caos que normalmente la llenaba. Llevaba el cabello alborotado, muy largo, y cuando se puso de pie se tambaleó un poco. La agarré de la cintura.

—Estoy un poco mareada —se rio.

—Ya has bebido bastante.

Tenía los ojos brillantes y eran como un mar de color turquesa. Me perdí en ellos unos segundos mientras ella se movía con lentitud, cada vez más cerca. Entonces empezó a sonar *Let it be* y dejé que me rodeara el cuello con las manos. Me dejé llevar. Alcé los brazos y deslicé los dedos despacio hasta alcanzar sus caderas y pegarla más a mí, bailando lento, bailando bajo las estrellas en aquella casa alejada del resto del mundo.

Se puso de puntitas y sentí su aliento cálido contra la mejilla. Me estremecí antes de sujetarla y mantenerla quieta entre mis brazos, congelados en ese instante.

—Leah…, ¿qué haces? —susurré en su oreja.

—El beso. Solo… regálame eso.

—Estás borracha.

—Tú también. Un poco.

—No sabes lo que quieres…

—Sí lo sé. Siempre lo he sabido.

Ella se frotó contra mí, y al sentir una punzada de deseo, pensé que, carajo, había bebido demasiado. Eso y que era un estúpido cabrón. Tomé aire con brusquedad.

—Olvídalo. Es una puta locura.

—Solo es una emoción más, Axel.

—¿Por qué no se lo pides a algún amigo?

—Seguro que nadie besa como tú.

—Seguro… —susurré mirando su boca.

—¿Me estás dando la razón?

Me reí y la hice girar a mi alrededor.

—No, solo soy sincero. Es un hecho.

—Está bien, me quedaré eternamente con la duda.

No me gustó cómo sonaba eso, «eternamente» parecía mucho tiempo. Nos movimos juntos; intenté mantenerme alejado de ella, pero no lo conseguí. Cuando llegó el estribillo, Leah cerró los ojos dejando que la guiara. No sé si fue porque los dos habíamos bebido o porque tenerla tan cerca me nublaba la razón, pero aflojé las riendas y me permití ser yo mismo, el que no pensaba en normas ni consecuencias, el que solo vivía el presente y nada más.

—Está bien. Solo un beso. Uno.

—¿Lo dices en serio? —me miró.

—Pero mañana no lo recordaremos.

—Claro que no —murmuró.

—Cierra los ojos, Leah.

Respiré hondo y me incliné despacio hacia ella. Fue apenas un roce suave, pero me calentó por dentro. Dejé aquel beso en la comisura de sus labios y me aparté mientras Leah fruncía el ceño desilusionada.

—¿Eso es todo? ¿Ya está?

—¿Qué rayos esperabas?

—Un beso en condiciones.

—No me jodas —gruñí.

Y luego, un poco frustrado, volví a besarla.

Esa vez de verdad. Nada de un roce, nada de una caricia temblorosa. Tomé su rostro entre mis manos, sujetándola por las mejillas, y le mordí la boca. Apresé su labio inferior con los dientes antes de dejarlo resbalar entre los míos. Leah gimió en respuesta. Un puto gemido que fue directo hasta mi entrepierna. Alejé la excitación cerrando los ojos. Ella sabía a lima y a azúcar y, en medio de aquella locura, decidí que hundir la lengua en su boca era una idea formidable. Algo se agitó en mi estómago al rozar la suya, al ser consciente de que estaba besando a Leah y no a una chica cualquiera, de que, carajo, de que estaba sintiendo, de que estaba cometiendo un gran error…

Me aparté de golpe.

Leah me miró en silencio mientras yo recogía los vasos y el paquete de tabaco que había dejado sobre la barandilla de madera.

—¿Te vas? —preguntó.

Asentí y me alejé de ella.

El corazón seguía latiéndome rápido cuando me metí en la regadera y dejé que el agua fría me despejara. Pensé que había sido una insensatez beber y bajar así las defensas. Pensé que besarla tendría que haber sido desagradable. Pensé que tenía que dejar de empalmarme por culpa de ella. Pensé que debería haberlo visto venir. Pensé…, pensé tantas cosas.

Y ninguna tenía sentido ni lo explicaba.

Me acosté en la cama aún confundido.

Estuve horas dando vueltas sin poder dormir, buscando la manera de encajar la escena. Parecía irónico que yo intentara aclarar los pensamientos de Leah y que ella se dedicara a enredar los míos.

Suspiré hondo recordando su endiablado sabor.

Nunca había entendido por qué la gente le da tanta importancia a los besos; es solo un contacto entre dos bocas. Yo sentía más conexión con el sexo. El placer. Una finalidad. Un acto con un principio y un final. En cambio, eso no existe en los besos, ¿cuándo debe terminar?, ¿cuándo parar? No es instintivo, es emocional. Era todo lo que nunca logré ser, y al besarla a ella me di cuenta de que llevaba media vida equivocado. Un beso es… intimidad, deseo, temblar por dentro. Un beso puede ser más devastador que un maldito orgasmo y más peligroso que cualquier otra cosa que hubiera podido decirme con palabras. Porque ese beso…, ese beso se iba a quedar conmigo para siempre, lo supe en cuanto cerré los ojos tras el primer roce.

LEAH

Axel no había apagado el tocadiscos al irse y empezó a sonar *Can't buy me love* mientras me sujetaba a la valla de madera con las piernas temblorosas y el corazón en la garganta.

Porque ahí tenía la respuesta. La que llevaba meses esquivando.

Al rozar sus labios, entendí que el esfuerzo valía la pena. El dolor. Quitarme el impermeable. Dejar pasar al miedo. Sentir. Sentir. Sentir. Vi ante mis ojos cómo las emociones se equilibraban con picos y bajadas cruzándose, porque si la tristeza no existiera, nadie se habría tomado nunca la molestia de inventar la palabra «felicidad». Y besarlo había sido eso. Una chispa de felicidad, de las que prenden y explotan como un castillo de fuegos artificiales. Había sido un cosquilleo en el estómago. El sabor de esa noche estrellada en los labios. El olor del mar impregnado en su piel. Sus dedos ásperos contra mi mejilla. Su mirada desnudándome por dentro. Él. De nuevo él. Siempre él.

Y renunciar a eso… era imposible.

AXEL

Me levanté de un humor de perros y aún enfadado conmigo mismo, con ella y con cualquier cosa que se me pusiera por delante. Me limité a beberme el café de un trago, agarré la tabla y me adentré en el camino que conducía hacia la playa.

El agua estaba más fría durante esa época del año, pero casi lo agradecí. Me concentré en las olas, en dominar mi propio cuerpo mientras las cabalgaba, en el sol que se alzaba lentamente tras la línea del horizonte, en el sonido de las olas…

Y cuando acabé agotado en el agua con los brazos sobre la tabla, los pensamientos que había intentado enterrar regresaron con fuerza.

Ella. Y esos labios suaves que sabían a lima.

Cerré los ojos suspirando hondo.

¿Qué demonios me había pasado?

Salí del agua casi más enojado y regresé a casa. Dejé la tabla en la terraza y vi que Leah se había levantado y estaba sirviéndose una taza de café en la cocina, detrás de la barra. Tragué saliva tenso. Ella me miró de reojo.

—¿Por qué no me despertaste?

—Anoche nos quedamos hasta tarde.

Leah se llevó un mechón de cabello tras la oreja.

—De acuerdo, pero siempre me despiertas.

—Pues hoy no. ¿Sobra café?

—Creo que un poco.

—Bien.

Me serví el segundo del día y abrí el refrigerador para buscar algo para comer. Tal como me temía, oí su voz a mi espalda. Y fue el tono…, ese tono que decía que no iba a dejarlo pasar sin más. Ese tono que no quería oír.

—Axel, lo de anoche...

—Eso fue una estúpida aberración.

—No lo dices en serio —susurró temblando.

Dejé escapar el aire que estaba conteniendo y apoyé la cadera en uno de los muebles de la cocina. La miré a los ojos. Y fui firme. Y duro. Todo lo que tenía que ser.

—Leah, me pediste eso, que te regalara un beso. Lo hice, aunque ahora sé que no debía. Supongo que tendría que haberme dado cuenta de que confundirías las cosas, y no te culpo. Lo estás pasando mal. Y eres..., eres...

Ella dio un paso al frente.

—¿Qué soy? Dilo.

—Eres una niña, Leah.

—Sabes que eso me duele.

—Ya te irás dando cuenta de que el dolor, a veces, cura otras cosas.

Y tenía que curarse de mí, de lo que fuera que tuviera en su cabeza. No estaba muy seguro de qué sentía ella y, como había ocurrido aquel día años atrás cuando vi los corazones en su agenda, tampoco quería saberlo. Hay cosas que es mejor dejar tal y como están hasta que desaparezcan. Evitarlas. Mirar hacia otro lado.

Era más fácil así. Mucho más fácil, sí...

Tomé un tetrabrik de jugo de manzana.

—No te creo, Axel. Yo lo sentí. Te sentí.

Avanzó hacia mí, un paso tras otro. Y cada paso fue un puto vuelco en el estómago. Vi en ella a la chica que había sido antes, esa que se lanzaba al vacío sin pensar, la que no conocía la palabra «consecuencias». La apasionada. La intensa. La que permitía que las emociones la desbordaran porque no las temía. De la que nunca sabías por dónde iba a salir. La que pintaba casi con los ojos cerrados y se dejaba llevar por lo que sentía, sin analizar cada trazo, sin ser consciente de que hacía magia.

—Sé que yo te lo pedí. Pero fue de verdad. El beso.

—Leah, no compliques las cosas —gruñí molesto.

—Está bien, pues solo admítelo. Y pararé.

—No voy a mentirte para que estés contenta.

Guardé el jugo y cerré el refrigerador dando un portazo mientras pensaba en el lío en el que me había metido por una puta tontería. La dejé allí y salí a la terraza.

En qué mal momento había decidido emborracharme con ella. En qué mal momento había cedido y me había dejado llevar por el impulso. En qué mal momento todo. Porque no entendía qué estaba ocurriendo. Que la chica de siempre, la que había visto crecer, estuviera ahora pidiéndome que admitiera que ese beso había sido real.

Si Oliver llegaba a enterarse, me mataría.

Y carajo, ¿qué pensaría Douglas Jones de aquello?

Cuando la pregunta me azotó, fruncí el ceño. Era la primera vez que lo recordaba así, como si él aún estuviera en algún otro lugar. Me froté la cara. Yo nunca había entendido a esas personas que, cuando les pasaba algo bueno, pensaban que era algo que sus seres queridos fallecidos les habían regalado, que era obra de ellos; y, cuando ocurría algo malo, al revés, se reprendían creyendo que los estarían decepcionando. Era una ilusión. Aferrarse a la esperanza por supervivencia.

El vaso medio vacío me decía que, si la situación de los primeros meses había sido difícil, con ella sin hablar y encerrada, aquella que empezaba a dibujarse iba a ser aún peor. El vaso medio lleno gritaba que, de algún modo retorcido, Leah estaba sintiendo. Sí, sentía lo que no debía, pero al menos lo hacía, que era mejor que la alternativa: el vacío.

Pero ni siquiera ese pensamiento me tranquilizó cuando, un rato después, ella salió a la terraza y me miró como si fuera un jodido príncipe azul.

Supe que tenía que hacer algo drástico.

Algo que cortara aquello de raíz.

LEAH

Tenía el estómago encogido desde primera hora.

Me daba igual lo que Axel dijera. Yo lo había sentido. En su mirada. En sus labios. Había sido real, muy real. Y llevaba tantos años soñando con un beso suyo…, tantas noches en la cama mirando el techo de mi habitación y preguntándome cómo sería…

Aguanté la respiración cuando él salió de la terraza sin mirarme. Reprimí las ganas de decirle algo, porque empezaba a notar el sabor de la decepción en la boca, no porque esperara más de él, era muy consciente de la situación, sino porque me sorprendía que fuera tan cobarde. Él, que siempre se mostraba tan entero, tan abierto y tan brutalmente sincero, aunque terminara siendo incorrecto.

Más tarde, agarré un poco de fruta para comer cuando advertí que Axel no parecía tener intención de almorzar a la hora habitual. Pasé el resto del día metida en mi habitación, con los audífonos puestos, escuchando *Let it be* con los ojos cerrados mientras rememoraba cómo habíamos bailado en la terraza, la delicadeza con la que había dejado caer sus manos desde mi cintura a las caderas, relajado, mirándome bajo las estrellas…

Y luego sus labios exigentes. El gemido ronco que se coló en mi boca. Su aliento cálido. Las mariposas en el estómago. Las rodillas temblorosas. La sombra de su barba contra mi mejilla. Nuestras salivas mezclándose. El tacto suave de su lengua. Ese momento. Solo nuestro.

Me di la vuelta en la cama y me quedé dormida.

Cuando desperté casi había anochecido.

Axel estaba en el comedor, sentado delante de su escritorio mirando algo del trabajo a pesar de que era sábado. Estaba vestido. Teniendo en cuenta que siempre iba en traje de baño o con pants y alguna camiseta sencilla de algodón, me sorprendió verlo en jeans y con una camisa estampada y arremangada hasta casi los codos.

—¿Vas a salir? —pregunté con inquietud.

—Sí. —Se puso de pie—. No me esperes despierta. ¿Crees que podrás resolver sola la cena o necesitas que te haga algo antes de irme?

Quise preguntarle por qué se había vestido así. O, mejor dicho, para quién se había vestido así. Pero no tuve valor, porque no quería escuchar la respuesta. No podía.

Lo vi marcharse unos minutos después.

Me quedé parada en medio de la sala observando aquella casa como si no llevara viviendo allí cinco meses. Contemplé los muebles un poco envejecidos, los discos de vinilo que Axel había dejado encima del baúl la noche anterior, las plantas que crecían casi salvajes, sin que nadie las podara nunca o les quitara las hojas secas…

Deseché la idea de cenar cuando logré reaccionar.

Tenía el estómago revuelto y las emociones parecían palpitar en mi cabeza pidiéndome que las dejara salir. Respiré hondo. Una y otra y otra vez más. Al final busqué por inercia lo único que sabía hacer. Tomé un lienzo en blanco, lo puse en medio de la sala y me dejé llevar.

Pinté. Y sentí. Y pensé. Y seguí pintando.

Tenía en la cabeza la imagen que estaba plasmando. Podía ver cada línea y cada sombra antes de que el pincel tocara el lienzo. No sabía hacerlo de otra manera. Sentía algo, lo sentía intensamente hasta que esa emoción se desbordaba y me veía obligada a dejarla salir.

Mi madre me dijo una vez que todas las mujeres de la familia éramos así. Me contó que mi abuela se enamoró de un tipo rebelde con el que su padre no la dejaba relacionarse; al parecer, un día tropezó con él, lo miró a los ojos y ya está, supo que era el hombre de su vida. Cuando le prohibieron verlo, se escapó de casa de madrugada, se fugó con él y regresó tres días después con un anillo en el dedo. Por suerte, tuvo un matrimonio largo y feliz.

Ella también era así. Rose, mi madre.

Siempre fue impulsiva. Decía lo primero que se le pasaba por la cabeza, tanto para lo bueno como para lo malo. A papá solía hacerle gracia lo transparente que era y la miraba con ternura mientras ella se desahogaba caminando de un lado a otro de la cocina, abriendo y cerrando alacenas con el pelo alborotado recogido en un moño y esa energía que nunca parecía agotarse. Cuando pensaba que había tenido suficiente, se acercaba a ella y la abrazaba por detrás. Entonces se calmaba. Entonces… mamá cerraba los ojos y se dejaba mecer por sus brazos.

Sumida en ese recuerdo, agarré una pintura gris de otro tono.

Los trazos fueron uniéndose y cobrando sentido poco a poco, conforme la noche se cerraba más y el reloj marcaba la una de la madrugada. No se oía nada. Estaba sola, acompañada por todos esos sentimientos enmarañados.

Hasta que oí el chasquido de la puerta.

Axel entró. Lo miré. Y entonces lo odié. Lo odié…

—¿Aún estás despierta? —gruñó.

—¿Hace falta que responda?

Avanzó tambaleándose y tropezó con una maceta, tuvo que apoyarse en el mueble del comedor. Calibré su extraña sonrisa mientras se acercaba; yo solo deseaba salir corriendo y meterme en mi habitación. Axel tenía los ojos más acuosos por el alcohol, de un azul turbio, de un azul que no era el suyo. Y los labios enrojecidos por los besos de otra.

Me quedé sin respiración, preguntándome cómo sería, por qué ella sí y yo no. Deslicé la mirada por las marcas de su cuello.

Quizá quería hacerme daño a mí misma. Quizá quería castigarme por no ser capaz de controlar mis sentimientos. Quizá quería escucharlo de sus labios.

—¿Qué es eso? —las señalé.

Él se frotó el cuello, aún con aquella sonrisa de idiota.

—Ah, Madison. Es muy apasionada.

—¿Te acostaste con ella?

—No, jugamos al parchís.

—Vete al demonio… —dije sin fuerzas.

Se acercó por detrás, pegando su pecho a mi espalda. Una de sus manos bajó hasta mi cintura y me apretó más contra él mientras se inclinaba para susurrarme al oído:

173

—Puede que ahora te parezca un maldito cerdo, pero algún día te darás cuenta de que esto lo he hecho por ti, cariño. Un pequeño favor. No hace falta que me lo agradezcas. Si pensabas que me conocías…, esto es lo que soy, lo que hay.

—Suéltame —lo empujé.

—¿Lo ves? Ya no te parece tan divertido que te toque. ¿Sabes cuál es tu problema, Leah? Que te quedas en la superficie. Que miras un regalo y solo te fijas en el envoltorio brillante sin pensar en que puede que esconda algo podrido.

Ni siquiera pude mirarlo cuando pasé por su lado y me metí en la habitación dando un portazo que retumbó en toda la casa. Me dejé caer en la cama, hundí la cara en la almohada y apreté los dientes para evitar llorar. Volví a oír ese «cariño» que, irónicamente, era la primera vez que no sonaba paternalista en sus labios, sino sucio, diferente. Me aferré a las sábanas, sintiendo…, sintiendo odio y amor y frustración, todo a la vez.

Me iba a estallar la cabeza.

Ya hacía horas que había salido el sol cuando me levanté de la cama y salí de la habitación buscando café como si lo necesitara para sobrevivir. Revolví los cajones de la pequeña cocina intentando encontrar una aspirina o algo que silenciara el maldito tambor que tenía en la cabeza y que apenas me dejaba pensar con claridad.

Aunque casi mejor…

Me tomé una pastilla y suspiré hondo, recordando secuencias un poco inconexas de la noche anterior. Fui a Cavvanbah, bebí junto a unos conocidos hasta olvidar cualquier preocupación y después me cogí a Madison entre la barra y la parte de atrás del local. Creo que me preguntó si quería que me acercara a casa y le dije que no, que prefería regresar caminando.

Y luego, bueno, la cosa se me había ido de las manos.

Me armé de valor un rato más tarde y llamé a su puerta.

Leah abrió de sopetón y me miró como quien está frente a un desconocido y espera que se presente. Cuando entendió que yo no pensaba decir nada, se dio la vuelta y siguió metiendo su ropa en la maleta, como cada domingo de la última semana del mes. Al terminar, cerró el cierre.

—¿Puedes apartarte? Tengo que salir.

Me hice a un lado, aún un poco confuso, y Leah arrastró la maleta con ruedas para dejarla delante de la puerta principal.

—En cuanto a lo de anoche…

—No hace falta que me des explicaciones —me cortó.

—No pensaba hacerlo. —Mierda. Y más mierda—. Yo solo…

—¿Sabes? A veces es mejor no decir nada.

Llamaron a la puerta antes de que pudiera responder y Leah abrió con rapidez, como si estuviera deseando largarse. Eso me molestó, pero lo enmascaré con una sonrisa para recibir a Oliver, que abrazó a su hermana antes de saludarme a mí.

—¿Cómo va eso, colega? —Me palmeó la espalda.

—Bien, como siempre. ¿Una cerveza?

—Claro, ¿tienes Victoria Bitter?

—No, ¿te sirve una Carlton Draught?

—Está bien. ¿Qué tal el trabajo?

—Espera, Oliver —Leah llamó a su hermano evitando que nuestras miradas se cruzaran—. Le dije a Blair que intentaría pasar pronto por su casa…

—De acuerdo, vámonos ya. —Agarró la maleta de Leah—. Axel, paso mañana por esa cerveza.

—Aquí estaré.

Sujeté la puerta mientras ellos salían.

Leah llevaba un vestido con un estampado de flores azules. Un vestido muy corto. Aparté la vista de sus piernas y cerré con un golpe brusco, salí por la puerta trasera y agarré la tabla de surf.

Solo cuando regresé una hora más tarde, cansado y un poco más tranquilo, me fijé en el cuadro que todavía estaba en medio del comedor. Me sacudí el pelo mojado y me quedé frente a él.

Los trazos oscuros formaban dos siluetas. La que ocupaba el primer plano era una chica mirándose al espejo. Su reflejo llevaba un vestido dibujado con líneas rectas y grises que resbalaban por su cuerpo algo encogido. La otra, la real, vestía una especie de impermeable que le llegaba casi a las rodillas.

Sus dos caras. El pasado y el presente mirándose a los ojos.

AXEL

Fue una semana complicada.

No estuve allí. Estuve atrás, en el beso, en la madrugada del sábado, en su mirada dolida. Me centré en intentar quitarme de encima el trabajo acumulado y terminé algunos encargos, pero no logré dejar de sentirme inquieto. Y su ausencia en casa se fue haciendo más y más grande, colándose en las noches que pasaba solo leyendo en la terraza, en las mañanas viendo el amanecer tumbado sobre la tabla y sumido en el silencio, en el olor a pintura que empezó a desaparecer conforme los días fueron pasando y yo la extrañaba...

Me asustó. Me asustó tanto que lo ignoré.

AXEL

Por primera vez en mucho tiempo, el domingo llegué temprano a casa de mis padres. Tan temprano que fui el primero. Mi madre me preguntó mientras se secaba las manos en un trapo de cocina:

—¿Todo bien? ¿Ocurrió algo?

—¡No seas exagerada! —Le di un beso.

—¡No lo soy! Daniël, ¿estoy exagerando con tu hijo? —Mi padre fingió no oírla—. Llevas tres años llegando impuntual los domingos.

—Me habré equivocado al mirar el reloj. ¿Qué hay de comer?

—Chícharos para ti. Asado al horno para los demás.

Ayudé a mi padre a poner la mesa mientras ella nos seguía de la cocina a la sala contándonos la historia de un cliente de la cafetería al que le habían detectado un tumor.

—Y le han dado tres meses de vida —concluyó.

—Qué porquería —soltó mi padre.

—Se dice «qué desgracia», Daniël —lo corrigió mi madre—. Y a propósito, Galia volvió a romperse la cadera, esa mujer tiene una suerte terrible.

—¿Podemos dejar de hablar de muertes y eso? —pregunté.

Ella me ignoró, se acercó hasta el plato que acababa de dejar sobre la mesa, lo colocó bien (un centímetro más a la izquierda) y arrugó la nariz.

—¿Cuánto tiempo hace que no vas al médico, Axel?

—Todo el que puedo. Me he propuesto batir un récord.

Mi padre apretó los labios intentando reprimir una carcajada.

—¿Cómo se te ocurre bromear con algo así? ¿Sabes cuántas veces va tu hermano a la ciudad a que le hagan una revisión? —Se cruzó de brazos.

—Ni idea. ¿Cada vez que le pica un mosquito?

—¡Cada tres meses! Aprende un poco de él.

—Aprenderé a quedarme dormido de aburrimiento.

En ese momento llamaron a la puerta y noté una sensación desconocida en el pecho. Pero no era ella. Eran Justin, Emily y mis sobrinos, que entraron gritando y haciendo tanto ruido como una manada de elefantes. Les alboroté el pelo antes de quitarle a Max la pistola de plástico que llevaba en la mano.

—¡Eh, devuélvemela! —gritó.

—¡Antes tendrás que atraparme!

Salí corriendo. Mi madre gritó algo así como «¡Cuidado con el jarrón!», pero ninguno lo tuvimos muy en cuenta cuando atravesamos el pasillo a toda velocidad. Max me acorraló y le pidió ayuda a Connor para recuperar su pistola. Alcé el brazo en alto e intentaron escalar como monos por mi cuerpo para alcanzarla.

—¡Eh, sin hacer cosquillas, mocosos!

—¡No somos mocosos! —protestó Connor.

—Claro que sí. ¿Qué es eso que tienes en la nariz? Un moco.

—¡Mamááááá! —gritó mientras Max seguía saltando para agarrar la pistola.

Emily apareció en la habitación y se echó a reír.

—No sabría decir quién es más niño de los tres.

—Axel, por supuesto —contestó Justin asomando la cabeza.

—¿Y quién está más calvo de todos? —pregunté divertido.

—¡Serás cabr…!

—¡Chsss! —lo interrumpió Emily.

Sus hijos se quedaron perplejos cuando su padre, tan correcto siempre, se abalanzó sobre mí y me tiró sobre la cama. Ese era mi don. Ser la única persona del planeta Tierra que podía sacar de quicio a mi hermano mayor. Los niños y Emily desaparecieron en cuanto mi madre anunció que había comprado gomitas.

—¡Maldito idiota! —Justin me dio un puñetazo en el hombro y me eché a reír.

—¿Qué diablos te pasa? ¿No hubo sexo rutinario esta semana?

—Muy gracioso. —Se apartó y se dejó caer en la cama boca arriba—. Axel, ¿crees que nuestros padres se jubilarán algún día o lo dicen por decir?

—No lo sé, ¿qué es lo que ocurre?

—Que acepté trabajar en la cafetería porque ellos pensaban jubilarse en poco tiempo, pero han pasado años. Empiezo a pensar que tan solo me convencieron para que no me marchara a otro lugar si encontraba un trabajo.

—Suena como algo que haría mamá, sí.

—Creo que voy a hablar con ellos. Se supone que yo estoy a cargo de la cafetería, pero me siguen tratando como a un empleado. Voy a darles un ultimátum. O cumplen lo que prometieron o intento abrir algo por mi cuenta. Quiero, ya sabes, poder hacer las cosas a mi manera sin que mamá me dé órdenes. ¿Me apoyarás si la cosa se pone fea?

—Claro, estoy de tu parte.

Dejó escapar un suspiro de alivio que no entendí, porque Justin nunca había necesitado mi aprobación ni mi apoyo. Le devolví el puñetazo en el hombro para romper la tensión.

El timbre de la puerta volvió a sonar.

—¡Ya voy yo! —oí gritar a Emily.

Nos levantamos los dos y avanzamos hacia la sala. Tomé una bocanada de aire al ver a Leah al fondo del pasillo.

«Carajo, ¿qué me estaba pasando?»

La saludé como siempre, con un beso en la mejilla, y nos sumamos al alboroto habitual. Platos arriba y abajo, mi madre evaluando a Oliver para cerciorarse de que no había contraído ninguna enfermedad contagiosa durante aquellas semanas en Sídney, Emily ordenándoles a los gemelos que fueran a lavarse las manos y mi padre tarareando bajito la última canción de moda.

Me senté en mi sitio de siempre, al lado de Leah.

—¿Quieres chícharos? —le ofrecí la charola.

Ella negó con la cabeza sin mirarme.

—¡Max, no agarres la comida con las manos! —gritó Justin—. ¡Maldita sea! Emily, pásame una servilleta. O dos.

—¿Cómo va todo, colega? —mi padre miró a Oliver.

—Bien, una buena semana, ¿verdad, Leah?

Ella asintió y bebió agua.

—¿Y eso? ¿Alguna novedad? —insistió papá.

—Bueno, hemos salido a surfear un poco alguna tarde. Ya no recordaba la última vez que lo hicimos juntos. —Oliver miró a

Leah con orgullo—. Y ha sacado un notable en el último examen, ¿no se los dijo?

—¡Eso es maravilloso, cielo! —exclamó mi madre.

—Gracias —respondió Leah bajito.

—¿Te pongo más guarnición?

—No. —Leah se levantó—. Vuelvo enseguida.

Yo la imité medio minuto después.

—Voy por la salsa —dije.

Pasé de largo la cocina y seguí hacia el baño. Esperé delante de la puerta hasta que ella la abrió y entonces di un paso al frente, entré y la cerré a mi espalda. Leah se mostró primero sorprendida, luego incómoda al sentirse acorralada.

—¿Ahora no me hablas? ¿Quieres que todos empiecen a notar que ocurre algo?

—Ah, ¿acaso ocurre algo? Pensé que habías dejado claro que no.

—No me fastidies. Sabes lo que quiero decir.

—No lo sé, pero empezarán a sospechar si te sorprenden aquí.

Estaba muy enfadado. Aunque no sabía de cierto si era con ella o conmigo mismo.

—Leah, no me compliques la vida...

Ella se tensó. Me atravesó con la mirada.

Y carajo, tenía una mirada muy peligrosa... Peligrosa, cautivadora y electrizante.

—No lo haré. A partir de ahora, no complicaré nada, no te molestaré, puedes estar tranquilo por eso. Déjame salir, Axel. Quiero regresar.

Me aparté aliviado y decepcionado a la vez. Como si eso fuera posible. Como si tuviera sentido...

Leah salió como un huracán. Yo me lavé las manos y pasé por la cocina para agarrar la salsa. En el comedor mi madre estaba echándole bronca a Justin por algo relacionado con los proveedores.

—Te aseguro que lo tengo controlado —afirmó él.

—Pues nadie lo diría. —Mamá chasqueó la lengua.

—El joven hace lo que puede, Georgia —intervino papá.

—¿Por qué llamas joven a tu hijo?

—Solo tiene treinta y cinco años.

—Y no lo parece, por cómo maneja las cosas.

No sé por qué reaccioné. Si porque vi a Emily morderse la lengua para no intervenir y defender a su marido, o porque la chica que tenía al lado me había sacado de quicio unos minutos atrás, pero interrumpí a mi madre.

—Deja a mi hermano tranquilo. —Soné seco, brusco.

Todos me miraron. Todos. Incluso Oliver alzó una ceja sorprendido desde el otro lado de la mesa. Mi madre pareció contrariada, pero terminó de comer en silencio. Cuando se levantó por los postres, la seguí. Vi cómo se apoyaba en la barra antes de sollozar.

—Mierda, mamá, no quería…

—No es por tu culpa, cielo.

La abracé y esperé callado mientras ella se limpiaba las lágrimas con el dorso de la mano. Agarró el montón de platos sucios que había traído y lo metió en el fregadero.

—¿Qué es lo que te pasa?

—No es el momento, cariño.

Me tendió el pay de queso y un cuchillo y me pidió que fuera sirviéndola, así que la dejé a solas con esos pensamientos que aún no quería compartir. Mi hermano me miró agradecido desde el otro extremo de la mesa. Empecé a cortar el pay en varias porciones. Le tendí a Leah el trozo más grande, aunque estuviera enojado con ella. O conmigo por cómo era con ella. Yo qué sé.

La cuestión es que, cuando salí a media tarde después de despedirme de todos y mientras caminaba por las calles de Byron Bay alejándome de la casa de mis padres, me asaltaron todos los problemas que se mezclaban bajo esas paredes, en cada una de las personas que nos reuníamos allí. Emily reprimiendo una contestación. Mi hermano, frustrado e inseguro. Mi madre y sus demonios. Mi padre y su conformismo. Oliver y la carga que llevaba a cuestas. Y Leah…

Quizá yo estaba demasiado acostumbrado a vivir tranquilo.

Quizá me había pasado media vida evitando los problemas.

Quizá estar solo mirándose el ombligo era la manera más fácil de sobrevivir.

55

LEAH

—¿Quieres que compremos de cena algo para llevar?

—Estoy muy llena —le dije a Oliver.

—¿También para un helado?

—Para eso no —le sonreí.

Tomé la chamarra de mezclilla antes de irnos, porque durante las noches de invierno refrescaba un poco. Caminé junto a mi hermano por las calles poco iluminadas y me sentí bien. Me sentí muy yo. Muy como antes. También cuando nos sentamos en una terraza cerca del mar y pedí un helado de pistache y chocolate.

En teoría, debería ser al revés...

Debería sentirme mal por lo que había ocurrido con Axel. Porque me había decepcionado y la decepción siempre sabe amarga y cuesta tragarla, pero, cuando lo haces y la digieres, afrontas mejor las cosas, con la cabeza más fría. Probablemente él ni siquiera sería consciente de por qué estaba enfadada, claro. Y darme cuenta de que de algún modo seguía siendo fiel a mí misma me hacía sentirme más fuerte.

—No quiero que te vayas... —dije.

Y era verdad. Por primera vez, no me era indiferente quién estuviera a mi alrededor. Quería tener a mi hermano cerca.

—Tres semanas se pasan en nada.

—Claro, seguro que estás deseándolo...

Lo miré divertida y lamí la cuchara de helado.

—¿Por qué piensas eso?

—Mmm, ¿cómo se llamaba? ¿Bega?

Mi hermano asintió un poco tenso.

—No creas. Es complicado.

—Ya me imagino...

—¿Y tú?

—¿Yo?

—¿Qué fue de ese chico con el que salías hace tiempo?

—Ah, Kevin. Nada. Es un amigo. Ahora está con Blair.

—Vaya. ¿Y a ti te parece bien?

—Sí, nunca me gustó del todo.

Mi hermano arqueó las cejas.

—¿No era tu novio?

Dudé con la cuchara a medio camino de la boca. Terminé dejándola en el helado y me recliné en el asiento.

—El problema es que me gustaba más otro chico.

—No me contaste nada...

—Antes no hablábamos mucho.

Oliver se quedó pensativo unos segundos.

Era cierto. Siempre nos habíamos querido. Él había sido el hermano perfecto; protector, cariñoso y flexible cuando tocaba. Yo lo había idolatrado desde que tenía uso de razón y me encantaba revolotear a su alrededor, pero los diez años que nos llevábamos siempre se habían notado. Nunca habíamos hablado de ese tipo de cosas porque por aquel entonces yo tenía a mis amigas para desahogarme y ni siquiera me pasaba por la cabeza sacarle a él un tema así. Nos limitábamos a bromear y a pasar juntos momentos bonitos en familia cuando venía a comer a casa o se sentaba un rato conmigo en el estudio de papá.

—Así que... otro chico —continuó.

—Sí, uno un poco inalcanzable.

—Eso es porque no es el adecuado.

—¿Por qué piensas eso?

—Porque eres especial. Y no lo digo porque seas mi hermana, aunque eso es un buen punto a tu favor —bromeó inclinándose hacia delante—. Lo digo porque es cierto. Eres el tipo de chica que hará que un hombre pierda totalmente la cabeza.

Volví a tomar el helado sin mucho ánimo.

—Dudo que él haga eso jamás.

—Entonces olvídalo, porque si no sabe ver lo increíble que eres debe de ser un idiota. —Oliver tamborileó en la mesa con los dedos—. ¿Hablabas de esto con mamá?

Curvé los labios recordando, recordándola...

Era la primera vez que sonreía al hacerlo.

—A mamá era imposible esconderle nada.

56

LEAH

El jardín de casa estaba decorado con guirnaldas entre las ramas de los árboles iluminando la mesa rectangular de madera. Era mi cumpleaños número diecisiete. Ya lo había celebrado con mis amigos la semana anterior, pero mamá quiso hacer también algo más familiar e invitó a los Nguyen a cenar.

Aunque acababan de verse esa misma tarde, al llegar hubo abrazos y besos antes de que fueran a preparar los platos a la cocina. Yo me quedé en el jardín porque Emily me tendió sonriente el regalo que me habían traído ella y Justin. Lo desenvolví rápido rompiendo el papel. Eran unos libros sobre dibujo. Preciosos. Perfectos.

—¡Gracias, Emily! —La abracé.

—¡Eh, los elegí yo! —se quejó Justin.

Lo abracé también a él.

—Dejen paso al rey —se pavoneó Axel—. Llegó la hora de darle su regalo de verdad.

Oliver, a su lado, puso los ojos en blanco.

—Todavía no sé por qué soy su amigo.

—Toma —Axel me tendió un sobre. Sin envolver.

Le di la vuelta. En la parte trasera había un dibujo hecho por él bajo el mensaje «Feliz cumpleaños, Leah»: una chica de rostro infantil con el pelo largo y rubio pintando delante de un lienzo y con la ropa llena de coloridas manchas de pintura. Era yo.

—Vamos, ábrelo. El regalo está dentro.

No podía dejar de mirar el dibujo. Había algo íntimo en la idea de verme dibujada por sus dedos, esos tan largos y masculinos que tantas veces había mirado embobada. Que hubiera hecho cada trazo pensando en mí y solo en mí…

—Leah, o lo haces tú o lo hago yo.

Levanté la mirada hacia él aún nerviosa.

—Sí, perdona. —Lo abrí. Y por primera vez, lo hice muy despacio, para no estropear el papel y quedarme el dibujo, ese que llevaría tiempo después dentro de la cartera y que miraría hasta desgastarlo—. Son... ¡entradas para el concierto! ¡No lo puedo creer! —Salté al ver el logo de un grupo de música al que seguía desde hacía meses—. ¡Gracias, gracias, gracias!

—¿Qué es eso que acabo de oír? ¿Un concierto? —Mi madre dejó un par de platos en la mesa—. ¿Dónde es?

—En Brisbane... —susurré.

—¿Y pretendes ir tú sola?

—No. Hay dos entradas, se lo diré a Blair.

—¿A qué hora es? —insistió preocupada.

—Yo puedo llevarlas, Rose. —Mi padre le dio un beso en la mejilla y ella se calmó de inmediato, cerrando los ojos antes de asentir.

Sonreí cuando papá me guiñó un ojo.

Nos sentamos a la mesa. Daniël abrió una botella de vino y nos contó una anécdota que había ocurrido esa mañana en la cafetería. Mi cena de cumpleaños fue animada y tranquila. Emily y Justin acostaron a los gemelos en la cama de mis padres hasta la hora de marcharse, porque se caían de sueño después de pasar la velada corriendo de un lado para otro.

Mi madre sacó el pastel y todos corearon *Cumpleaños feliz*. Lo dejó delante de mí, con esa sonrisa suya llena de orgullo que a mí me hacía sentirme inmensamente afortunada y querida.

Y entonces pedí el deseo que tiempo después recordaría. Pedí un beso de Axel mientras soplaba las velas con fuerza.

—Ya está puesto el temporizador —dijo mi padre colocando la cámara encima de la valla del porche—. ¡Rápido! ¡Un, dos, tres y... sonrían!

Sonó el chasquido del *flash* y ese momento quedó inmortalizado.

El de después, en cambio, solo se registró en mi memoria.

—Así que irás a ese concierto con una amiga. —Axel lamía la cucharilla tras llevarse un trozo de pastel a la boca—. ¿Ya no sales con ese chico?

—¿Qué chico? —Daniël frunció el ceño.

—Se llama Kevin Jax, ¿no, cielo? —preguntó mamá.

—Ya no estamos juntos —aclaré.

—¿El que tenía pinta de cortar el césped? ¿Qué pasó? ¿Cometió el error de dejar una brizna de hierba más alta que la otra y sus padres lo castigaron sin salir? —se burló Axel.

—Hijo, cierra esa boca que tienes —lo reprendió Georgia y alejó la botella de él—. No le hagas caso, esta noche se ha pasado con el vino. Aún eres muy joven, seguro que conocerás a alguien mejor.

—Lo que tiene que hacer es estudiar y olvidarse de novios —atajó Oliver al tiempo que se levantaba y ayudaba a mi padre con los platos.

Odiaba que todos hablaran de mí, como si fuera una niña y tuvieran derecho a opinar.

Distinguí de fondo a los Beatles, sonando bajito. Imaginé el disco girando y girando y girando…

—No le hagas caso a tu hermano. —Axel tenía los ojos brillantes—. Lo que tienes que hacer es disfrutar. También estudiar, claro. El resto del tiempo, sal, conoce chicos, cog… —se mordió la lengua—, diviértete con ellos y no te pongas límites ni ataduras.

—¿Qué tienen de malo las ataduras? —intervino Justin.

—Bueno, como indica la palabra, atan.

Axel y Justin se pasaron los siguientes veinte minutos discutiendo, a pesar de los intentos de Georgia por cortar la desavenencia entre sus hijos. Yo me dediqué a observarlo bajo la luz de las guirnaldas en aquella noche de verano. La sombra de la barba le acariciaba la mandíbula cuadrada y llevaba el pelo más largo de lo habitual, las puntas casi le rozaban las orejas.

Cuando todos se fueron, subí a mi habitación, me puse la pijama, me acosté en la cama y miré el sobre en el que Axel había metido los boletos del concierto. Deslicé los dedos por el dibujo, lo imaginé haciéndolo en su escritorio, ese que estaba lleno de cosas…

—¿Puedo pasar? —mamá llamó a la puerta.

—Claro. Entra. —Dejé el sobre en la mesita.

—¿Te la pasaste bien? —Remetió la sábana de colores porque siempre solía destaparme a media noche. Luego se sentó al borde de la cama.

—Sí, gracias, mamá. Ha sido genial.

—Venía a darte un regalo...

—Pero si ya me lo diste.

—Un regalo diferente, Leah. Un consejo. —Me apartó de la cara algunos mechones—. Dale tiempo a Axel, cielo.

—¿Qué quieres decir?

—Ya lo sabes. En la vida, cada cosa tiene su momento, lo entiendes, ¿verdad?

—Pero, mamá, no sé de qué estás...

—Leah, no pretendo que hablemos de esto como si fuera una de tus amigas. Solo es un consejo porque no quiero que sufras. Y sé cómo eres. Sé cómo sientes. Somos más parecidas de lo que crees, ¿sabes? Quizá aún no te hayas dado cuenta, pero Axel es... complicado. Y tú, muy impaciente. No es una buena combinación.

—Da igual. Nunca me mirará de otra forma.

—No lo culpes por eso, Leah. Aún eres una niña... —Mamá tenía la sonrisa más bonita y dulce del mundo—. Mi pequeña princesa..., cada vez que te miro solo puedo pensar, ¿cómo es posible que ya hayan pasado diecisiete años desde que eras una bolita adorable y diminuta? —Tenía los ojos húmedos; ella era así, tan emocional, tan frágil...—. Descansa, cariño. Mañana podemos hacer algo juntas si nos levantamos temprano, ¿te parece?

Asentí y ella se inclinó para darme un beso antes de apagar la luz.

JULIO

(INVIERNO)

57

AXEL

Leah llegó el lunes pedaleando desde el colegio. Oliver se fue un día más tarde; esa misma mañana pasó por casa para dejar la maleta de su hermana. Nos despedimos con un abrazo. No quise pensar en nada cuando le palmeé la espalda. No quise pensar en ella ni en todo lo que ocurrió el último mes.

—¿Te ayudo con eso? —me ofrecí a tomar su mochila en el porche, pero Leah negó con la cabeza y entró en casa. La seguí hasta la cocina—. No me saludes con tanto entusiasmo, que podría empezar a caer confeti del techo.

—Perdona. Hola.

Agarró una de las sopas instantáneas de mi madre y se dedicó a leer las instrucciones apoyada en la barra. Llevaba una de esas camisetas que se atan al cuello y son tan cortas que dejan el ombligo a la vista. Aparté la mirada y carraspeé.

—Ya preparé la comida.

—Gracias, pero prefiero esto.

—Ni siquiera te he dicho qué es.

—Prefiero esto a cualquier otra cosa.

Nos taladramos mutuamente con la mirada.

—Como quieras. —Abrí el refrigerador, tomé mi comida y me fui a la sala.

Ya no hablamos más.

Ni ese día, ni el martes ni el miércoles.

Al principio intenté sacar algún tema de conversación mientras nos perdíamos entre las olas al amanecer. De vuelta en casa, agarraba una manzana del refrigerador, se la guardaba en la mochila y se iba al colegio en su bicicleta.

Yo me debatía entre exigir una explicación o dejarlo pasar, porque por primera vez en mucho tiempo Leah parecía muy entera, muy despierta. No estaba seguro de qué significaba, pero el resto del tiempo estaba centrada en sus cosas.

Hacía la tarea a media tarde, a veces a mi lado en el escritorio, o bien sentada en el suelo de la sala o acostada en su cama. Después mataba las horas con los audífonos puestos o pintando un rato. Sobre todo, pintaba para ella misma, en un cuaderno que llevaba debajo del brazo a menudo, a buen resguardo, como si no quisiera dejarlo por ahí y que yo lo viera.

Y eso me jodía la vida.

Me jodía que me negara su magia, las emociones que plasmaba, los secretos enredados en su cabeza. Sabía que no tenía derecho a estar molesto, pero no podía mantener bajo control ese resentimiento. Egoístamente, quería que las cosas fueran como antes, pero ya nunca podrían serlo porque ella mudaba de piel cada mes ante mis ojos, creciendo y eligiendo sus propios caminos.

Cuando llegó el viernes, estaba tan frustrado que no podía ni concentrarme en el libro que leía mientras los grillos cantaban en mitad de la noche.

Leah apareció en la terraza. Llevaba un vestido azul claro muy sencillo, pero que marcaba todas y cada una de las curvas de su cuerpo, y unas sandalias de colores a juego con unos pendientes. Los labios con un poco de color y sombra de ojos negra. Creo que nunca la había visto así, tan… diferente, tan… mujer. O no me había fijado antes. Y maldita la hora en la que empecé a hacerlo, porque tenía algo adictivo. Ese misterio. Esa parte emocional. Lo imprevisible. Ella, a secas.

—Me veré con Blair, no llegaré tarde.

—Eh, quieta ahí. —Me puse de pie antes de que ella se diera la vuelta—. ¿Por qué no me lo dijiste antes?, ¿no has pensado que a mí también me gustaría salir un rato?

—¿Y qué te lo impedía? —replicó.

—Que creí que estarías aquí, por ejemplo.

—Si no recuerdo mal, eso no pareció ser un problema para ti la semana pasada.

—Leah. —La tomé del codo y ella me sostuvo la mirada—. No me desafíes. Vives bajo mi techo, así que antes de hacer algo, me lo consultas. ¿Viene alguien a recogerte?

—No, voy andando.

—De eso nada.

—Se me antoja dar un paseo.

—Ni de broma. Te acercaré.

Vi cómo se mordía la lengua mientras yo iba por las llaves del coche. Me daba igual que le doliera que la tratara como a una niña, porque, a fin de cuentas, es lo que era. Que tenía diecinueve años, carajo. Me lo repetí todas las veces que pude, no sé si como reproche hacia ella o solo para recordármelo.

Ninguno de los dos dijimos nada durante el trayecto hasta Byron Bay. Conduje hacia una casa cerca de la playa que era grande y tenía dos pisos. Paré delante. Se escuchaba música que provenía de dentro y, no sé por qué, sentí el impulso de apretar el acelerador y llevármela lejos, solo nosotros dos. Pasar aquella noche en cualquier lugar, paseando por la arena o en nuestra terraza; leyendo, escuchando música, hablando, bailando, pintando o tan solo estando en silencio, compartiendo el momento.

Aferré el volante con fuerza.

—¿A qué hora paso a recogerte?

—No será necesario, gracias.

Cerré el seguro antes de que Leah pudiera abrir su puerta. Volteó hacia mí con el ceño fruncido y la boca tensa, contraída en una sola línea. Esa boca desafiante…

—No me importa si te quedas hasta las tantas. Está bien, diviértete, disfruta. Pero dime una maldita hora. Y a esa hora estaré aquí, delante de la puerta. Y espero que tú también. ¿Me explico?

—¿No puede acercarme algún amigo…?

—No, a menos que quieras que entre, los conozca a todos y tenga una charla con ellos para que entiendan que me enfadaré mucho si a alguno se le ocurre beber y dejar que te subas en su coche. Y créeme, no les gustará verme enfadado. Además, sospecho que a ti no te gusta la idea de que me comporte como tu niñera oficial, así que hagamos las cosas fáciles, Leah.

—A las tres —dijo secamente.

—Hecho. Aquí estaré. Diviértete.

No sé si llegó a oírme antes de cerrar con un portazo.

Paré delante del mar tras conducir un rato. Podría haber vuelto a casa, pero dejé las sandalias dentro del coche y caminé por un sendero hasta la playa. Oí el rugir de las olas cerca. Me acosté en la arena, con las manos en la nuca, y contemplé las estrellas que salpicaban el cielo.

Y pensé en ella. Pensé en mí. Pensé en todo.

58

LEAH

Había bastante gente en la casa y se oía música de fondo. Las voces que llegaban de la sala me sacudieron. Me quedé parada delante de la puerta intentando decidir si entraba. Conocía a algunos invitados porque había coincidido con ellos en el colegio, antes de que yo repitiera el último año y me quedara rezagada.

Sentí el impulso de dar media vuelta y correr tras el coche de Axel. Se me secó la boca. Le había dicho a Blair que acudiría a esa fiesta porque una parte de mí quería volver a ser normal, hacer las cosas que hacía antes, demostrar que era la misma chica de siempre. Pero el corazón se me iba a salir del pecho.

—¿Leah? Estás aquí. Blair me dijo que vendrías. —Desde el otro lado del umbral, Kevin Jax me sonreía con cariño.

—Hola. —Tenía un nudo en la garganta.

—Vamos, te prepararé algo de beber.

—No. Mejor no. —Estaba temblando.

—¿Ni siquiera un refresco? Sin alcohol.

—Está bien. Eso sí —accedí.

La ansiedad era como un insecto incontrolable que vivía dentro de mí. Podía estar semanas sin aparecer y, según el psicólogo al que mi hermano me había llevado el año anterior, era algo habitual, ataques leves y comunes que sufría mucha gente en su día a día, incluso aunque no hubieran vivido ningún suceso que los desencadenara. La ansiedad se mantenía dormida en un rincón y despertaba sin avisar, te entumecía los brazos y las piernas, y provocaba que hablar y decir algo coherente se convirtiera en una tarea complicada.

Seguí a Kevin hasta la cocina de la casa, que estaba repleta de botellas a medio terminar y vasos de plástico. Era el chico que me había dado mi primer beso y con el que, años más tarde, perdí la virginidad. Y a pesar de eso, no sentía nada. Ni un leve tirón en el estómago. Nada. Acepté el refresco y le di un trago.

—Gracias. ¿Llegó ya Blair?

—Sí, está en la sala. En cuanto a lo nuestro... Me comentó que habló contigo. Quería asegurarme de que no supone un problema para ti. Ya sabes, la has pasado mal y no me gustaría que esto complicara las cosas...

Reprimí las ganas que me dieron de abrazarlo.

Kevin, con su sonrisa sincera y su habitual buen humor. Kevin, tan leal, tan dispuesto a ponerse en otra piel. Recuerdo su entereza cuando le confesé que creía que seguía enamorada de otra persona y que no quería hacerle daño en el camino. Él había asentido, entendiéndolo, y tras unas semanas un poco tensas en las que se recompuso, volvió a mi vida como si nada hubiera pasado, como el amigo que siempre había sido.

—Me hace muy feliz que estén juntos.

Él dejó escapar el aire que estaba conteniendo.

—Gracias, Leah.

—¿Vamos a la sala?

Había algunas personas de pie, pero la mayoría estaba sentada en dos sofás largos. Blair se levantó y corrió hacia mí. Nos abrazamos. Luego me presentó a un par de chicos a los que no conocía y me dejó un hueco a su lado. Le di un trago a mi refresco nerviosa.

—Hacía tiempo que no te veíamos —dijo Sam.

—Sí, he estado... No he salido mucho.

—No tienes que dar explicaciones. —Maya le dio un codazo a Sam.

Yo me llevé un mechón tras la oreja y logré decir:

—No tiene importancia. Es normal.

Blair me dio un apretón en la mano y eso me calmó.

Nadie volvió a prestarme atención, así que, más relajada, intenté disfrutar de la velada, de las conversaciones triviales y de esa sensación de no pensar en nada demasiado profundo ni relevante, tan solo pasar el rato en compañía. Me terminé el refresco a sorbitos pequeños y, cuando algunos empezaron a jugar a algo que consistía en responder una pregunta o beberse un trago y quitarse una prenda de ropa, me quedé rezagada junto a Blair.

—¿Seguro que no quieres jugar, Leah?

Negué con la cabeza y Sam se encogió de hombros.

—Está bien, pues empecemos ya. Maya, ¿has hecho alguna vez un trío?

Ella se ruborizó.

—Trago y prenda.

Blair me preguntó si quería ir a dar una vuelta y tomar un poco el aire. Le dije que sí y salimos a la terraza. El viento de la noche era fresco y agradable.

—Me alegra que te animaras a venir, ¿qué tal está siendo la experiencia?

—Buena. Todo es…, todo es como antes.

—Algunas cosas sí. ¿Qué tal con Axel?

—No muy bien, la verdad.

—¿Quieres contármelo?

Agarré una hoja de una enredadera que trepaba por la pared y empecé a cortarla en trocitos muy pequeños que el aire se iba llevando. Terminé contándole todo lo que había ocurrido dos semanas atrás. Le hablé del beso, de la noche siguiente, de la comida en casa de los Nguyen y de la difícil semana que habíamos pasado juntos, casi sin hablarnos. Y a mí me dolía esa situación, pero es que…, es que Axel me había decepcionado. No enfadado, no, decepcionado. Era peor.

—Vaya, ¿y qué piensas hacer? —Blair me frotó el brazo.

Yo me quedé mirando ese gesto suyo, cómo su mano se movía reconfortándome.

—No lo sé. Nunca sé qué hacer cuando se trata de él.

—¿Sabes? Esto me recuerda a *antes*. Hablar de Axel.

—Dios, debo de ser insoportable. —Y me eché a reír.

Blair me imitó y estuvimos tanto rato desternillándonos de risa sin ninguna razón que empezó a dolerme el estómago.

—Es…, es increíble —dije intentando recomponerme—. Llevo media vida anclada en el mismo punto. Siempre ha sido él. Ojalá supiera cómo evitarlo y no sentir…, sentirlo todo cuando se trata de Axel. —Me puse seria—. ¿Tú qué opinas?

—Opino que, por desgracia, aunque para ti han pasado años desde que te enamoraste de él, para Axel no ha sido igual. Son dos percepciones distintas de una misma historia, Leah. Puede que hasta hace un par de meses a él ni siquiera se le hubiera pasado por la cabeza verte de ese modo, y tú arrastras demasiado.

—Ya lo sé. Al menos ha servido de algo.

No hizo falta que dijera en voz alta que quería seguir adelante. En aquel momento, ya sabía qué camino tomar. Era consciente de que sería difícil y de que sentir no solo implica hacerlo en las cosas buenas, sino también en todo lo malo, lo doloroso, pero estaba dispuesta a intentarlo.

—Cuéntame qué tal estuvieron esas citas con Kevin.

A Blair le brillaron los ojos.

—Las mejores que he tenido nunca. ¿Recuerdas cuando pensaba que nadie superaría a Frank? Bueno, voy a admitir que el listón no estaba muy alto después de que me ofreciera a invitarlo y él se pidiera media carta del restaurante, pero con Kevin todo fue… perfecto. No sé cómo no me había fijado antes en él. ¿Por qué en ocasiones estamos tan ciegos?

—Creo que a veces no sabemos mirar bien.

—Y es curioso que pase con las cosas más obvias, las que tienes delante de tus narices todos los días. Espero que todo salga bien con Kevin, a veces me da miedo…

—¿Por qué? —pregunté.

—Porque podría hacerme daño.

Asentí, con un nudo en la garganta. Era algo instintivo. Evitar el dolor…

—Todo irá genial, ya lo verás. Por cierto, ¿qué hora es?

—Las tres y cuarto.

—¡Mierda!

—¿Qué pasa?

No contesté antes de salir de la terraza y bajar de dos en dos las escaleras hasta la primera planta. Tal como me temía, Axel ya estaba allí, parado en medio del comedor de brazos cruzados, esperándome.

—¿Qué haces aquí? —siseé enfadada, pero ni se inmutó.

—¿Hace falta que responda? —Se dirigió a mi amiga—: Hola, Blair. Me alegra verte de nuevo.

—Lo mismo digo.

—Te llamo mañana —me despedí de ella.

A los demás les hice un simple gesto de la mano y seguí a Axel hasta el coche a paso rápido. No abrí la boca hasta que nos alejamos de allí.

—¿Estás intentando avergonzarme?

—Yo no tengo la culpa de que te sientas así.

—Ayudaría que no hubieras entrado de ese modo.

—¿Acaso existe algún modo adecuado?

—Sí, uno que no sea «voy de hermano mayor».

Axel paró ante un semáforo en rojo.

—Me alegra que empieces a darte cuenta, Leah.

Lo haría si su mirada no dijera justo lo contrario.

Sé que él esperaba una réplica, pero también sé que nada le molestaba más a Axel que mi silencio, así que me mordí la lengua y me limité a mirar por la ventanilla las calles que íbamos dejando atrás. Lo oí resoplar un par de veces, pero lo ignoré.

Cuando llegamos a casa, me metí en mi habitación.

59

AXEL

En la vida hay cosas que ves venir y otras que te toman por sorpresa. Aquel sábado no tenía ni idea de que iba a ser el día que me condenara por terminar diciendo palabras…, palabras que no podría borrar.

Me levanté temprano, como siempre.

No llamé a Leah antes de irme a la playa. Supongo que estaba cansado de sus negativas y de sus caras de mal humor, de sus silencios y complicaciones. Yo anhelaba volver a esa vida sencilla que tanto me había esforzado por mantener.

Horas más tarde, la vi comer una de esas sopas de sobre.

Nos pasamos todo el día evitándonos. Pero no podía quitármela de la cabeza, no podía…

Así que casi estaba anocheciendo cuando decidí que había llegado el momento de solucionar la situación, porque se nos estaba yendo de las manos. Cuando salió a la terraza, me levanté del escritorio dejando a medias un encargo y fui tras ella.

—¿Vas a seguir eternamente enfadada? Espero que seas consciente de que no tienes ninguna razón para estarlo y de que te estás comportando como una estúpida niña.

Toqué la tecla adecuada. Leah se tensó.

—Ni siquiera sabes lo que pasa.

—¿En serio? Sorpréndeme, anda.

—Crees que estoy enfadada porque pensé que ese beso significó algo y una noche después tú te cogiste a otra, ¿verdad? Pero no es por eso, Axel. No.

Intenté deducir…, entenderla, pero no pude. Leah tenía sus pensamientos bajo llave, fueran los que fueran. O yo me había quedado en la superficie sin ver más allá.

—¿A dónde diablos va todo esto, entonces?

Ella había apoyado una mano en la valla.

—Va de que eres un cobarde, Axel. Y estoy enfadada por eso. Enfadada y decepcionada. —Alzó la barbilla—. Siempre…, siempre he estado enamorada de ti. Creo que es una idiotez que los dos sigamos fingiendo que no lo sabemos.

—Leah, carajo, no digas eso…

—Pero, hasta donde sé, me enamoré del chico que conocía. El valiente, el que siempre era sincero, aunque eso implicara ser políticamente incorrecto. El que nunca se reprimía. A mí me fascinaba todo eso de ti, cómo vivías, tan al día… —Se lamió los labios secos y yo bajé la mirada hasta ellos—. No te voy a decir que no me dolió que te acostaras con otra, pero eso puedo soportarlo. Ya lo he hecho antes. Lo que me enfadó fue que lo hicieras por cobardía, porque ese beso sí significó algo, y pensaste que así lo solucionarías y cortarías el problema de raíz. Y eso es lo que no te perdono.

Me quedé clavado en el sitio mientras ella entraba a la casa.

Carajo. Se me erizó la piel. Una parte de mí deseó volver atrás y no hacerle la maldita pregunta, porque dejar las ventanas cerradas casi era mejor que permitir que me desnudara así, de aquella forma tan visceral, tan certera.

Bajé los escalones del porche para huir.

Paseé por la playa, alejándome de aquella casa que se estaba convirtiendo en un lugar que empezaba a ser casi más de ella, de nosotros, que solo mío. Y cada mes que pasaba, parecía sumar una piedra tras otra sobre el tejado.

No sé cuánto tiempo estuve caminando. Bloqueado. Enojado. Repitiéndome sus palabras una y otra vez: «Siempre he estado enamorada de ti», «Eres un cobarde»; con ese reproche me había calado en el alma. Porque Leah tenía razón. Siempre creí que había que afrontar las cosas. Pero con ella no podía.

Ya había anochecido cuando regresé.

Leah estaba de espaldas, delante del microondas, escuchando música. Avancé hasta ella y, cuando estuve casi pegado a su cuerpo, le rodeé la cintura y la apreté contra mí. Se sobresaltó. Le quité los audífonos y me incliné rozándole el lóbulo de la oreja. La sentí estremecerse y tragué saliva. Tenso. Muy tenso. Respiré el aroma suave de su piel.

—No te muevas. —La sujeté—. Tienes razón. Sí significó algo. Significó que se me puso dura y que me contuve para no arrancarte la ropa allí mismo. Significó que tuve que darme un baño de agua fría y me pasé toda la noche sin dormir. Significó que no sabía que un beso podía ser así y, desde entonces, no puedo dejar de mirarte la boca. Pero, Leah, no puede ser. Nunca podrá ser, ¿lo entiendes, cariño? Y no soporto estar así, tenerte lejos, así que no lo hagas más difícil.

La solté de golpe. Porque era eso o echar por tierra todo lo que acababa de decir y abalanzarme sobre ella para comérmela a besos... Inspiré hondo y me alejé de allí encerrándome en mi habitación. Me dejé caer en la cama, aún con el corazón en la garganta. ¿Qué acababa de hacer? Ser como ella. Saltar sin pensar. Sin mirar antes si abajo hay agua o piedras puntiagudas.

Pues eso. Que en la vida hay cosas que ves venir y otras que te agarran por sorpresa, y esas palabras que acababa de decirle al oído…, esas palabras iban a ser mi perdición.

Una hora después, ella llamó a la puerta. Le dije que podía entrar y abrió despacio. Nuestras miradas se enzarzaron unos segundos y fue como si la estancia se cargara de algo electrizante. Algo nuevo. Algo palpitante.

—Venía… Preparé tacos. Pensé que podríamos cenar juntos.

Sonreí mientras me levantaba.

La miré desde arriba cuando pasé a su lado y susurré un «gracias» muy bajito antes de encaminarme hacia la cocina, que olía a especias y verduras asadas. Coloqué la comida en los platos, encendí el tocadiscos y salí a la terraza tras ella.

Así fue como Leah y yo volvimos a ser amigos.

LEAH

Un día pensé que, ya que el color rojo estaba abierto, debería empezar a usarlo antes de que se secara. Así que agarré el tubo Carmín de Granza; era un color intenso, purpúreo, de un tono oscuro similar al que se usaba antiguamente en los sellos de cera para certificar las cartas.

Coloqué un poco de óleo en la paleta y miré los demás colores de reojo, todos intactos y tan bonitos, con miles de matices y posibilidades…

Tomé un pincel de pelo suave y, en cuanto toqué la lámina con la punta, me dejó llevar y ya no pensé en nada. Dos perfiles difusos recortados entre sombras. Dos rostros respirando el mismo aire. Dos labios rojizos casi rozándose, pero sin llegar a tocarse. Y un casi beso congelado en el tiempo.

Esa tarde había tenido que ir a un pueblo cercano para hablar con un par de clientes. Cuando llegué a casa, Leah estaba recogiendo las pinturas. Me miró desde el otro extremo de la sala y tomó la lámina sobre la que había estado dibujando.

Dejé en el escritorio los cuadernos que cargaba.

—Hey, ¿qué haces?, ¿puedo verlo?

Sus palabras me frenaron de golpe.

—No. Esto… no. Es mío —explicó.

Maldita Leah, que sabía que yo era como un gato curioso y no soportaba no saberlo todo. Me quedé allí fascinado mirando su rostro. Llevaba una mancha de pintura roja en la mejilla derecha y tuve que contenerme para no limpiársela con los dedos. Me acerqué a la cocina diciéndole que iba a hacer la cena.

Hacía una semana que habíamos hecho las paces.

Leah no había vuelto a sacar el tema de aquel beso, aunque eso no hacía que yo pensara menos en ello. Era complicado, porque estaba más guapa, más llena, más ella. O bien yo me estaba volviendo loco, o cada día usaba camisetas más cortas y vestidos que me hacían perder la cabeza. Eso y que no estaba acostumbrado a contenerme, a reprimirme. Me había pasado la vida haciendo lo que me venía en gana sin pensarlo demasiado. Pisar el freno era frustrante.

Necesario pero frustrante.

Me relajé mientras preparaba la cena, aunque no me quité de la cabeza qué sería lo que había estado dibujando esa misma tarde durante mi ausencia. Me gustaba saber que empezaba a sentir la necesidad de plasmar. Envidiaba eso. Que ella tuviera tanto que mostrarle al mundo y yo tan poco. Que a ella se le desbordaran las emociones, y a mí me costara encontrarlas y guardarlas a buen resguardo.

—¿Qué estás haciendo? —preguntó.

—Tofu frito con salsa de tomate.

—Supongo que podría ser peor —bromeó.

Sacó los platos y serví la comida antes de que saliéramos a la terraza. Ella dijo que estaba muy rico y no hablamos mucho más mientras cenábamos. Luego preparé té, puse música y, con un libro en la mano, me acosté en la hamaca.

Leah rompió el silencio pasado un rato.

—¿Qué estás leyendo? —preguntó.

—Un ensayo. Habla sobre la muerte.

Reprimí el impulso de levantarme, arrodillarme a su lado y abrazarla. Eso era lo que quizá hubiera hecho durante los dos o tres primeros meses. Ahora la idea de tocarla me parecía lejana, casi un imposible.

—¿Y por qué quieres leerlo?

—¿Por qué no? —repliqué.

—Nadie quiere hablar de eso…

—¿Y no crees que es un error? —Yo llevaba meses dándole vueltas…

—No lo sé.

Dejé el libro a un lado.

—También he estado leyendo sobre la muerte en otras culturas. Y me pregunto si la manera que tenemos de afrontar las cosas es una cuestión de aprendizaje o nos nace de una forma instintiva. ¿Sabes lo que quiero decir? —Leah negó con la cabeza—. Me refiero a las diferentes formas que el ser humano tiene de canalizar y sentir un mismo hecho. Por ejemplo, algunos pueblos aborígenes australianos colocan los cadáveres sobre una plataforma, los recubren con hojas y ramas y los dejan allí. Cuando tienen alguna celebración importante, se untan el líquido del cuerpo podrido por la piel o pintan los huesos de color rojo y los usan como adornos para recordar siempre a sus seres queridos. En Madagascar, los malgaches sacan cada siete años los cuerpos de las tumbas, los enrollan en sudarios y bailan con ellos. Luego pasan un rato hablándoles o tocándolos antes de volver a enterrarlos durante otros siete años.

—Carajo, Axel, eso es asqueroso —Leah arrugó la nariz.

—Precisamente de ahí surge mi duda. ¿Por qué algo que a unos nos parece horrible a otros los reconforta y los hace sentir bien? No sé, imagínate que desde niños nos enseñaran que la pérdida no es algo triste, tan solo una despedida, algo natural sobre lo que hablar.

—La muerte es natural —corroboró.

—Pero no la vemos así. No la aceptamos.

A Leah le tembló el labio inferior.

—Porque duele. Y da miedo.

—Ya lo sé, pero siempre es peor ignorar algo y fingir que no existe. Sobre todo, cuando todos vamos a pasar por ese algo, ¿no crees? —Me levanté y me agaché delante de ella. Le sostuve la barbilla con los dedos—. ¿Tú eres consciente de que yo me voy a morir?

—No digas eso, Axel…

—¿Qué? ¿La realidad más obvia de todas?

—Ni siquiera puedo pensarlo…

Abrí la boca, dispuesto a seguir tensando la cuerda, pero renuncié al ver su expresión. Me perdí en su mirada asustada y no aguanté las ganas de inclinarme y darle un beso en la frente antes de apartarme rápido. Volví a la hamaca y tomé de nuevo el libro. Me quedé leyendo hasta tarde, después de que Leah se despidiera dándome las buenas noches, pensando, pensando en todo…

Era tan curioso e ilógico que durante años nos enseñaran matemáticas, literatura o biología, pero no cómo gestionar algo tan inevitable como la muerte…

LEAH

Había tomado una decisión, un camino.

Volver atrás. Sentir. Encontrarme. Recomponerme.

Era un viernes por la tarde cuando abrí la alacena de la cocina y rebusqué entre las bolsas que había hasta encontrar una paleta con forma de corazón. Habían sido mi perdición durante años. Mi padre siempre me las compraba. Quité el envoltorio y la miré sin prisa, fijándome en el color intenso. Me la llevé a la boca, degustando el sabor a fresa. Cerré los ojos. Y entonces lo vi a él, a papá, siempre tan sonriente y de buen humor.

Los recuerdos son así. Chispas. Nacen cuando menos te lo esperas. *Chrrs.* El tacto algo áspero contra la mejilla que tanto se parece a ese suéter que te tejía tu abuela, con un dibujo navideño en medio y la lana gruesa. *Chrrs.* Esa palabra que tu padre usaba para dirigirse a ti y solo a ti, diferenciándote del resto, ese «corazón, dame un beso de buenas noches». *Chrrs.* El sol. La luz. Una luz concreta. La del mediodía, la de los domingos en el porche de casa justo después de comer, cuando parecía que los rayos estaban perezosos y apenas calentaban. *Chrrs.* El olor de un suavizante, el aroma suave a rosas, la sensación de llevarte a la nariz la ropa limpia y aspirar con lentitud. *Chrrs.* El sonido ronco de una risa conocida. *Chrrs.* Toda una vida en imágenes, texturas, olores y sabores pasando ante tus ojos en un segundo.

Preparé la maleta el sábado por la tarde para tenerla lista cuando Oliver viniera a recogerme a la mañana siguiente. Cuando terminé, me puse la ropa que había dejado fuera. Un vestido color durazno y unas sandalias planas con tiras marrones. Agarré el bolso del mismo color y salí. Axel ya estaba en la sala; llevaba jeans y una camisa un poco ridícula que a cualquier otro tipo le habría quedado terrible, pero que a él le hacía distinguirse aún más entre los demás.

Sus ojos me recorrieron y me estremecí.

—Veo que ya estás lista. Vámonos.

Axel había propuesto que, por una vez, saliéramos a cenar y a dar una vuelta. A mí me había faltado poco para saltar emocionada y lanzarme a sus brazos, pero me contuve. Porque él me lo había pedido. No, más bien rogado. No me quitaba de la cabeza el «no puede ser» que me había susurrado al oído aquel día en la cocina, y quería gritarle que no era verdad, pero no soportaba la alternativa de que volviéramos a estar mal y distanciados. Me conformaba con que lo hubiera admitido, aunque eso también lo hacía más difícil.

Fuimos a un pueblo cercano, a unos veinte minutos en coche, y cenamos en un restaurante que a Axel le gustaba y en el que servían todo tipo de platos vegetarianos. Pedimos varias cosas para botanear, y fuimos probando de aquí y de allá compartiendo la comida. Me miró mientras masticaba.

Estaba tan guapo bajo la luz anaranjada…

Y yo tan estúpidamente perdida por él…

—He estado pensando que podríamos ir un día a Brisbane.

—¿Para qué? —Bebí un trago de agua.

—No sé, para dar una vuelta, salir por ahí y visitar la universidad, por ejemplo.

Dejé el vaso a un lado y el silencio nos envolvió.

—Ni siquiera estoy segura de querer ir.

—¿Por qué no? Vamos, cuéntamelo.

—Es que… tengo la sensación de que estoy empezando a respirar… Y me aterra volver a ahogarme, estar sola allí y tener que conocer gente nueva. No sé si puedo hacerlo. Hace un año era el sueño de mi vida y ahora… me da miedo.

—Pero el miedo no es malo, Leah.

—No quiero hablar de esto hoy.

Axel se reclinó en la silla.

—Está bien, ¿qué quieres hacer?

—Solo ser normal, una noche. Sin pensar en el futuro. Tampoco quiero hablar sobre la muerte, ni las emociones ni nada relacionado con pintar.

Él ladeó la cabeza sin apartar sus ojos claros de mí.

—Tan solo estar aquí en este instante, ¿no fue eso lo que me explicaste hace tiempo?

—Sí. Vamos a divertirnos.

Dejó un par de billetes en la mesa y salimos del restaurante. Caminamos por las calles poco iluminadas hacia la zona más próxima a la costa, en la que se concentraban la mayoría de los bares. Elegimos uno que tenía mesas bajas y sillones con almohadones de colores. Yo pedí un coctel de piña colada y Axel una copa de ron.

—Vine un par de veces aquí con Oliver.

—Me gusta el sitio —sonreí—. Me gusta esto.

Los ojos de Axel se mantuvieron fijos en los míos hasta que el mesero llegó y nos sirvió las bebidas. Tomé mi copa y luego me relajé hablando con él, mirándolo, deseando poder estar más cerca, poder tenerlo, llevarme otro instante suyo…

Sonaba de fondo *Lost stars*.

—¿Puedo hacerte una pregunta? —planteé.

—Conociéndote, sé que debería ser prudente y decirte que depende.

—No es nada muy personal.

—De acuerdo. Adelante.

—¿Qué hacías antes, cuando vivías solo?

—¿Antes? —Se encogió de hombros—. Lo mismo que ahora. Solo que sin ti.

Hubo algo en su tono final que me puso la piel de gallina. Me metí el popote en la boca y le di un sorbo a mi copa. Intenté no sonrojarme.

—¿Y era mejor?

—No. —Sonó firme.

—¿Me echarás de menos cuando me vaya?

—Leah... —se quejó.

—Vamos. Solo sé sincero.

Axel dejó escapar el aire que contenía.

—Ya te echo de menos la semana que no estás.

El corazón me latió más rápido. Bebí otro trago. No debería..., pero se me escaparon las palabras.

—¿Por qué «no puede ser», Axel?

Me entendió sin aclarar nada más.

—Ya lo sabes. Las cosas son así.

—¿Y si no lo fueran? —insistí.

—¿Qué pretendes, Leah?

—No lo sé. Saber cómo sería todo en una realidad paralela. Si nada lo impidiera y fuéramos dos extraños que acabáramos de cruzarnos aquí, en este mismo local, ¿te habrías fijado en mí? —Axel asintió lentamente con la cabeza. Su mirada intensa me indicó que allí había deseo y más, algo más—. ¿Y qué habrías hecho?

Axel se movió inquieto, incómodo, prudente.

—A veces es mejor dejar las cosas como están.

—Prefiero saberlo. Necesito saberlo —susurré.

Él se doblegó y bajó las defensas. El muro se deshizo a sus pies y sus palabras surgieron tras la nube de polvo que terminó por atraparnos dentro.

—Hablaría contigo. Te preguntaría cómo te llamas.

—¿Solo eso? —Me humedecí los labios.

—Luego bailaríamos juntos y te besaría lento.

—Suena romántico —admití insegura.

Un músculo se tensó en su mandíbula cuando apoyó los antebrazos en la mesa que nos separaba y se inclinó hacia mí.

—Después, sin que nadie se diera cuenta, te arrinconaría contra una pared, metería la mano por debajo de ese vestido que llevas, y te penetraría con los dedos.

—Axel… —Mi corazón se saltó un latido.

—Haría que repitieras mi nombre así.

Abrí la boca para decir algo, pero no salió ningún sonido. Nos quedamos en silencio, los dos con la respiración agitada, ajenos a la música y a la gente que había a nuestro alrededor. Axel resopló y se frotó el rostro con las manos.

—Deberíamos volver a casa —dijo.

—¿Ya? Todavía es temprano y…

—Leah, por favor.

—De acuerdo.

AXEL

Oliver tomó su cerveza y sonrió relajado. Estábamos sentados en los escalones del porche de casa y la brisa del mar sacudía los arbustos que crecían alrededor.

—Así que la cosa marcha con Bega.

—Eso parece. Me gusta. Me gusta demasiado.

—Ya veo… —Bebí un trago de cerveza.

—Pensaba que nunca me sentiría así…

—Y yo que jamás lo vería —me reí.

Oliver se revolvió el cabello.

—Es que, no sé, al principio simplemente me gustaba, pero después la cosa se empezó a complicar. Ella es… distinta. Sé que crees que te hablo en chino, pero lo digo en serio, Axel. Piensas que no pasará, y un día te levantas y ya no puedes quitarte a esa persona de la cabeza.

—Tengo que ir por un cigarro.

Fui a la cocina a buscar el paquete de tabaco. Regresé junto a él aún incómodo, como cuando caminas con una piedrecita minúscula dentro del zapato y, aunque no duela, no puedes ignorar que está ahí. Encendí el cigarro.

—¿Cómo van las cosas por aquí?

Oliver me palmeó la espalda y tosí soltando el humo.

—Bien, como siempre, supongo.

—Yo no diría eso. Leah está muy cambiada. Estos dos últimos meses casi parece la chica que era antes.

Yo me tragué las palabras que me quemaban en la garganta porque, desde mi punto de vista, ella no se parecía en nada a la chica de entonces. Había cosas inalterables, pero muchas otras nuevas. La Leah que vivía conmigo era más oscura, más intrigante y, para mi desgracia, más mujer. Estaba su faceta fría, lejana, la que pintaba en blanco y negro, y se pasaba horas encerrada en su habitación con los audífonos puestos o un carboncillo entre los dedos. Y luego la otra: la inesperada, la que me tomaba por sorpresa y me jodía un poco la vida, la que se desnudaba en mi sala una noche cualquiera. Y carajo, carajo, me gustaban las dos, todo, de algún modo retorcido que no sabía desenredar.

—Sí, va poco a poco. —Le di una fumada larga—. Oye, cuando te dieron el trabajo, ¿no dijiste que quizá la temporada que te tocaba estar allí se acortara?

—Pensaba pedirlo, acelerar las cosas…

—¿Aún puedes hacerlo?

—¿Qué pasa? ¿Leah te está dando problemas?

—No, no es eso… —Me froté la cara—. Olvídalo.

—Eh, vamos, dímelo.

Oliver esperaba impaciente una respuesta. Yo sentí que el corazón me latía más rápido. Caray, que nos habíamos pasado la vida mano a mano, juntos. Que hasta un par de años antes no sabía hacer nada sin él. Que era el único amigo de verdad que había tenido, casi como un hermano. Y me estaba comportando como un cabrón.

—Tan solo lo decía para cuadrar las fechas. La idea es que vaya a la universidad, ¿no? Depende de cuándo empiece el curso, habrá que mirar la residencia. Y hablando de eso, he pensado en llevármela a Brisbane un día, enseñarle el campus… Puede que eso la motive. Quería consultarlo antes contigo.

—Carajo, es una idea genial.

—Iremos a finales del próximo mes.

—¿Tú crees que todo saldrá bien?

—¿Qué quieres decir?

—Que esto valdrá la pena. Lo de Sídney. Que Leah irá a la universidad y que seguirá adelante con los planes que tenía antes de… eso.

—Del accidente —concreté.

—Sí, ya sabes lo que quería decir.

—¿Y por qué no lo haces?

—¿Qué cosa? —Oliver frunció el ceño.

—Decirlo claramente. ¿Hablas con Leah de tus padres?

—No. —Me quitó un cigarro—. Tampoco creo que sea lo más conveniente todavía en este momento. Lo ha pasado muy mal, Axel, no lo proceso bien, fue difícil…

—Si nunca lo afronta, no lo superará.

Oliver sacudió la cabeza un poco enfadado.

—¿Qué diablos quieres que haga? Me paso tres semanas al mes a cientos de kilómetros de aquí, y ahora que ella está mejor lo último que quiero es volver a hundirla en la mierda. Hace meses ni siquiera soportaba acercarse a algo que le recordara a ellos. Así que no, no quiero ni nombrarlos, no quiero hacerla sentir mal ni que sufra más.

—Pero, Oliver…

—Tú no estabas en ese coche.

—Tú tampoco.

—Exacto. Esa es la diferencia. Que ella sí.

Se puso de pie y lo seguí por la terraza. No estaba acostumbrado a discutir con él; no por cosas serias, al menos. Una vez, en la universidad, borrachos, nos habíamos dado de puñetazos hasta que nos sangró la nariz. A la mañana siguiente ni siquiera recordábamos por qué. Creo que fue por una chica o por algo relacionado con uno de los posavasos del lugar en el que estábamos de fiesta. La cuestión es que no era importante, porque de lo contrario lo habríamos sabido.

—¡Espera, Oliver! —lo sujeté del hombro.

—Perdona. Es solo que no sé…

—¿Qué pasa?

—Todo es tan diferente… —Se pasó una mano por el pelo—. No solo Leah. Mi vida también. Ni siquiera sé qué haré cuando acabe el trabajo en Sídney y vuelva aquí…

—¿Qué intentas decirme?

Se mordió el labio.

—Que Bega estará allí. Y si todo sale bien, Leah vivirá en Brisbane. No sé si tiene sentido que regrese a Byron Bay como si nada. Ni sé si podré volver a ser el mismo de antes…

Quise decirle: «Nosotros somos tu familia», pero las palabras se me quedaron atascadas. Comprendí esa sensación de que quizá ya no formaba parte de ningún lugar concreto. Antes de que pudiera decir algo, Oliver chasqueó la lengua, me dio un abrazo rápido y se despidió de mí tras robarme otro cigarro y colocárselo detrás de la oreja.

Me quedé tenso, igual de inquieto. Me dejé caer de nuevo en los escalones y encendí el segundo cigarro. Observé el humo ensimismado, recordando lo que le había dicho a su hermana unos días atrás. Que me la penetraría con los dedos. Que solo podía pensar en su boca. Cerré los ojos y tomé aire con fuerza. Estaba perdiendo la cabeza. Era eso.

Estaba perdiendo la cabeza por ella.

LEAH

Era una noche templada de otoño y yo no podía dejar de pensar en la charla que aquel día nos habían dado en el colegio sobre tomar decisiones, elegir caminos, dibujar futuros. Aún quedaba todo el curso por delante, pero hacía años que sabía lo que quería hacer.

Mi padre me miró sonriente, sentado en su sillón de colores.

—¿Seguro que lo tienes claro? Si se te antoja dedicarte a cualquier otra cosa…

—¿Cómo a qué? —me reí.

—Astronauta, por ejemplo.

Saboreé la paleta que tenía en la boca.

—O probadora de golosinas. Eso se me daría bien.

—Monitora de buceo, eso te gusta, ¿no?

—Sí, mucho. Pero lo tengo decidido. Quiero pintar. Estudiaré Bellas Artes.

Mi padre se quitó los lentes y limpió los cristales con la tela de la camiseta. Distinguí un deje de orgullo en esos ojos pequeños pero vivaces.

—Tú mejor que nadie eres consciente de que es un mundo duro y complicado, pero eres buena, Leah, y tu madre y yo te apoyaremos en todo lo que necesites; lo sabes, ¿verdad?

—Lo sé. —Me levanté y lo abracé muy muy fuerte.

AXEL

Silencio. Todo silencio. Tanto que parecía una casa distinta. Me sentí cansado y aparté el encargo en el que estaba trabajando. Y no sé por qué lo hice, sabía que no estaba bien, pero aun así…, aun así me levanté, abrí la puerta de la habitación de Leah y la registré intentando encontrar el cuadernillo que había llevado bajo el brazo durante el último mes. Quería verlo. Necesitaba verlo.

Ignoré la sensación de culpa en el pecho mientras revolvía entre los cajones. Pero no encontré nada. Tan solo un papel algo arrugado. Lo tomé y me senté en la cama mirando el dibujo de Leah que yo había hecho años atrás en el sobre donde metí los boletos que le regalé por su cumpleaños. Era una de las pocas veces en las que había dibujado algo sin que nadie me lo encargara, sin que fuera un trabajo. Me fijé en las mejillas redondas y rojas, en sus ojos enormes, en la trenza que caía sobre el hombro de la caricatura y en el pincel que sostenía en la mano mientras sonreía.

Confundido, volví a guardarlo en el cajón.

AGOSTO

—

(INVIERNO)

Leah volvió. Y con ella las miradas esquivas, los silencios llenos de palabras ya pronunciadas que parecían enredarse a nuestro alrededor, la tensión, la distancia prudente. O así lo vivía yo. Inquieto. Alerta. Intentando entender qué estaba sintiendo, qué estaba ocurriendo…

El problema era que por mucho que me hubiera pasado media vida viendo en ella a una niña, casi una hermana pequeña, no podía ignorar que había dejado de serlo. Que si me la hubiera cruzado por la calle un día cualquiera, la habría mirado o tonteado con ella sin que me importaran los diez años que nos separaban. Porque esa no era la barrera real que había entre nosotros. Se trataba de una mucho más alta; de lo que conocíamos, de la vida que habíamos compartido hasta entonces, de que desearla hacía que me sintiera culpable.

Porque no podía negarlo: la deseaba. Y también la quería. Siempre la había querido, desde el día que nació. Leah podría haberme pedido cualquier cosa y no habría dudado en hacerla con los ojos cerrados. No era algo solo físico, impulsivo. Era más. Era echarla de menos cuando no estaba y querer conocer a la chica que era ahora, y no solo al recuerdo que tenía de ella de los años que habían quedado atrás. Era volverme loco intentando separar las cosas: las ganas de morderle la boca frente a la calma que sentía las noches que pasábamos juntos en la terraza hablando o escuchando música. El perfil de Leah desnuda y la curva de sus caderas en contraste con la imagen de ella aún niña y corriendo por el jardín de su casa gritando mi nombre con esa voz aguda e infantil…

¿En qué momento había cambiado todo? ¿En qué segundo exacto dejó de ser invisible ante mis ojos y terminó por invadir cada rincón, cada esquina de mi cabeza?

—¿Estás bien? —Se había sentado en la hamaca.

No, no estaba bien. Nada bien. Respiré hondo.

—Sí. Ahora vengo, voy a preparar té. ¿Quieres?

Ella me miró divertida y alzó una ceja.

—¿Cuándo dejarás de preguntármelo? Llevas medio año haciéndolo.

—No sé, quizá el día que me respondas que sí.

—Está bien. Pues hazme uno. Terminemos con esto.

Entré en casa sonriendo y negando con la cabeza. Puse la tetera al fuego y esperé hasta que el agua empezó a hervir. Salí más entero, más yo de nuevo, y me senté frente a ella en el suelo de madera. Leah arrugó la nariz en cuanto advirtió la distancia que yo acababa de marcar. Le dio un trago al té.

—No está mal. Un poco amargo.

Encendí un cigarro.

—¿Qué tal las clases?

—Bien, como siempre.

—Me alegro.

—¿Qué te pasa? Estás muy raro.

—Solo un poco cansado. No tardaré en irme a dormir. —Di una fumada profunda y luego me terminé el té— ¿Y tú? Pareces... distinta.

—Puede que sea así —respondió.

—¿En qué sentido?

—¿Recuerdas cuando hace meses te dije que me daba miedo no volver a tener ganas de vivir?

Ah, claro que lo recordaba, porque yo fui el suicida emocional que le dijo: «Víveme a mí, Leah», como si algo así no fuera a traerme problemas. Asentí con la cabeza.

—Pues ahora ya no tengo ese miedo. Y es liberador. Como si todo empezara a encajar...

Fruncí el ceño y ella captó el gesto.

—¿Qué ocurre? ¿No estás de acuerdo con eso?

—Sí y no.

—¿Por qué?

—Porque es un paso, pero no deberías quedarte ahí. Respóndeme una cosa, Leah, ¿qué crees que es más fácil? ¿Ignorar algo que duele, apartarlo y fingir que no existe para levantarte cada mañana con una sonrisa, o afrontar ese dolor, interiorizarlo, entenderlo, y conseguir seguir sonriendo poco a poco?

Encendí otro cigarro tan solo para mantener las manos quietas y no correr a su lado a consolarla como antaño y reconfortarla con un abrazo.

—Eres muy duro —susurró.

—Lo sería al revés, si te dijera que sí, que ya está todo bien…

—¿Qué es lo que quieres, Axel? —alzó la voz.

—Ya lo sabes…

—No es verdad.

—Que lo aceptes.

—¿Qué?

—Que están muertos, Leah. Pero que, aunque ya no estén, no hace falta que finjamos que nunca estuvieron aquí, con nosotros. Podemos, no, debemos seguir hablando de ellos, recordándolos. ¿No piensas lo mismo?

Leah contuvo las lágrimas y se levantó. Fui rápido y la tomé de la muñeca antes de que pudiera entrar a la casa.

—¿Te acuerdas de ese cuadro en el que tu padre pintó un prado lleno de flores y vida? En la esquina de la derecha había unos escarabajos que tenían las tripas abiertas y, dentro, había dibujado margaritas. Llevo años preguntándome por qué. Una vez, le pedí a él que me lo explicara y se echó a reír. Estábamos justo aquí, ¿sabes? En esta terraza, tomándonos una cerveza una de esas noches que venía para verme y charlar.

—¿Por qué me cuentas todo esto?

—No lo sé. Porque me acuerdo de ellos a menudo, todos los días, pero no tengo nadie con quien hablarlo. Y me gustaría que fueras tú, Leah, a quien poder decirle cualquier cosa que se me pasara por la cabeza sin medir antes cada palabra.

Le tembló el labio inferior.

—¿Por qué sigue doliendo tanto?

—Ven aquí, cariño.

Y entonces la abracé.

La abracé con fuerza mientras sollozaba contra mi pecho. Le pedí que llorara, que lo dejara salir, que no se tragara el dolor. Ella lo compartió conmigo, aferrándose a mi espalda. Cerré los ojos y pensé que aquel era uno de los momentos más reales de mi vida.

68

LEAH

Una vez, en el colegio, una chica un par de cursos más adelantada intentó quitarse la vida porque algunos compañeros se burlaban de ella, y la que antaño había sido su mejor amiga se dedicó a llamarla «zorra» por los pasillos y a escribir eso mismo en su pupitre. Recuerdo que me impactó, quizá por la edad, quizá porque nos reunieron a todos los alumnos en el salón de actos para explicarnos lo que había ocurrido. Aquel día, mientras la directora hablaba de respeto, compañerismo y empatía, oí que la chica que estaba sentada detrás de mí le decía a otra que «no era para tanto». Me volví y la fulminé con la mirada. Ella agachó la cabeza y no tuvo el valor de enfrentarse a mí, lo que me demostró que muchas de las personas que se dedican a juzgar a los demás lo hacen para enmascarar sus propias inseguridades.

Años después pensé en ello. En las diferentes formas que tiene el ser humano de canalizar un mismo hecho. Había chicas que, ante la burla, respondían sacando el dedo medio o con un gesto de desprecio. Otras se limitaban a echarse a llorar o a intentar ser invisibles. Algunas no podían soportarlo y se cambiaban de instituto.

Supongo que es imposible saber cómo gestionar una emoción hasta que esta te sacude y la vives en tu propia piel. De haberme preguntado tiempo atrás, hubiera respondido que yo era fuerte, que afrontaría el proceso de duelo dentro de la normalidad, que ni por asomo llegaría a convertirme en un fantasma que apenas hablaba y se paseaba de un lado a otro con los audífonos puestos y viendo el mundo en blanco y negro.

Pero a veces nos equivocamos. Nos caemos.

A veces no nos conocemos tanto como creemos.

A veces…, a veces la vida es tan imprevisible…

69

AXEL

El primer fin de semana de agosto, Leah quedó con unos amigos para dar una vuelta por la tarde. Me preguntó si podía llevarla al paseo de la playa. Paré delante de la heladería que ella me indicó y analicé a los tres chicos que la esperaban al lado de Blair. Dos de ellos todavía tenían el acné propio de la edad. La vi bajar del coche y avanzar por la calle. Me quedé allí, como un imbécil, mirándola hasta que me di cuenta de que parecía más niño que todos ellos juntos, y pisé el acelerador con fuerza.

Paré en la cafetería familiar. Justin me saludó.

—¿A qué viene esa cara larga?

—¿Me dices a mí? —farfullé.

—No, al cliente invisible que ha entrado detrás de ti. Sí, Axel, te digo a ti. Tienes cara de estar estreñido o algo así. ¿Todo bien?

—Sí. ¿No vas a servirme un café?

—Depende del tono que uses.

—Por favor, Justin.

—Eso está mejor.

Fue hasta la máquina y me lo tendió un minuto después junto a una porción de pay de queso. Tomé la cuchara y me llevé un trozo a la boca.

—Vaya, mira quién está aquí. Me alegro de verte, colega. —Papá salió de la cocina y me dio un apretón en el hombro—. ¿Cómo va el trabajo? ¿Muchos encargos?

—Mejor no le tires de la lengua, que está de mal humor —intervino Justin.

—¿Quieres cerrar la boca de una vez?

—Eh, vamos, energía positiva —mi padre sonrió.

Llevaba una camiseta en la que ponía «Soy virgen, te lo juro por mis hijos». Tuve que hacer un esfuerzo para no reírme mientras él se sentaba en el taburete que estaba a mi lado y me pasaba un brazo por la espalda.

—Tienes ojeras, ¿no duermes bien?

—He pasado un par de noches malas.

—¿Quieres hablarlo con tu viejo?

—Papá… —puse los ojos en blanco.

—Está bien, colega. No pasa nada.

Se levantó sin perder su sonrisa y le dijo a Justin que iba a comprar unas cuantas cosas y volvería en un par de horas. Las campanillas de la puerta sonaron cuando salió.

—¿No está mamá? —pregunté.

—Por suerte, tenía una reunión sobre la feria que se celebra en dos semanas. Ya sabes, se ha ofrecido como voluntaria para hacer y llevar unos veinte o treinta pasteles. Lo normal.

—¿Intentaste hablar con ella?

—Sí, pero es inútil. No me escucha.

—¿Y papá? —Me terminé el pay.

—Papá… hará lo que ella le diga.

—No lo entiendo.

—Axel, algún día lo harás. —Justin limpió con un trapo la barra y me quitó el plato vacío—. Él la quiere. La adora. Cuando estás enamorado de alguien, eres capaz de hacer cosas por esa persona que sabes que no están bien o incluso ponerla por delante de tus propios deseos. Es difícil.

—¿Por qué lo das por hecho?

—¿Qué, exactamente?

—Que no me he enamorado nunca.

—Porque te conozco. Y no lo has hecho.

—¿Qué diablos sabrás tú? He salido con un montón de chicas y…

—Y ninguna ha conseguido que dejes de mirar tu propio ombligo —me cortó—. Es diferente, Axel. Estar con alguien, el compromiso, pasar los momentos malos, ¿qué sabes tú de eso? El matrimonio es complicado. Muchas etapas, ya sabes. No es todo ese primer año en el que te enamoras y la vida parece perfecta.

—¿Acaso tienes problemas con Emily?

—No, claro que no. —Dudó—. Bueno, los típicos. Poco tiempo a solas. Mucho estrés con los niños. Lo normal, supongo.

—Puedes dejármelos algún día si quieres.

—¿Para que los dejes pintar paredes? —bromeó.

—Soy el tío increíble, ¡qué le vamos a hacer!

Justin se puso serio.

—Y, por cierto, deberías fijarte más en papá.

—¿Fijarme en qué?

—¿De verdad no te has dado cuenta? Papá lleva mucho tiempo intentando llamar tu atención. Cuando Douglas vivía…, bueno, él aceptó la situación y se hizo a un lado.

—¿Aceptó qué situación?

—Que tú parecieras compenetrarte mejor con otra persona. Que trataras a Douglas como si fuera el padre que siempre habías deseado tener.

No era así. No exactamente. Sentí un escalofrío. Es que con Douglas sentía que me entendía solo con una mirada, que encajábamos bien.

—Yo nunca sustituiría a papá.

Mi hermano hizo una mueca y me dijo que tenía que irse a la cocina para preparar algunas cosas. Me quedé un minuto más allí, asimilando sus palabras, y luego salí hacia el coche. Repasé las costuras del volante con el dedo, pensando en la expresión de Justin, una que no había visto hasta entonces, pero al final me la quité de la cabeza cuando giré la llave y encendí el motor del coche.

Avancé despacio por las calles de Byron Bay y regresé a la heladería en la que había dejado a Leah un rato atrás. Seguía allí, sentada en una de las mesas de la terraza. Parecía concentrada en lo que le decía el chico que tenía al lado. Yo me quedé mirándola un minuto antes de tocar el claxon. Se volvió cuando lo hice por segunda vez y sonrió al verme. Una sonrisa inmensa, de esas que antaño le llenaban la cara y que ahora me llenaban a mí el pecho de algún modo retorcido e incomprensible.

—¿La pasaste bien? —pregunté cuando entró en el coche.

—Sí, me pierde el helado de pistache.

—Ve pensando qué quieres hacer este fin de semana.

—Mmm, ¿planes? Creo que lo de siempre. El mar por la mañana y luego una siesta; sí, eso estaría bien, nunca lo hacemos. Quiero pintar por la tarde con la música puesta, en la terraza, y relajarme antes del examen del lunes. ¿Qué te parece?

Me parecía el puto plan más perfecto del mundo.

—Está bien. Pues eso haremos.

Los reflejos del sol me cegaban y tuve que llevarme una mano a la frente para ver cómo Axel se movía entre las olas, deslizándose por ellas antes de dejarlas atrás y caer al agua. Salió unos segundos después y se quedó flotando boca arriba con los ojos cerrados. Lo observé. Y hacerlo me calentó el corazón. Él, en medio del mar, bajo la luz tibia del amanecer. Encajaba tan bien allí. Era como si todo hubiera sido creado para él; aquel lugar, la casa, la vegetación salvaje que rodeaba la playa…

Me acerqué nadando, aún sobre la tabla de surf.

—¿Qué estás haciendo? —pregunté.

—Nada. Solo… no pensar.

—¿Cómo se hace eso?

—Deja la tabla y ven aquí.

Me acerqué a Axel. Mucho. Más cerca de lo que habíamos estado aquella semana en la que él se había limitado a evitarme y yo a permitir que lo hiciera dejándole espacio. Gotitas de agua brillaban en sus pestañas y en sus labios mojados y entreabiertos.

—Ahora acuéstate, haz el muerto.

Obedecí y me quedé flotando delante de él. El cielo era de un azul intenso, sin nubes.

—Y piensa solo en lo que te rodea, en el mar, en mi voz, en el movimiento del agua… Cierra los ojos, Leah.

Lo hice. Y me sentí liviana, etérea.

Sentí la calma, la ausencia de miedo…

Al menos hasta que Axel me tocó. Entonces me estremecí, perdí la concentración y me moví en el agua. Solo había sido un roce en mi mejilla, pero un roce sin razón, inesperado.

Axel respiró hondo.

—¿Volvemos a casa?

Asentí con la cabeza.

No hicimos mucho durante el resto del día. Tal como había planeado, dormí un poco la siesta después de comer, acostada en la hamaca. Me desperté cuando oí el maullido insistente de la gata, que estaba sentada en el suelo de madera sin dejar de mirarme. Me levanté bostezando y fui a buscarle algo de comida. Le hice compañía mientras se terminaba el aperitivo; luego se lamió un poco y se marchó tras los matorrales que crecían alrededor de la casa de Axel.

Saqué las cosas a la terraza y tomé las pinturas. El bote negro, el gris, el blanco. Y el rojo.

Axel se despertó poco después, cuando yo ya estaba concentrada. Me observó un rato, sentado cerca mientras se fumaba un cigarro y bostezaba, aún con el pelo alborotado y las marcas de la sábana en la mejilla. Deseé besarlo justo ahí. Borrar esas líneas con los labios y después…, después aparté la mirada porque él decía que no podía ser y yo lo entendía, pero cada vez tenía más miedo de terminar cometiendo alguna locura, porque quería…, lo quería.

—¿Qué estás dibujando? —Dio una fumada.

—Aún no lo sé.

—¿Cómo puedes no saberlo?

—Porque solo…, solo me dejo llevar.

—No lo entiendo —dijo en un susurro mientras contemplaba las líneas sin sentido que yo trazaba despacio, tan solo pensando en lo agradable que era remover la pintura, mezclarla, sentirla. Él se cruzó de brazos frustrado—. ¿Cómo lo haces, Leah?

—Es abstracto. No hay secretos.

Axel se frotó el mentón y, por primera vez, no pareció gustarle lo que vio. Pero creo que no fue por el cuadro, sino por su propio bloqueo, por no poder entenderse a sí mismo. Yo me quedé pintando un poco más, sin límites ni pretensiones, tan solo haciéndolo y disfrutando del atardecer que empezaba a oscurecer el cielo. Cuando algunos grillos empezaron a cantar, limpié los pinceles y entré en casa para ayudarlo a hacer la cena.

La preparamos codo con codo. Un pastel hecho al horno de papas, soya y queso, una de las comidas preferidas de Axel. Lo comimos en silencio, sentados en la mesa de la sala con forma de tabla de surf, hablando de vez en cuando de cosas sin importancia, como que la gata pasó por allí aquella tarde o que deberíamos ir de compras esa semana.

Quité los platos mientras él preparaba el té.

Esa noche, en vez de salir a la terraza como casi siempre solíamos hacer, Axel se sentó en el suelo delante del tocadiscos y sacó el montón de vinilos apilados. Me acomodé a su lado con las piernas cruzadas, también descalza.

Descartó un par de discos y sonrió.

—Esta es la mejor portada del mundo.

La levantó frente a mis ojos y yo tragué saliva al ver la ilustración colorida, los cuatro componentes del grupo dibujados justo encima del título amarillo, «The Beatles. *Yellow Submarine*».

Axel lo puso y empezó a sonar el ritmo infantil, la voz entre el sonido de las olas mientras él movía los dedos siguiendo el compás. Sonrió divertido y cantó cuando llegó la parte del estribillo, sin ser consciente de lo que para mí significaba esa canción, de que cada «todos vivimos en un submarino amarillo» era un «te quiero» que se me había quedado atascado en la garganta.

Aunque parecía que el corazón se me iba a salir del pecho, no pude evitar reírme cuando se tumbó en el suelo sin dejar de cantar el estribillo.

—Cantas horrible, Axel.

Aún sonreía cuando me dejé caer a su lado. Giró la cabeza hacia mí. Estábamos tan tan cerca que me llegó el cosquilleo de su aliento. Su mirada descendió hasta mis labios y se quedó ahí durante unos segundos llenos de tensión. Se incorporó con brusquedad y volvió a buscar entre los discos de vinilo hasta que me mostró uno.

—¿*Abbey Road*? —decidió.

—¡No! Ese no. Es que…

—Vamos, es mi preferido.

Analicé con otros ojos la mítica portada en la que los Beatles aparecían cruzando el paso peatonal. A mí también me encantaba, pero la canción número siete… no había vuelto a escucharla y no quería hacerlo, ni entonces ni nunca. Siempre la saltaba, siempre. Al final asentí con la cabeza, decidiendo que haría eso mismo, y *Come together* inundó la sala antes de que *Something* la siguiera.

Estuvimos charlando un rato, acostados muy cerca. Yo lo escuché fascinada mientras hablaba de Paul Gauguin, que era uno de sus pintores preferidos, todo color con su estilo sintetista. Su obra maestra fue *¿De dónde venimos? ¿Qué somos? ¿Adónde vamos?*, y la pintó justo antes de intentar suicidarse. También le gustaba Vincent van Gogh y, mientras sonaba *Oh! darling* y él hacía el tonto cantando, caí en la cuenta de que ninguno de esos dos artistas había triunfado en sus respectivas vidas y que estas habían estado un poco unidas a la locura.

—¿Y a ti? ¿Quién te gusta? —preguntó Axel.

—Muchos. Muchísimos.

—Vamos, dime uno en concreto.

—Monet me trasmite algo especial y hay una frase suya que me encanta.

—¿Cuál es?

—«El motivo es para mí del todo secundario; lo que quiero representar es lo que existe entre el motivo y yo». —recité de memoria.

—Una buena frase.

—¡Pero si tú siempre quieres saber el motivo! Te pasas todo el tiempo preguntando: «¿Qué significa eso, Leah?» —imité su voz grave y ronca—. «¿Qué es ese punto rojo de ahí?, ¿qué intentas decir con esta línea?»

—No puedo evitarlo. Soy curioso.

Me quedé callada, relajada, sin apartar la mirada de las vigas del techo de madera, pensando que aquello era perfecto; estar a su lado, pasar el sábado en el mar, entre pintura y música, cocinando juntos, haciendo lo que se nos ocurriera… Deseé que fuera eterno.

Y justo entonces empezaron a sonar los primeros acordes. Eran débiles, suaves, pero podría haberlos reconocido en cualquier lugar del mundo. *Here comes the sun*. Me tensé al instante. Me apoyé en el suelo para incorporarme lo más rápido posible y levantar la aguja de ese surco, pero Axel se interpuso en mi camino. Me asustó cuando colocó cada una de sus manos a un lado de mi cuerpo. Intenté escapar, pero me retuvo abrazándome, muy pegada a él.

—Lo siento, Leah.

—No me hagas esto, Axel. No te lo perdonaré.

Las notas se alzaron rizándose a nuestro alrededor.

Su abrazo se hizo más envolvente.

Me moví intentando salir, intentando huir…

AXEL

La sujeté más fuerte contra el suelo y temblé al verla así, tan dolida y tan rota, como si esas emociones me atravesaran a mí de algún modo, como si pudiera sentirla en mi piel. Leah intentó apartarme con todas sus fuerzas mientras la canción parecía girar a nuestro alrededor. Una parte de mí solo quería soltarla. La otra, la que pensaba que estaba haciendo lo correcto y que aquello era por su bien, me hizo apretarla con decisión contra mi cuerpo. Le aparté el pelo de la frente y ella se sacudió con un sollozo.

—Ya está. Tranquila —le susurré.

Las notas desfilaron hacia el final y Leah lloró desde el alma. Yo nunca la había visto hacerlo así, como si el dolor naciera de dentro y saliera al fin.

«Here comes the sun, here comes the sun.»

Aflojé el abrazo cuando la canción terminó. Su cuerpo seguía temblando debajo del mío y las lágrimas se escurrían por sus mejillas. Se las limpié con los dedos y ella cerró los ojos. No supe cómo explicarle que no podía esconder siempre los recuerdos dolorosos en vez de enfrentarlos, cómo convencerla de que del dolor se podía aprender y que a veces era necesario hacerlo...

Me aparté y Leah se puso de pie.

Oí el ruido de su puerta al cerrarse.

Así que me quedé solo mientras el disco que ella no había conseguido detener seguía girando. Supongo que debería haber salido a la terraza para fumarme un cigarro y calmarme antes de irme a dormir, por ejemplo. O haberme quedado un rato más escuchando música hasta que pudiera conciliar el sueño.

Pero no hice nada de eso.

Me levanté y fui a su habitación. Entré sin llamar. Leah estaba en la cama, hecha un ovillo entre las sábanas enredadas, y yo avancé hasta dejarme caer a su lado. Su olor suave y dulce me sacudió. Ignoré mi sentido común cuando alcé un brazo y le rodeé la cintura. La apreté contra mi cuerpo, odiando que estuviera de espaldas y que no me dejara verla.

—Perdóname, cariño…

Ella volvió a sollozar. Esta vez más débil.

Mantuve mi mano presionando sobre su estómago y su cabello revuelto me hacía cosquillas en la nariz. Solo quería que dejara de llorar y, al mismo tiempo, que siguiera haciéndolo, que se vaciara entera…

Me quedé junto a ella en la oscuridad hasta que se calmó. Cuando su respiración se volvió más tranquila, supe que se había dormido y pensé que tenía que soltarla y marcharme. Lo pensé…, pero no lo hice. Permanecí despierto a su lado durante lo que parecieron horas y, en algún momento, debí de quedarme dormido, porque cuando volví a abrir los ojos, la luz del sol se colaba a través de la ventana pequeña de la habitación.

Leah me estaba abrazando; sus piernas enredadas entre las mías y sus manos sobre mi pecho. Me dio un vuelco el corazón. La miré, dormida en mis brazos. Recorrí su rostro apacible, las mejillas redondeadas y las pecas difuminadas por el sol que tenía alrededor de la nariz respingada.

Noté un tirón en el estómago.

Solo quería besarla. Solo eso. Y me asusté, porque no tenía nada que ver con el deseo. Me imaginé haciéndolo. Inclinarme y rozar sus labios, cubrirlos con los míos, lamerlos con la lengua lentamente, saboreándola…

Leah se removió inquieta. Parpadeó y abrió los ojos. No se apartó. Tan solo alzó un poco la barbilla y me miró. Contuve la respiración.

—Dime que no me odias.

—No te odio, Axel.

Le di un beso en la frente y nos quedamos allí, en el silencio de la mañana, abrazados en su cama sin decirnos nada, con su mejilla apoyada sobre mi pecho y mis dedos hundiéndose en su pelo mientras me esforzaba por mantener el control.

72

LEAH

Era un día soleado, a pesar de que había algunas nubes enmara-
ñadas. Lo sé porque, mientras recorríamos la carretera hacia Brisbane, tenía la frente pegada al cristal de la ventanilla del asiento
trasero y pensaba en lo bonito que era el azul cobalto del cielo.
Intenté calcular qué pinturas usaría para recrearlo, qué tonalidades exactas...

—¿Cómo van esos nervios, cariño? —preguntó mi madre.

—Bien. —Me llevé las manos al cuello y volví a caer en la cuenta
de que había olvidado los audífonos en casa. Deslicé los dedos por
el cinturón de seguridad—. Papá, ¿puedes brincar esta canción?

Lo hizo y empezó a sonar *Octopus's garden*.

Íbamos de camino a la galería de un amigo de mis padres que
dos semanas atrás vino a casa y se interesó por un cuadro mío que
estaba colgado en la sala. Nos comentó que pensaban hacer una
pequeña exposición de jóvenes promesas con entrada gratuita y
que nos reuniéramos con él en Brisbane para conocer a sus otros
socios y ver si algo del material que tenía yo podía interesarles.

—Podemos comer al terminar, conozco un sitio cerca de la
galería en el que hacen los mejores huevos revueltos de todo lo
que puedas imaginar: de setas, de camarones, de tocino, de espá-
rragos... —Papá se echó a reír cuando mi madre le dijo que había entendido el concepto de «todo» y yo le pedí que cambiara a
la siguiente canción.

«Here comes the sun. Here comes the sun.»

—Me encanta esta canción. —La tareé animada.

—El buen gusto se hereda —contestó papá.

Yo sonreí cuando me miró a través del espejo retrovisor y me
guiñó un ojo. Y un segundo después, solo uno, el mundo entero

se congeló y dejó de girar para mí. La canción cesó de repente y el ruido ensordecedor de la carrocería del coche quebrándose me taladró los oídos. El vehículo dio vueltas y vueltas, y con un grito atascado en la garganta que nunca llegó a escapar, yo solo alcancé a ver un surco verde borroso que significaba que nos habíamos salido de la carretera. Después... solo silencio. Después... solo un vacío inmenso.

Me dolía todo el cuerpo y tenía el labio abierto y el sabor metálico de la sangre en la boca. No podía moverme. Tragué; era como tener una piedra en la garganta. No logré ver a mi madre, pero sí a papá, su rostro ensangrentado, la herida en la cabeza...

—Papá... —susurré, pero nadie contestó.

AXEL

Esa semana la dejé con su dolor, lamiéndose las heridas.

Leah estuvo callada. Iba al colegio por las mañanas y yo me quedaba apoyado en la valla de madera observándola pedalear hasta que desaparecía al final del camino. Después me tomaba el segundo café, trabajaba y contaba los minutos hasta que ella regresaba. Comíamos sin decirnos demasiado; ella un poco ausente, yo fijándome en cada uno de sus gestos.

El problema con Leah era que no me hacía falta hablar para ir viendo más y más de ella cada día, para observarla recomponerse poco a poco, recoger los pedazos del suelo, guardárselos en los bolsillos, y ver cómo después se esforzaba por acomodarlos entre ellos y unirlos de nuevo. La habría ayudado a hacerlo si me lo hubiera pedido, pero sabía que a veces hay caminos que uno debe recorrer solo.

LEAH

Fue liberador. Y duro. Y doloroso.

Fue volver atrás, a ese momento, recordarlo, afrontarlo, dejar de verlo como algo irreal o lejano, y aceptar que había ocurrido. A mí. A nosotros. Que un día una mujer se quedó dormida al volante después de salir de un turno de doce horas en el hospital y chocó contra nuestro coche sacándonos de la carretera. Que mis padres murieron en el acto. Y, sobre todo, que no iban a volver. Esa era la realidad. Mi vida ahora.

LEAH

—¿Te parece que este sábado vayamos a Brisbane?

—¿Para qué? —Miré a Axel, que estaba en la hamaca.

—Ya lo hablamos; podríamos ver la universidad, el campus, dar una vuelta…

—No lo sé…, y me voy el domingo.

—No volveremos tarde. Anda, di que sí.

Sonrió y yo no pude negarme, así que, tres días después, los dos estábamos dentro del coche de camino hacia la ciudad. Eran casi dos horas de viaje, de modo que me relajé quitándome las sandalias y puse el radio, sintonizando un programa sobre noticias locales. Axel conducía tranquilo, con un brazo apoyado en la ventanilla y el otro en el volante. Llevaba puestos unos lentes de sol oscuros y una camiseta de algodón con el dibujo de una palmera en el centro del pecho. Recordé la sensación de dormir justo ahí, apoyada sobre él, abrazando la calidez que desprendía. Ojalá pudiera ser…

Aparté la mirada y me detuve en los colores que dejábamos atrás: en el verde de las hojas de los árboles, en el gris borroso del asfalto y el trozo de cielo azul que se veía a través del espejo retrovisor. El mundo era demasiado bonito para no desear pintarlo.

—¿En qué estás pensando? —Axel bajó el volumen del radio.

—En nada. En los colores. En todo.

—Una respuesta un poco ambigua.

Él se rio. A mí me encantaba el sonido de su risa.

No hablamos demasiado antes de llegar a Brisbane. La ciudad nos recibió con sus calles amplias y llenas de vegetación. Axel condujo hacia la universidad y yo empecé a notar una sensación rara en el estómago, porque me ponía nerviosa mirar todo aquello y pensar que, quizá, en medio año estaría allí, sola y lejos de todo lo que conocía y quería.

—¿Estás preparada? —Ya se había estacionado.

—No lo sé.

—Vamos, yo sé que sí. —Axel salió del coche, lo rodeó y abrió la puerta del copiloto. Me tendió la mano. Yo la acepté y tiró con suavidad—. Mente abierta, Leah. Y piensa en todo lo que querías hacer antes, ¿vale? Te debes eso a ti misma.

Lo seguí en silencio. Recorrimos el campus. A Axel le brillaron los ojos en cuanto empezó a recordar sus años de estudiante en aquel lugar. Me enseñó el sitio en el que solía sentarse con sus compañeros a almorzar dentro de la cafetería, el trozo de césped bajo un árbol al que se escapaba a leer un rato con un cigarro entre los labios cuando se volaba alguna que otra clase; me contó anécdotas curiosas de los profesores que le tocaron y cosas que le ocurrieron en aquel recinto lleno de historias.

La gente con la que nos cruzábamos parecía tranquila y había muchos alumnos con material de dibujo entrando y saliendo de los salones o recorriendo los pasillos. Tragué saliva recordando las veces que me había imaginado así, aprendiendo allí, con ganas de comerme el mundo y plasmar y sentir y mostrar…

—¿Estás bien, Leah?

Asentí.

—Vamos a comer algo.

Nos sentamos en una de las cafeterías y pedimos dos sándwiches vegetarianos y un par de refrescos. Comimos en silencio. Y no podía dejar de mirar a mi alrededor, empaparme de todo aquello, de las risas de la mesa de al lado, del chico que dibujaba ajeno a todo sentado en un rincón y con los audífonos puestos, de la independencia que parecía envolverlos.

—Me habría encantado estar aquí hace diez años —susurré—, y vivir esto contigo, compartirlo todo… ¿Por qué la vida es tan injusta?

Axel sonrió ladeando la cabeza.

—Ni te imaginas lo niña que pareces ahora mismo.

—No hace falta que te burles, solo era un pensamiento.

Axel atrapó mi muñeca por encima de la mesa y su pulgar trazó un par de círculos sobre mi piel. Sentí un escalofrío.

—No lo decía en ese sentido. ¿Nunca has escuchado que en esta vida tenemos que mantener siempre despierto al niño que llevamos dentro? Pues no lo pierdas nunca, porque el día que lo hagas se habrá ido una parte de ti. —Su mirada descendió hasta fijarse en nuestras manos unidas—. A mí también me habría gustado… compartir esto contigo. Aunque habría tenido sus partes malas, claro.

—¿Cuáles?

—Serías la aplicada del curso, la mejor. Yo habría intentado copiarte en algún examen después de faltar a clase durante un mes y probablemente tú me habrías mandado a la mierda.

Me reí. Moví los dedos y rocé los suyos. Él solo respiró con más fuerza, pero no se apartó. Tenía la piel suave, las uñas cortas y masculinas.

—No es verdad. Te habría dejado copiar.

—Qué considerada. ¿Y nada más? ¿Habrías aceptado una cita?

Tenía un nudo en la garganta y no podía dejar de mirarlo.

—Depende de cuáles hubieran sido tus intenciones.

—Sabes que todas malas, cariño.

—Hay cosas malas que valen la pena.

Un músculo se tensó en su mandíbula y me soltó de golpe. Deslizó la mano por la mesa hasta volver a posarla sobre el respaldo de su silla.

Nos levantamos poco después y recogimos las charolas de la comida. Recorrimos un poco más el campus antes de ir a dar un paseo por South Bank. Caminamos por la orilla del río dejando atrás el Victoria Bridge y llegamos a GoMa, la galería de arte moderno y contemporáneo más grande de Australia. El pabellón estaba diseñado para armonizar la naturaleza y la arquitectura aprovechando el enclave cerca del río, y el ambiente era espléndido.

No sé cuántas horas estuvimos allí dentro, pero se me pasaron volando. Observé y admiré cada obra, fijándome en los colores, las texturas y los volúmenes, en cada nimio detalle. A ratos Axel desaparecía o lo encontraba sentado unas salas más allá, pensativo y paciente. No me apresuró. Hasta que le dije que ya estaba bien por aquel día y que había llegado la hora de irnos.

Regresamos caminando hacia el coche. Una vez dentro, él apoyó las manos en el volante.

—¿Te parece dar una vuelta o quieres volver ya a casa?

—¿Qué me propones?

—Dejarte llevar a ciegas.

—No puede salir nada malo de ahí, ¿no?

—Espero que no —susurró muy bajito.

Su mirada resbaló por mi rostro hasta quedarse anclada en mis labios. Se me dispararon las pulsaciones. Él sacudió la cabeza y arrancó el coche. Yo pensé en algo que había leído tiempo atrás en un artículo que recopilaba palabras que definían conceptos que no existían en nuestro idioma. *Mamihlapinatapai*, en yámana, significaba «una mirada entre dos personas, cada una de las cuales espera que la otra comience una acción que ambos desean, pero que ninguno se anima a iniciar».

76

AXEL

Conduje en silencio por aquella ciudad que tan bien conocía y en la que había vivido tantas cosas. Me inundaron los recuerdos. En todos ellos aparecía Oliver, el mejor amigo que hubiera podido desear, ese que nunca tenía en cuenta mis locuras ni mis estupideces y se limitaba a ignorarme o no darle importancia.

Y allí estaba yo. Con su hermana en el asiento de al lado e intentando reprimir las ganas que tenía de ella, de más, de cómo me sentía cuando estaba a su lado.

Empezaba a anochecer cuando paré en la bulliciosa zona de Stanley Street Plaza, donde los fines de semana había mercado: puestos de ropa exclusiva y ecléctica fabricada por artesanos emergentes, otros con joyas hechas a mano, arte, antigüedades, fotografías…

Tocaba un grupo en vivo mientras Leah y yo avanzábamos por las calles. Ella parecía feliz parándose en cada puesto, echándole un vistazo a cualquier cacharro que llamaba su atención. Yo estaba demasiado ocupado observándola como para pensar en nada más.

No podía dejar de preguntarme cómo era posible que no la hubiera visto antes. A ella. A la chica en la que se había convertido. O quizá…, quizá no había querido verla.

—¿Te gusta? —Leah se probó un anillo.

—Sí, cómpratelo.

Ella pagó y estuvimos un rato más dando una vuelta, hasta que a mí me empezaron a rugir las tripas y decidimos cenar. Fuimos a un restaurante que hacía la mejor hamburguesa vegetariana del mundo.

—Pues sí que está buena —admitió ella mientras masticaba.

—Claro. Y dime, ¿qué opinas de todo esto?

—¿La universidad?, ¿Brisbane?

—Sí. ¿Qué te ha parecido?

—Siempre me ha gustado, pero…

—Sigues teniendo miedo.

—No puedo evitarlo.

—Escucha. —Dejé la hamburguesa en el plato—. ¿Crees que a las demás personas no les pasa, Leah? Todos tenemos cosas. Habrá un montón de alumnos igual que tú que empiecen el año que viene la universidad y estén asustados porque será la primera vez que salen de casa y deben aprender a ser independientes y a cuidarse solos.

Ella no me rebatió aquello, se limitó a comer con gesto ausente y pensativo.

—¿Por qué antes sí pintabas, Axel? Mientras estudiabas.

—¿Todavía no lo has adivinado? —me tensé.

—No, no lo comprendo. Tú… tenías talento.

—Y nada más. Ese era el problema. Lo sigue siendo.

—Explícamelo, por favor —suplicó.

Me incliné hacia ella.

—El día que me entiendas a mí, te verás mejor a ti misma.

Resopló con fastidio y a mí me entraron ganas de reír. Esperé paciente mientras ella acababa de cenar y, después, paseamos hasta un bar grande que ya estaba lleno de gente. Era tarde, pero la idea de subir al coche y que aquel día acabara no me entusiasmaba. Así que no pensé, tan solo seguí adelante como si ella fuera una chica cualquiera y no Leah. Nos sentamos en unos taburetes frente a la barra. Yo me tomé una cerveza porque iba a conducir y le dije que podía pedirse cualquier coctel. Eligió uno que llevaba fresa y un toque de lima.

Las luces eran tenues en la pista y los leds azules de la barra no llegaban a iluminar bien a la gente que bailaba.

Bebí un trago de cerveza y me relamí los labios. La miré hasta que ella empezó a sonrojarse.

—¿Qué pasa? —preguntó avergonzada.

—Estaba pensando…

—¿En qué? Sorpréndeme.

—En ti. Y en mí. En nuestras diferencias.

—Yo creo que tenemos más en común de lo que crees —susurró Leah.

—Puede ser. Pero entendemos el mundo de formas distintas. Tú miras un cielo con nubes y ves tormenta. Yo miro un cielo con nubes y lo veo despejado.

Leah tragó saliva. Contemplé su garganta moviéndose.

—¿Y cuál de las dos opciones es mejor?

—Curiosamente, creo que ninguna.

Ella se rio y se le formaron dos hoyuelos. Me dieron ganas de mordérselos. Bebí un trago largo de cerveza, porque era eso o sucumbir a la tentación, a las ganas…

—¿Bailas conmigo? —preguntó.

—¿Lo dices en serio?

—¿Por qué no? Vamos, no muerdo.

«Carajo, tú no, pero yo sí.»

Leah me tendió una mano que yo terminé aceptando. Nos perdimos en medio de la pista, rodeados de desconocidos. Fue una sensación rara la de que allí nadie sabía quién era ella ni quién era yo, la de que en ese anonimato todo parecía tener menos importancia.

Dejando una distancia prudente, deslicé las manos por su cintura hasta llegar a las caderas. Empezó a sonar una lenta, una canción que años después recordaría a menudo cuando pensara en ella, *The night we met*. Casi me dolía acariciarla solo con la mirada, porque ya no me parecía suficiente.

—Axel, dame solo este momento.

Leah me rodeó el cuello y me abrazó, muy pegada a mí. Yo la retuve contra mi cuerpo moviéndome despacio, casi quieto en medio de la pista, sintiendo cómo su respiración me hacía cosquillas en el cuello y cómo sus manos se enredaban en mi pelo.

Agaché un poco la cabeza y le di un beso en la oreja, casi en el lóbulo, y seguí despacio atravesando la línea de la mandíbula hasta llegar a su mejilla. Cerré los ojos, solo sintiendo la suavidad de su piel, lo jodidamente bien que olía, el calor de su aliento, lo perfecto que era aquel abrazo, aquella canción, aquel momento, todo.

Iba a besarla. Iba a hacerlo. A la mierda el mundo entero.

Y en cuanto rocé su boca supe que iba a ser un desastre, pero también que sería el mejor desastre de mi vida.

La sujeté por la nuca antes de cubrir sus labios con los míos. Fue un beso de verdad. No hubo dudas ni pasos atrás, tan solo mi lengua hundiéndose en su boca y buscando la suya, mis dientes atrapándole el labio, mis manos ascendiendo hasta llegar a sus mejillas como si temiera que fuera a apartarse. Me recreé en cada roce, en cada segundo y en su sabor a fresa.

Pensé que aquel instante valía las consecuencias.

Leah se puso de puntitas y se apoyó en mis hombros cuando me apreté más contra ella, como si necesitara sostenerse en algo sólido. Volví a presionar mis labios sobre los suyos, y creí que besarla me calmaría, pero fue todo lo contrario, como abrir las puertas de par en par. Necesitaba tocarla por todas partes. Bajé las manos y la agarré del trasero pegándola a mi cuerpo, rozándome con ella...

—Axel... —Su voz fue casi un gemido.

Y era justo lo último que necesitaba. Ese puto sonido erótico en mi oreja.

Tomé aire entre beso y beso, ansioso, y empecé a moverme por la sala sin soltarla hasta que avanzamos unos metros y chocamos contra la puerta de los servicios. La abrí de un empujón ignorando a un tipo que acababa de salir y entramos. Leah tenía los ojos cerrados, entregada a mí como si confiara a ciegas, temblando cada vez que la tocaba. Nos encerramos en uno de los cubículos. Gimió cuando agarré uno de sus pechos en la palma de la mano y lo apreté, llevándome su respiración entrecortada con un beso profundo y húmedo.

¿Qué estaba haciendo? Ni idea. No tenía ni idea.

Solo sabía que no quería parar. Que no podía parar.

—Esto se me está yendo de las manos —gruñí.

—Me parece bien —jadeó abrumada, buscándome.

Si esperaba que fuera ella la que echara el freno, lo tenía jodido. Apoyada en la pared de azulejos, Leah me rodeó el cuello y me atrajo hacia ella, más y más cerca, hasta que volvimos a frotarnos por encima de la ropa. Y fueron movimientos furiosos, llenos de anhelo. Fue como me la habría cogido si no lleváramos los dos los pantalones puestos. Jamás había estado tan duro. Busqué algún resquicio de sentido común en mi cabeza, pero dejé de intentarlo cuando ella me mordió el labio inferior, haciéndome daño.

—Carajo, Leah. —Di un paso atrás para poder deslizar una mano entre sus piernas y acariciarla por encima de los jeans. Fuerte. Y rápido. Porque de repente necesitaba ver su expresión mientras se venía y guardarme aquel recuerdo para siempre.

Ella gimió y la sostuve por la cintura con la mano que tenía libre mientras ella arqueaba la espalda y se dejaba ir con los ojos cerrados y los labios entreabiertos.

Se los cerré con un beso. Y luego la solté poco a poco…

Leah me miró, todavía respirando agitada. Tenía las mejillas encendidas y los ojos llenos de preguntas que yo no sabía responder. Tomé aire intentando calmarme y la abracé apoyando la mejilla en su cabeza. El sonido del exterior volvió, como si hasta ese momento la música y las voces de la gente no hubieran existido.

—Vámonos a casa, Leah.

La tomé de la mano y la arrastré para salir de los baños de aquel local. El viento fresco me despejó un poco cuando enfilamos la calle. Seguía estando duro y el corazón aún me latía acelerado y nervioso en el pecho, como advirtiéndome de lo que acababa de ocurrir, la línea que había cruzado. Sabía que ya no había marcha atrás, que aquello no tenía arreglo, ni para mí ni para ella.

Cuando subimos al coche, el silencio se tornó más denso. Apoyé las manos en el volante y suspiré hondo.

—Te estás arrepintiendo —susurró. Había dolor en su voz.

Le sostuve la barbilla entre los dedos y le di un beso lento, llevándome el sabor salado de sus lágrimas en los labios. Me aparté para limpiarle la cara.

—Te juro que no. Solo dame unas horas para que pueda ordenarme la cabeza.

—De acuerdo —me sonrió. Solo a mí.

Volví a besarla antes de arrancar.

La ausencia me acompañó durante todo el viaje de vuelta: la ausencia de luces en la carretera y de voces más allá de la respiración pausada de Leah cuando se quedó dormida a mi lado. Así que tuve tiempo para estar a solas con mis pensamientos, pero seguía igual de confuso y jodido cuando llegamos y estacioné a un lado del camino. Lo único que tenía claro era que sentía algo por Leah y que, a aquellas alturas, negarlo era una estupidez.

Quizá por eso abrí la puerta de casa y luego regresé al vehículo, le quité el cinturón de seguridad y la tomé en brazos. Leah entreabrió los ojos y preguntó dónde estaba. Yo solo le contesté que siguiera durmiendo y la acosté en mi cama. Volví al coche, agarré su bolsa y lo dejé en el sofá antes de buscar el paquete de tabaco y salir a fumarme un cigarro en la terraza. Contemplé el cielo mientras me lo terminaba y regresé con ella.

Me acosté a su lado y la abracé. Leah volvió a despertarse y se dio la vuelta para apoyar la cabeza en mi pecho. Y me quedé allí minutos, horas, qué sé yo, acariciándole el pelo y mirando el techo de mi habitación, convenciéndome de que aquello era real, de que mi vida iba a cambiar. Algunos riesgos valían la pena. Algunos...

77

AXEL

Golpes. Golpes en la puerta. Abrí los ojos.

Carajo, carajo, carajo. Leah estaba abrazada a mí. La zarandeé para despertarla y lo conseguí a la tercera sacudida. Me miró confundida, aún soñolienta.

—Levántate. Ya. ¡Rápido! —Obedeció en cuanto me entendió—. Métete en el baño.

Me preparé mentalmente antes de abrir la puerta, pero fue en vano, porque al ver a Oliver sonriéndome se me revolvió el estómago. Me aparté para dejarlo entrar. Parecía contento. Fue a la cocina y se sirvió un poco de café.

—¿Es de ayer? —preguntó.

—Sí, nos hemos dormido.

—¿Y eso? —Buscó el azúcar.

—Regresamos tarde. Fuimos a Brisbane, ¿no te lo dije? —Me froté el mentón, pero dejé de hacerlo al recordar que eso era lo habitual entre la gente que mentía: tocarse la cara, gesticular con las manos. Estaba paranoico—. Pasamos por la universidad y por la galería de arte. —«Y luego la masturbé en los baños de un bar, para finalizar el día, como cereza del pastel.»

—Es verdad. ¿Cómo estuvo el paseo?

—Bien. —Leah apareció en la cocina—. ¿Qué te pareció la universidad?

—Interesante. —Se puso de puntitas para darle un beso a su hermano en la mejilla y él la abrazó antes de que pudiera escapar—. Tengo que ir a preparar la maleta.

—¿Aún estás con esas? No jodas. Vengo directo del aeropuerto y necesito darme un baño o mutaré en algo raro.

—Ayer no me dio tiempo. No tardaré.

Leah desapareció en su habitación y me esforcé por mantenerme sereno, aunque por dentro estaba a punto de sufrir un puto infarto. Oliver se apoyó en la barra y yo conecté dos neuronas que me quedaban por ahí y fui capaz de empezar a prepararme un café, porque lo necesitaba en la sangre en ese momento.

—¿Qué tal siguen las cosas por Brisbane?

—Igual, como siempre. Pocos cambios.

—¿Por dónde fuisteis?

—Cenamos en Guetta Burguer.

—¿Sigue abierto? —sonrió animado—. Qué recuerdos. Nunca olvidaré esa vez que nos emborrachamos e intentamos meternos en la cocina. El dueño era agradable.

—No sé si aún será el mismo…

—Ya. ¿Y el campus? ¿Todo igual?

—Más o menos. ¿Qué tal tú?

—Bien. Un mes tranquilo.

—Alguna ventaja ha de tener acostarte con tu jefa.

Oliver intentó darme un puñetazo en el hombro, que esquivé y, durante un segundo, sentí que todo volvía a ser como siempre entre nosotros. La sensación se evaporó en cuanto Leah salió de la habitación arrastrando la maleta. Su hermano se adelantó para cargarla.

Sostuve el marco de la puerta tras abrirla. Oliver ya estaba yendo al coche cuando me incliné hacia ella y le di un beso en la mejilla. Un beso que duró unos segundos más de lo habitual. Ella me miró dubitativa antes de darse la vuelta e irse.

Cerré, me apoyé en la pared y me froté la cara.

Intenté aferrarme a la rutina para no pensar demasiado. El surf, un rato en el mar hasta terminar agotado. Luego, trabajo. Y cuando llegó la última hora de la tarde y pensé que acabaría subiéndome por las paredes de tanto darle vueltas a lo mismo, salí a dar un paseo. Llegué a Cavvanbah y me tomé un par de cervezas con Tom, Gavin y Jake. Me concentré en escucharlos para no oírme a mí mismo. Casi era de madrugada cuando Madison se me acercó y me preguntó si la esperaba hasta que cerrara, pero negué con la cabeza, agarré las llaves que había dejado encima de la mesa y regresé a casa caminando.

No sé por qué lo hice, como tampoco lo supe la vez anterior, pero entré en la habitación de Leah. Y en esa ocasión me quedé paralizado en la puerta. Encima de la cama, colocado con cuidado, me había dejado el bloc de dibujo que tanto me había intrigado el mes pasado. Y al lado, una lámina; supuse que era lo que hacía el día que se negó a dejarme verlo diciéndome que aquello era suyo.

Eran dos siluetas, dos bocas, dos labios.

Un beso. El nuestro. Plasmado para siempre.

Contuve el aliento mientras me sentaba en la cama apoyando la espalda en el cabezal de madera. Tomé el cuaderno y empecé a pasar las páginas. Leah estaba en todas y cada una de ellas. El enfado. El dolor. La esperanza. La ilusión. Repasé los contornos de algunos dibujos, todos hechos a carboncillo, todos con cierto aire melancólico, incluso los que representaban labios cerca, respirándose, manos unidas, rozándose tímidamente.

Y cuando acabé de verla a ella, desnuda de aquella forma tan visceral, solo pude pensar que el amor sabía a fresa, tenía diecinueve años y la mirada del color del mar.

78

LEAH

Acostada en la cama, cerré los ojos y recordé aquel beso. Sus labios suaves y ansiosos, su boca cálida, sus manos moviéndose por mi cuerpo pegándome a él. Era azul y rojo y verde. La respiración acelerada, su sabor, la voz ronca y sensual en mi oído. Y de ahí nacían el cian, el magenta y el amarillo. De algún modo, éramos una mezcla perfecta, como cuando algo parece caótico, pero de repente, en un beso, todo encaja; daba igual que yo viera cielos llenos de tormenta y él cielos despejados.

Al final éramos blanco. Nosotros.

79

AXEL

Me pasé toda la semana encerrado en casa trabajando, intentando retomar esa rutina marcada que tenía medio año atrás, antes de que ella pusiera un pie en casa y todo cambiara para siempre. Así que terminé la mayoría de los encargos. Y a pesar de que no tenía nada que hacer, cuando el viernes me llamó Oliver para ir a tomar una copa por la noche, le dije que no me encontraba bien. ¿Estaba siendo un puto cobarde? Probablemente. Pero confesarle lo que estaba pasando no era una opción, a no ser que quisiera morir en el acto.

Y estaba la otra alternativa.

No ir mas allá. Frenar aquello.

Pero es que no podía. Podría haberlo intentado si no viviera con ella, si no me gustara un poco más cada día, si no empezara a necesitarla así. Porque el amanecer cuando Leah no estaba perdía cierto encanto y las noches sin ella en la terraza me parecían frías y silenciosas.

El sábado llamé a mi padre.

Lo hice sin razón. Quizá porque no había dejado de darles vueltas a las palabras de mi hermano. Quizá porque me sentía solo y confundido, y no estaba acostumbrado a eso.

Quedamos para cenar en un italiano. Él ya estaba allí cuando llegué, sentado en una mesa que hacía esquina y con la mirada ausente, pero se le iluminó en cuanto me vio y me recibió con un abrazo.

—Hey, colega. Vamos, siéntate.

—¿Ya pediste algo para beber?

—No. ¿Se te antoja una copa de vino?

—Mejor una botella —le dije, y tomé la carta.

—¿Está todo bien? —Por primera vez en mucho tiempo, a mi padre le flaqueó la sonrisa—. Tu madre se preocupó cuando me llamaste. Dice que solo puede haber tres razones por las que quisieras verte a solas conmigo.

—¿En serio? A ver, cuéntame esas razones.

—Ya sabes cómo es tu madre —advirtió antes de empezar—. Que hayas embarazado a una turista, que tengas algún problema legal o que te estés muriendo por una enfermedad y no quieras decírselo a ella para no preocuparla.

—Mamá está chiflada —aseguré riéndome.

—Sí, pero no me negarás que no es habitual que me llames —tanteó inquieto.

Me sentí un poco culpable. Suspiré.

—Pues debería haberlo hecho más.

El mesero regresó con la botella de vino y pedimos la cena.

—Axel, si te ocurre algo…

—Estoy bien, papá. Solo es que el otro día Justin me hizo darme cuenta de algunas cosas. Cosas que no me gustaron. —Fruncí el ceño incómodo—. ¿Alguna vez tú…, tú te sentiste un poco apartado por mi relación con Douglas?

Mi padre parpadeó sorprendido.

—¿Eso te dijo tu hermano?

—Sí, algo así.

—Axel, cuando escuches algo no te quedes solo con eso, rasca un poco más en la superficie. Las palabras son engañosas, enmascaran cosas. Yo nunca me he sentido apartado por tu amistad con Douglas. Con él tenías una relación diferente. No era el que tenía que regañarte cada vez que hacías alguna travesura ni tampoco el que te castigaba. No era tu padre.

Me sirvieron el plato de espaguetis.

—Entonces, ¿por qué dijo eso Justin?

—Te lo digo, rasca un poco más… —Mi padre se limpió con la servilleta y me miró antes de decidirse a hablar—: Puede que siga sin encajar del todo que consideres a Oliver tu hermano, el de verdad, como has comentado alguna vez.

—Carajo, pero yo no…, no lo decía en serio… —O sí. Sacudí la cabeza.

Recordé la mueca de Justin cuando el otro día me dijo que tenía cosas que hacer y se metió en la cocina. Y lo mucho que pareció importarle mi apoyo el mes pasado en casa de mis padres. Sus intentos fallidos cada vez que trataba de acercarse y yo me metía con él bromeando. Nunca lo había hecho a propósito, simplemente hay relaciones en las que se marcan ciertas rutinas con el paso de los años.

—Yo quiero a ese estirado —admití.

—Ya lo sé, chico, ya lo sé. Déjame probar tus espaguetis. —Alargó la mano y agarró unos pocos con el tenedor.

—Papá, ¿puedo hacerte una pregunta?

—Depende, si es sexual no.

—¡Caray! No quiero ni imaginármelo.

—Mejor, porque sería un poco violento. Ahí donde la ves, tu madre es muy fogosa.

—Te suplico que no digas ni una palabra más.

—Mis labios están sellados. ¿Qué quieres saber?

—¿Por qué aguantas tanto con ella?

Mi padre me miró muy serio.

—Axel, tu madre la está pasando muy mal. Cuando algo así sucede, algo inesperado, es como las piezas de un dominó, ¿lo entiendes? Una cae. En este caso, dos. Y esas piezas provocan una reacción en cadena en mayor o menor medida. Es retorcido, si lo piensas.

—¿Y por qué no habla con nadie?

—Sí lo habla. Conmigo. Todas las noches.

Asentí distraído, con la mirada fija en el plato.

—Tú la quieres… —susurré. No era una pregunta.

—Ella y ustedes son mi mundo.

Había un deje de orgullo en la voz de mi padre que no entendía porque no conocía aquella sensación, la de tener una familia propia, con tus reglas y tus tradiciones, elegir a la persona con la que quieres pasar el resto de tu vida; los años buenos y también los malos, los difíciles. Ver crecer a tus hijos, envejecer… Todo me parecía muy ajeno, quizá porque nunca me lo había planteado para mí.

Pero sí me había planteado otras muchas cosas que a mi padre se le escapaban, porque uno nunca entiende la situación igual desde dentro del problema que desde fuera.

Repiqueteé con los dedos sobre la mesa.

—Creo que sé cómo puedes ayudar a mamá.

Me miró interesado, pero yo negué con la cabeza y le dije que pronto se lo contaría. Papá asintió, conforme como siempre, y luego terminamos de comer mientras charlábamos de todo un poco. Señalé con la cabeza las pulseras trenzadas de cuero que llevaba en la muñeca derecha, esas que vendían en los puestos artesanales y que llevaban los surfistas de la zona.

—Te quedan bien —intenté no reírme.

—Son fantásticas. ¿Quieres una?

—No, la verdad es que…

—Vamos, chico, así hacemos juego.

Sonreí al tiempo que él se quitaba una y me la colocaba en la muñeca. Luego puso su brazo al lado.

—*Fantichuli*.

—¿Perdona? ¿Qué significa eso?

—No estás al día. Significa *fantástico* y *chulo* en una sola palabra.

—*Fantichuli* —repetí alucinado.

—Eso es, chico.

La comida familiar del domingo fue infernal. Mis sobrinos intentaron que jugara con ellos, pero estaba tan cansado que terminé sentándome en el sillón a la espera de que llegaran Oliver y Leah. Mi madre volvió a preguntarme si me pasaba algo, por eso de que era la segunda vez en toda mi vida que no llegaba tarde. Emily se acomodó a mi lado mientras sus hijos jugaban en la habitación con Justin.

—¿Cómo van las cosas en la cafetería? —pregunté.

—Como de costumbre. A Justin le falta paciencia.

—Yo pensaba que de eso tenía de sobra.

—No creas. También tiene sus días malos, aunque no lo parezca. Me contó que te habló del problema.

—Sí, un poco por encima. Se solucionará.

Llamaron a la puerta y me levanté bruscamente.

Clavé mis ojos en Leah en cuanto abrí y me quedé mirándola como un imbécil, al menos hasta que Oliver se interpuso en mi visión y me abrazó dándome un par de palmadas en la espalda tan fuertes que por poco no escupo un pulmón.

—¡Me plantaste el viernes, cabrón! —gritó.

—Chsss, los niños están cerca. Nada de groserías —advirtió Emily.

—Estaba resfriado —mentí.

—Pues debiste traer un pañuelo.

—Muy gracioso —gruñí.

Evité saludar a Leah dándole un beso en la mejilla como solía hacer porque acercarme tanto a ella…, no estaba muy seguro de que fuera una buena idea.

Capté de reojo su mirada decepcionada.

Mi madre salió con la comida y nos pidió que nos sentáramos a la mesa. Me acomodé en mi sitio, al lado de Leah. Y me pasé toda la maldita comida deseando bajar la mano bajo el mantel y rozar la suya. O, peor aún, deslizarla entre sus piernas. Estaba muy mal y no mejoraba tener a Oliver justo enfrente, hablándome sin parar y recordando anécdotas. Apenas probé bocado cuando me levanté antes del postre y anuncié que me iba.

—¿Tan pronto? ¿Por qué? —Mamá parecía horrorizada.

—Tengo… trabajo pendiente que entregar mañana.

Mi hermano fue el único que frunció el ceño cuando mentí, como si supiera que no era cierto. Me despedí rápido después de acordar con Oliver en que esa misma tarde pasaría por casa para dejar a Leah antes de irse al aeropuerto.

Unas horas. Solo eso. Horas.

Agarré la tabla y me perdí entre las olas.

SEPTIEMBRE

—

(PRIMAVERA)

80

LEAH

Oliver iba retrasado al aeropuerto, así que solo bajó del coche para sacar la maleta del asiento trasero. Me despedí de él con un beso y la promesa de que lo llamaría al menos cuatro veces por semana. Recorrí el sendero hasta la casa de Axel mientras el coche se alejaba. Llamé a la puerta, pero, como nadie abrió, terminé buscando las llaves. Entré. Todo estaba en silencio. Fui a mi habitación y vi que Axel había estado hojeando el bloc de dibujo que dejé a la vista para él.

Sonreí, aunque por dentro estaba temblando.

Temblando porque me daba miedo que Axel volviera a decirme que no había nada entre nosotros. Temblando porque ya no era capaz de fingir que no estaba enamorada de él. Temblando porque había empezado a sentir como antes, en toda su magnitud, y no soportaría volver a quedarme en casa una noche más mientras él besaba a otra.

Dejé la maleta encima de la cama y empecé a sacar toda la ropa guardándola en el clóset. Aún no había terminado de hacerlo cuando lo oí llegar.

Los nervios me encogían el estómago. Salí y contuve el aliento al verlo en traje de baño mientras dejaba la tabla a un lado. Él alzó la cabeza y sus ojos me atravesaron.

—Hola —logré susurrar.

—Hola. —Dio un paso hacia mí.

—Yo… acabo de llegar.

—Ya. —Se acercó más.

Me mordí el labio.

—¿Quieres que hablemos?

—¿Hablar? —Se paró delante de mí y sus ojos descendieron

hasta mi boca—. Creo que hablar es lo último en lo que estoy pensando.

—¿Y en qué se supone que estás...?

No pude terminar. Sus labios cubrieron los míos y fue un beso implacable, un beso diferente en medio del silencio de la casa. Real. Intenso. Duro. Cerré los ojos, memorizando aquel momento con el que había soñado tantas veces. Él tenía la piel fría y el pelo y el traje de baño aún mojados, pero no me importó cuando lo abracé como si no pensara volver a soltarlo jamás. Solo quería estar más y más cerca de él. Y pese a todas las dificultades, aquello parecía tan natural como respirar, la manera en la que se acoplaban sus labios sobre los míos...

Axel me alzó y yo enredé las piernas en su cintura. Avanzó hacia su habitación y chocamos contra el marco de la puerta. Me apretó contra la pared. Supe que nadie volvería a besarme nunca así, tan salvaje, tan emocional, sin pensar en nada más.

Me dejó en el suelo despacio, deslizando las manos por cada curva de mi cuerpo. Temblé. De ganas. De tenerlo así. De amor. Y luego me armé de valor y me quité la camiseta. Axel respiró profundamente por la nariz cuando la prenda cayó al suelo. Él se quedó quieto, sin tocarme, mientras me desprendía también del sostén.

Sus ojos se perdieron en mi piel...

Se me aflojaron un poco las rodillas. Estuve a punto de rogarle que dijera o hiciera algo, pero entonces su mirada se enredó con la mía y no me hicieron falta las palabras, porque ahí lo vi todo. Vi el miedo, pero también la determinación. El anhelo.

Dio un paso adelante. Nuestros torsos desnudos se encontraron cuando apoyó su frente contra la mía. Sus manos me acariciaron el vientre, subieron hasta cubrirme un pecho. Su pulgar me rozó el pezón con un movimiento suave, y tuve que agarrarme a sus hombros de la impresión.

—Abre los ojos, Leah. Ábrelos.

Obedecí. Axel desabrochó el botón de mis pantalones cortos y los dejó caer. Deslizó el dedo índice por el resorte de los calzones, matándome lentamente, y los bajó poco a poco hasta que quedaron a mis pies. Puede que no fuera la primera vez que me veía desnuda y, en realidad, ir en bikini era algo habitual para mí, pero nunca me había sentido tan expuesta ante sus ojos, tan abierta en canal. De haber querido, Axel podría haber extendido la mano y agarrar lo que quisiera de mí. Habría sido incapaz de negarle nada porque sería como negármelo a mí misma.

—Ahora tú. Por favor —pedí.

Me dirigió una mirada intensa antes de pegarse a mí. Me tomó las manos con suavidad y las guio hasta la cuerda anudada de su traje de baño. Se me encogió el estómago mientras la desataba. Él me observaba con la cabeza agachada y la mandíbula en tensión. Cuando logré quitárselo, los dos nos quedamos desnudos frente a frente.

Axel me besó. Su lengua se enredó con la mía y nuestras bocas se acariciaron mientras chocábamos contra la cama y me dejaba caer en ella. Él apoyó las manos a cada lado de mi cuerpo, sobre el colchón, y me miró durante unos segundos que parecieron eternos.

—Quiero tocarte —le dije.

—Y yo quiero durar más de un minuto.

Me reí y él me besó llevándose el sonido.

—Axel, por favor. Déjame.

Lo busqué y rocé su erección. Pensé que todo él era perfecto. Axel respiró entre dientes mientras lo acariciaba; luego cerró los ojos con fuerza y se apartó. Su mano se deslizó con suavidad por mi vientre, haciéndome cosquillas antes de perderse entre mis piernas. Me besó y hundió un dedo en mi interior. Me tensé. Él habló contra mi boca:

—¿Quieres saber en qué pensaba antes?

Asentí. Tenía tantas ganas de él que el corazón se me iba a salir del pecho.

—Había agarrado la tabla un rato para calmarme, porque quería hablar contigo como una persona normal. Pero al llegar a casa, cuando te vi, se me cruzaron los cables. Y entonces solo pude pensar en cogerte muy lento, en que quería lamerte y que tú me lamieras a mí, en que no podía estar ni un solo segundo más sin tocarte. —Deslizó otro dedo y yo gemí en respuesta.

—Hazlo ya, Axel —le rogué con la boca seca.

Alargó una mano hacia la mesita para agarrar un preservativo y se colocó sobre mí. Sus labios encontraron los míos y se fundieron en un beso húmedo y profundo. Yo noté su contención. Que estaba intentando ser delicado. Que estaba haciéndolo suave. Quise pedirle que se dejara llevar, pero las palabras se me quedaron en la garganta cuando lo sentí hundiéndose en mí, resbalando hasta que sus caderas encajaron con las mías y me quedé sin aire.

Me besó por todas partes: en las mejillas, en los párpados, en la nariz…, y luego empezó a moverse despacio y yo me aferré a sus hombros y lo abracé tan fuerte que temí hacerle daño. Porque ya había dado por hecho que nunca me vería. Porque ya casi había renunciado a él. Porque ahora que sabía lo que era sentir sus manos sobre mi piel pensaba que habían valido la pena todos aquellos años de espera siendo invisible.

Tomé una bocanada de aire cuando una sacudida de placer me atravesó. Axel me notó tensarme y aumentó el ritmo, mordiéndome la boca, respirándome en el cuello, aferrándose a mi trasero como si necesitara que cada embestida fuera más profunda, más rápida, más intensa. Todo más. Yo no sabía que hacer el amor podía ser así; arrollador. Más.

—Axel… —terminé susurrando su nombre.

Él gruñó y empujó una última vez antes de dejarse ir clavándome los dedos en las caderas. Después nos quedamos allí abrazados en el silencio de la habitación, respirando a trompicones. Axel me rozó la oreja con los labios y yo me estremecí, todavía jadeante.

—Vas a ser mi puta perdición —me susurró.

81

AXEL

Abrí los ojos despacio. La luz del sol se colaba por la ventana y el pelo de Leah me hacía cosquillas. Froté mi nariz contra su mejilla antes de darle un beso. Ella se desperezó lentamente de una manera tan adorable que tuve que contenerme para no ir a buscar una cámara de fotos.

—Vamos, despierta. Nos quedamos dormidos.

—Humm… —Se dio la vuelta en la cama.

—Leah, llegas tarde al colegio.

Se volvió y enredó sus piernas entre las mías. Aún estábamos desnudos. Yo empalmado. Ella con la piel tan suave que me dieron ganas de besarla por todas partes.

—Podría no ir hoy —susurró.

—Se supone que yo soy el que tiene que pensar las cosas malas y tú quien debería frenarme.

—No se parará el mundo por un día.

—De eso nada. Desayuno y te vas.

—¿Desayunas?

Se echó a reír cuando le di la vuelta y la retuve bajo mi cuerpo. Atrapé un pezón con la boca y tiré con suavidad, arrancándole un gemido ahogado.

—Axel, ¿qué estás…?

Antes de que terminara la pregunta le respondí separándole las rodillas y bajando más y más. Hundí la lengua en su sexo y lamí y acaricié, saciándome de ella.

Le sujeté las piernas cuando se puso nerviosa y empezó a temblar. Y fui más duro y más intenso cada vez que la rozaba con los labios. Ella tenía los ojos cerrados con fuerza y no me miró mientras su cuerpo se tensaba, sus manos se aferraban a las sábanas arrugadas… y yo la besaba con la lengua respirando sobre su piel. Creo que nunca había deseado tanto darle placer a otra persona, conseguir que se derritiera entre mis brazos.

Se sacudió y gritó cuando el orgasmo la alcanzó.

Yo me llevé su sabor en la boca antes de trepar por su cuerpo y, cuando me miró, me relamí muy despacio. Leah se sonrojó. Eso me hizo sonreír divertido.

—¿Te da vergüenza? —le acaricié la mejilla con el pulgar.

—No. Sí. Yo… nunca antes…

—No me mientas.

Leah apartó la vista, pero la sostuve por la barbilla obligándola a mirarme de nuevo. Le di un beso suave.

—Pues pienso desayunarte todos los días. Y la próxima vez que lo haga, me mirarás hacerlo. —Ella asintió con las mejillas aún encendidas—. Vamos, levántate y vete a aprender alguna cosa buena y útil antes de que yo te enseñe todas las malas que me sé. —Le pellizqué el trasero mientras se ponía de pie y me dio un manotazo entre risas antes de meterse en la regadera.

Reprimí el impulso de seguirla, porque a ese paso no llegaría ni a la última hora. Tuve una sensación de plenitud en el pecho desconocida y me levanté para preparar café. Cuando ella salió ya vestida y con el pelo recogido en una coleta, le tendí un pan tostado con aguacate y su taza, que se bebió de un trago.

—¿Seguro que no quieres que te acerque?

—No. Me gusta ir en bici.

—Eh, ten, dejas el almuerzo —le di una manzana—. ¿No te olvidas de algo más?

—¡La mochila! —exclamó.

—Caray, y un beso. Ven aquí.

Volvió a sonrojarse. La sujeté por la nuca para darle un beso largo y lento antes de soltarla y salir a la terraza para despedirme de ella. La observé mientras se alejaba montada en la bicicleta con su coleta ondeando bajo el sol de la mañana. Suspiré hondo, tranquilo e intranquilo a la vez, si es que eso era posible. Porque por una parte estaba feliz, jodidamente feliz, aunque por otra no podía ignorar que sabía que me estaba metiendo en un camino pedregoso y lleno de baches, pero aun así era incapaz de dejar de caminar y caminar…

Encendí un cigarro y me preparé otro café.

Después de una mañana un poco apática y llena de pensamientos enmarañados, Leah regresó y, cuando subió los escalones del porche con una sonrisa bailando en sus labios, sentí que todo volvía a encajar de nuevo. Las dudas y los errores desaparecieron con el primer beso y después me limité a estar allí, en nuestro presente, con ella.

Al caer la noche, después de cenar, me acosté en la hamaca y ella se acopló a mi lado, acurrucada contra mi cuerpo mientras nos balanceábamos. Allí solo éramos música sonando suave desde la sala, estrellas encendidas y el olor del mar que traía el viento.

—Sabes que tenemos que hablar, ¿verdad?

—No tenemos por qué hacerlo —dije.

—Quiero saber qué es lo que más te preocupa. —Levantó la cabeza, alzó una mano y me alisó la zona del entrecejo con suavidad—. ¿Ves? No me gusta esto. Que estés tan tenso.

Colé la mano bajo su vestido y le di un apretón en la nalga derecha antes de besarla.

—Conozco un modo muy eficaz de disipar la tensión.

—Axel, por favor. No bromees con esto.

Puso carita de pena y yo quise morirme. Porque nunca pensé que podría enamorarme tanto y tan rápido por alguien. Porque no estaba acostumbrado a sentir aquello ni a derretirme por gestos tontos. Porque creía que esas tonterías no iban conmigo y en esos momentos podría haberme puesto a componer una estúpida canción sobre ella. La última chica del mundo por la que pensé que perdería la cabeza. La que conocía de toda la vida. La que siempre había estado a mi alrededor, invisible ante mis ojos…

Me froté el mentón y suspiré.

—Está bien, hablemos.

—¿Qué vamos a hacer?

—No tengo ni puta idea.

—Pero… algo habrás pensado.

—Espera. Necesito un cigarro.

Fui a buscar el paquete de tabaco a la cocina. Cuando volví, Leah estaba sentada en la hamaca balanceándose y mirándome un poco cohibida. Lo encendí y di una fumada larga antes de encontrar las palabras adecuadas, si es que acaso existían.

—Creo que deberíamos tomarnos un tiempo. Ya sabes, para ver cómo funciona todo. Y después, no lo sé, no tengo ningún plan ni tampoco me propuse que esto ocurriera. Solo estoy improvisando e intentando no pensar demasiado para no volverme loco.

—De acuerdo. Pues no pensemos —pero lo dijo con el ceño un poco fruncido.

—Vamos, no pongas esa cara. —Apagué el cigarro y me acerqué a ella. Me coloqué entre sus piernas y dibujé con los dedos una sonrisa en su rostro tirándole de las mejillas; funcionó, porque se echó a reír—. Leah, tú eres consciente de lo traumático que es esto para mí, ¿verdad? Hace que me sienta culpable. Mal. No es una situación normal. Es difícil.

—Lo siento —susurró y apoyó la cabeza en mi pecho.

Le di un beso y ella se colgó de mi cuello.

Nos quedamos allí un rato besándonos despacio. No sé cómo no me había percatado antes de lo mágico que podía ser un beso. Tan íntimo. Un gesto tan pequeño, tan bonito. Con ella solo quería cerrar los ojos y sentir cada roce y cada suspiro suave.

LEAH

Hasta entonces, pensaba que el amor era como un cerillo que prende de golpe y se enciende tembloroso. Pero no. El amor es un chisporroteo suave que precede a los fuegos artificiales. Era su barba contra mi mejilla al despertar, cuando el sol todavía no había salido. Era el vuelco en el estómago que sentía al tocarlo. Eran sus movimientos lentos cuando hacíamos el amor y su voz ronca susurrando mi nombre. Era el sabor del mar en su piel. Era las ganas que tenía de congelar cada momento que pasábamos juntos. Era su mirada traviesa e intensa.

El amor era sentirlo todo en un solo beso.

LEAH

Blair se echó a reír cuando terminé de contarle las últimas novedades. Estábamos acostadas en la cama de su habitación mirando el techo recubierto de estrellas fluorescentes que brillaban en la oscuridad.

Le di un codazo.

—¿De qué te ríes?

—No lo sé. De ti. De la situación.

—Muy graciosa. —Me di la vuelta en la cama, agarré un oso de peluche y lo abracé—. Tengo miedo, Blair.

—Pues no lo tengas. Deberías estar disfrutando de este momento. Es lo que siempre has querido, ¿no? Y ahora lo tienes. Al chico inalcanzable, el que decías que jamás se fijaría en ti.

—Es que pensé que nunca lo haría.

—La vida es así de impredecible.

—Está bien. Pero… —Me llevé un mechón detrás de la oreja y pensé lo que iba a decir, el temor que me rondaba por la cabeza—. Es demasiado bonito para ser verdad. Y demasiado complicado, también. Nadie lo sabe, solo tú. No me gusta eso, tener que esconderlo, pero entiendo…, entiendo que puede ser un problema. No puedo ni imaginarme cómo reaccionaría mi hermano si se enterara.

—Eres mayor de edad, Leah.

—Supongo que sí.

—Pues ya está. Quizá él tenga razón en esperar a ver cómo va todo antes de implicar a sus familias. No lo pienses más, ya lo decidirán cuando llegue el momento.

Llamaron al timbre y Blair se levantó para abrir. Apareció con Kevin en la habitación un par de minutos después. Yo lo saludé con una sonrisa.

—¿Tarde de chicas y chismes?, ¿qué me he perdido? —Se sentó en la silla del escritorio.

—Si te lo dijéramos, tendríamos que matarte. —Blair le dio un beso antes de sentarse a mi lado en la cama al estilo indio.

Yo me reí, contenta por verlos tan felices. Y porque casi parecía una tarde cualquiera como en los viejos tiempos.

Me despedí de ellos un rato después y regresé caminando a casa. Me detuve en la cafetería de la familia Nguyen y saludé a Justin desde la puerta. Él me miró sorprendido.

—Vaya, qué sorpresa.

—Pasaba por aquí.

—¿Quién vino? —Georgia salió de la cocina y sonrió al verme. Se limpió las manos llenas de harina en el delantal y me dio un abrazo tan fuerte que por poco me deja sin aliento—. Qué bonita estás, cielo.

—¿Te gustaría tomar algo? —intervino Justin.

—No, pero había pensado en llevarme un trozo de pay de queso a casa.

—Claro. Te lo pongo para llevar.

Ella me peinó con los dedos y me frotó la mejilla como si hubiera encontrado una mancha en la piel o algo así.

—¿Pasa algo? —pregunté asustada.

—No, es solo un arañazo —sonrió.

Y yo volví a abrazarla, así sin avisar, algo que a ella la tomó un poco desprevenida. También a mí. Fue un impulso. No sé si por ver lo mucho que siempre se preocupaba por mí, por todos nosotros, incluso aunque al hacerlo se equivocara, pero me gustó la sensación de calidez y familiaridad. Cuando la solté, vi que tenía lágrimas en los ojos y que intentaba limpiárselas.

—Lo siento, es que…, no sé…

—Ah, no lo sientas, cielo. ¿Sabes? Me hacía mucha falta un abrazo. Y más tuyo, con lo cariñosa que tú eras siempre. Ven, dame otro abrazo —dijo mientras reía a pesar de estar llorando.

Yo dejé que me abrazara otra vez y cerré los ojos tranquila. Nos separamos cuando un cliente entró en la cafetería.

—Vamos, acompáñame a la cocina.

Me quedé un rato allí con la madre de Axel, tan solo haciéndole compañía, aunque no habláramos demasiado. Me hizo recordar las tardes que pasaba con ella y mi madre en la cocina de casa, sentada en un taburete mientras ellas cocinaban y yo las oía hablar de sus cosas, del día a día, de las tonterías que sus maridos hacían a veces y de los planes para el siguiente fin de semana. A mí me encantaba que me dejaran escuchar conversaciones de mayores, porque era como abrir una ventana a un mundo diferente al que yo tenía con Blair y la gente del colegio.

Supe que Leah entraba en casa por el sonido de la puerta, pero no me moví. Me quedé allí, en la terraza, con los codos apoyados en la barandilla y un cigarro entre los labios, contemplando el humo que se retorcía antes de que el viento lo disipara.

Y después sentí sus brazos rodeándome por detrás. Cerré los ojos. Esos días me sentía como la mierda cada vez que ella salía de casa y el peso de la culpabilidad me confundía. Pero volvía a sentirme feliz y pleno cuando regresaba y me saludaba con una de esas sonrisas inmensas que le llenaban la cara.

—¿Qué tal la tarde? —pregunté.

—Bien, estuve un rato con Blair y Kevin. Luego pasé por la cafetería y te traje pay —dijo poniéndose a mi lado, y me dio un beso—. Tu preferido.

La apreté contra mi cuerpo devorándola hasta quedarme sin aliento. Acaricié su lengua despacio, como si fuera nuestro primer beso, porque con Leah todo era un poco así, como si todos los besos de mi vida hubieran sido un ensayo hasta que ella llegó. No quería pensar por qué, ni cuándo ni cómo, porque me daba miedo lo que pudiera descubrir: que quizá siempre había sentido algo por ella. No amor. No deseo. Pero sí una conexión, como ese halo en sus pinturas que tiraba de mí igual que un hilo invisible, atándome de algún modo retorcido.

—¿Qué te pasa? —Me miró preocupada cuando se separó.

—Nada. Te echaba de menos.

—Yo también a ti.

—Vamos a hacer la cena.

No volví a pensar en nada. Solo en ella a mi alrededor, en los hoyuelos que se le marcaban al sonreír, en el dedo que se llevó a la boca al probar la salsa y que me hizo ponerme duro de inmediato, en el brillo de sus ojos cada vez que me miraba…

Cenamos en la terraza relajados y luego ella lavó los platos mientras yo ponía a calentar el agua para el té. Me dejé caer en los almohadones y Leah se sentó entre mis piernas, con su espalda pegada a mi pecho. Encendí un cigarro y mantuve la mano un poco alejada para que el humo no la molestara. La música sonaba desde la sala. Aquello era perfecto, y tuve la sensación de que no era la primera noche que estábamos tan cerca, como si hubiera habido muchas más, pero con otras formas, o de colores y texturas diferentes. Me resultó natural rodearle la cintura con la mano que tenía libre y pegarla más a mí. Ella respiró hondo, tranquila.

—Oigo tu corazón desde aquí —dijo.

—¿Y qué escuchas? —Di una fumada.

—No lo sé. A ti. Cosas. Me encantaría poder pintarlo.

—Pintar un sonido… —susurré—. Buena suerte con eso.

Leah se rio con suavidad y volvimos a quedarnos callados un rato. A mí no me hacía falta hablar teniéndola cerca. Cerré los ojos mientras sonaba *Pepperland*. Pensé que aquella noche era como todas las que había pasado solo en esa terraza durante años, solo que más…, mucho más.

—¿Qué te gusta de mí?

—Toda tú —sonreí, porque hasta entonces no recordaba que nadie me hubiera hecho una pregunta tan de niña. Pero me gustó.

—Vamos, expláyate.

—Tu culo, tus tetas, tus…

Me dio un pellizco en el brazo enfurruñada y luego hablé contra sus labios.

—Me gusta el sonido de tu risa. Me gustan tus contradicciones. Lo intensa que eres, casi desbordante. Me gusta cómo sientes, e intentar adivinar qué vas a hacer o decir, aunque nunca acierte. Me gusta esta casa cuando tú estás dentro de ella…

Me calló con un beso. Le separé las piernas, sentándola a horcajadas sobre mí, y deslicé la lengua en su boca. Leah hundió los dedos en mi pelo mientras nos rozábamos por encima de la ropa. Una oleada de calor me atravesó y ya solo pude pensar en estar dentro de ella, como si aquel fuera mi lugar desde siempre.

—Me estás matando… —jadeé.

—Y tú a mí. Desde hace años.

Estaba cegado. Solo podía percibir lo bien que olía, lo suave que era su piel, su voz dulce susurrando mi nombre. Bajé las manos por sus muslos y aparté el pantalón corto de algodón y la ropa interior antes de hacer lo mismo con los míos y hundirme en ella de un empujón. Sin condón. Contuve el aliento con la mandíbula en tensión, aguantando para no moverme. Gemí cuando ella empezó a hacerlo, bailando sobre mí, clavándome las uñas en la espalda.

—Espera…, carajo, espera…

Pero no pareció oírme y yo perdí la razón en cuanto me miró a los ojos mientras me cogía en esa terraza en la que había empezado a enamorarme de ella. La sostuve por las caderas, percibiendo sus jadeos, deseando arrancarle toda esa ropa que aún llevaba puesta para acariciar con la punta de los dedos cada lunar de su piel.

Me quedé sin respiración al verla alcanzar el orgasmo bajo las estrellas. Tan poderosa sobre mí, tan entregada a ese instante sin pensar en nada más. Apreté los dientes cuando un latigazo de placer me atravesó y salí de ella antes de venirme entre los dos con un gemido.

Me abrazó. Yo intenté recuperar el aliento.

—Leah, esto no…, nunca más… —logré decir.

—Me cuido —susurró agitada.

—Deberías habérmelo dicho.

—Es que… no podía pensar en nada.

Me calmé y le di un beso en la mejilla.

—Necesitamos un baño —dije levantándola.

Me quité la ropa sucia mientras atravesábamos la sala y la desnudé tras ponerle el tapón a la bañera y abrir la llave del agua caliente. La miré, la miré desde todos los ángulos, fijándome en cada línea, cada curva, cada marca sobre su piel. Leah se sonrojó.

—¿Qué estás haciendo?

—Nada. Vamos, métete en la bañera.

«Memorizarte para poder dibujarte», me dije a mí mismo; pero aparté esa idea enseguida, porque yo jamás haría eso, no la pintaría, no podría plasmarla.

Me senté tras ella abrazándola, y cerré la llave cuando el agua rozó el borde. Entonces solo quedamos nosotros, el goteo suave y la música que seguía sonando desde la sala. Apoyé la barbilla en su hombro y cerré los ojos.

Empezó a sonar *Yellow submarine*. Ella se movió.

—¿Recuerdas la noche que me preguntaste si alguna vez había sonado una canción en mi cabeza al encontrar a mi alma gemela y te dije que sí?

Asentí contra su mejilla.

—Pues fue contigo. Y con esta canción. Hace ya muchos años.

Las notas se arremolinaban a nuestro alrededor.

—Cuéntamelo —pedí hablando bajito.

—Acababa de cumplir dieciséis años. Tú no viniste a mi cumpleaños porque estabas con unos amigos en Melbourne, pero apareciste en casa una semana después y me regalaste una plumilla. Dijiste que era «para que siguiera creando magia».

—Me acuerdo de eso… —Le di un beso en la sien.

—Entonces empecé a oír la canción en mi cabeza. Y sentí…, sentí el impulso de decirte algo importante, pero no pude. Tenía un nudo en la garganta

—Cariño… —La abracé más fuerte.

—Tú solo escuchaste «todos vivimos en un submarino amarillo», pero para mí siempre será la primera vez que te dije «te quiero» mirándote a los ojos, aunque pronunciara otras palabras.

Me dio un vuelco el corazón. Y entendí que nosotros éramos un rompecabezas que había ido encajando con el paso de los años. La diferencia era que Leah siempre había tenido todas y cada una de las piezas, y yo había tardado muchos más años en encontrarlas.

LEAH

Yo lo había querido siempre. Pero antes lo hacía desde lejos, mirándolo en lo alto de un pedestal y sin poder tocarlo; porque las cosas inalcanzables o que no podemos tener siempre adquieren cierto valor añadido, como esos cuadros a los que nadie les presta atención hasta que descubren que son del artista famoso del momento y que cuestan una fortuna. Durante años había idealizado a Axel, era consciente de ello. De mirarlo embelesada. De que besaba el suelo que él pisaba. De que su aprobación cada vez que tomaba un pincel me daba la vida.

Y ahora no. Ahora lo tenía delante de mí y, de algún modo retorcido, por fin era de carne y hueso. Real. Tan real. Con sus defectos y sus sombras, en toda su magnitud, mil veces mejor y más interesante que el Axel perfecto que había vivido en mi cabeza.

Y quererlo adquirió otra dimensión.

Más matices. Más colores. Todo más.

AXEL

Quizá si los sentimientos que Leah despertó en mí hubieran sido más tibios, habría podido evitarlo, frenar aquello antes de que pasara, mantener una barrera sólida. Pero no, porque fue como un huracán que llega y lo revuelve todo. Como algo que lleva dormido mucho tiempo y despierta de repente. Como la manzana que te dicen que no puedes probar y te parece brillante y tentadora y perfecta. Como lo inesperado.

Podría decir que fue el azar. Que Leah acabara en mi casa. Que yo me esforzara por desnudarla capa a capa. Que me enamorara de ella al ver lo que encontré, cuando solo quedó su piel contra mis dedos…

Podría decirlo…

Pero me estaría mintiendo.

LEAH

Había sacado dos calificaciones notables y una sobresaliente en los últimos tres exámenes y llegué a casa emocionada. Axel me abrazó y dijo que había que celebrarlo. Era un viernes de primavera y hacía calor. Me puse un vestido suelto y unas sandalias. Fuimos a Nimbin, un suburbio al oeste de Byron Bay, refugio de artistas y ecologistas, el pueblo más alternativo de Australia, donde era más patente el movimiento hippy.

Paseamos por las calles contemplando las coloridas fachadas llenas de dibujos. Llevábamos unos minutos caminando cuando los dedos de Axel me rozaron y terminaron encajando entre los míos. Entonces lo entendí, al ver su expresión: había decidido que fuéramos a comer a un sitio alejado para no tener que preocuparse por nada. Y me gustó esa sensación de poder caminar con él de la mano como haría cualquier otra pareja, era justo lo que deseaba que fuéramos. Abrí la boca para decírselo, pero él lo adivinó.

—Aún no, Leah.

—De acuerdo.

El sol del mediodía nos acompañó cuando nos sentamos en una terraza para comer. Estuvimos relajados y luego nos pasamos todo el viaje en coche hablando de tonterías. Axel me dijo que era imposible tocarse la nariz con la punta de la lengua. Y yo lo intenté con ahínco.

—No insistas. —Puso los ojos en blanco.

—Dijo el que siempre intenta buscarle lógica a todo, o alguna prueba que explique lo contrario. Solo estaba cerciorándome —bromeé.

—Yo no hago eso —se defendió.

—Claro que sí. No soportas no entender algo.

—¿Cómo qué?

—Los escarabajos de papá, por ejemplo.

—¿Es que acaso eso tiene sentido?

No estaba acostumbrada a hablar de él, de ellos, si nadie me forzaba antes a hacerlo. Si Axel tiraba de mí, para ser más exactos. Me entristecí al darme cuenta de que echaba de menos a mis padres y ni siquiera me permitía el recuerdo para mantenerlos cerca de mí y llevarlos conmigo.

—Sí, tenía un sentido —admití—. Era por mamá. Le encantaban los escarabajos porque tenía un amuleto de uno que le regaló mi abuelo cuando era pequeña; en el antiguo Egipto los consideraban un símbolo de protección, sabiduría y resurrección. Cuando se enamoró de mi padre, antes de que empezaran a salir, decía que se pasaba el día cortando margaritas del jardín de su casa, quitándoles las hojas y diciendo: «Sí me quiere, sí me quiere, sí me quiere…».

—¿No era algo como «sí me quiere, no me quiere…»?

—Exacto, pero ella no quería ni imaginar la otra posibilidad, así que cambió las reglas del juego y ya está. —No pude evitar sonreír al pensar en mi madre—. Se lo contó en la tercera cita. Así que, para él, el escarabajo era ella, la buena suerte, llena de «sí quiero, sí quiero…»

Axel se echó a reír.

—Carajo, maldito Douglas. Aún recuerdo el día que volví a preguntárselo y me contestó que siguiera pensándolo un poco más. Podría haberme pasado toda la vida elucubrando y jamás lo hubiera adivinado. ¿Sabes? Le encantaba eso, pasársela bien a costa mía.

Nos quedamos callados unos minutos.

—Era bonito —susurré.

—Que plasmara cosas que solo ellos podían entender. Puede que el resto del mundo viera dos escarabajos abiertos en canal y pensara que era algo estrafalario. Y fíjate, para él era el amor, una de las tantas maneras que tenía de verlo.

Axel suspiró hondo y su expresión se ensombreció, pero no le pregunté en qué estaba pensando, porque ya sabía que no me lo diría. Ya en las calles de Byron Bay, lo vi desviarse.

—¿Adónde vamos?

—Quiero enseñarte algo.

Paró delante de una galería de arte contemporáneo. Había varias en la ciudad, pero aquella era la más pequeña y especial, quizá por el aspecto rústico de su fachada, quizá porque tenía encanto. Parecía un poco nervioso.

—No te lo dije antes porque…, porque no quería que tuvieras miedo ni que dieras un paso atrás, pero una vez le hice una promesa a Douglas. Le dije a tu padre que no sabía cómo, pero que haría que tú…, que expusieras en esta galería.

—¿Por qué hiciste eso?

—Porque incumplí otra promesa.

—¿Cuál? Y no se te ocurra mentirme.

—Que lo haría yo. Exponer aquí. Porque ese fue mi sueño, pero hace tanto tiempo que ni siquiera recuerdo la sensación de desear algo así. Cuando te dije que necesitaba hablar de ellos con alguien, contigo, lo decía en serio. No solo porque los eche de menos, Leah, sino porque tu padre…, si lo elimino a él de la historia de mi vida, nunca vas a poder conocerme del todo a mí, ¿lo entiendes? Mucho de lo que soy se lo debo a él.

Me contuve para no llorar y sus dedos se deslizaron por mi mejilla con suavidad, pero apartó la mano cuando se fijó en algo que había fuera del coche. Me volví. Solo vi a una chica con el pelo corto que giró la cabeza en cuanto sus ojos tropezaron con los míos.

—¿Qué pasa, Axel?

—Nada. No es nada.

—¿La conoces?

—Es una amiga.

Arrancó el coche y regresamos a casa. Contemplé por el espejo retrovisor la puerta de la galería de arte que dejábamos atrás y no volvimos a hablar del tema durante el resto del día. Preparamos la cena juntos. Pusimos un vinilo. Hicimos el amor en su cama y luego nos quedamos abrazados en el silencio de la noche.

Yo no conseguí dormir. Me quemaban las puntas de los dedos y conocía bien esa sensación, la conocía muy muy bien, pero eran las tres de la mañana y no quería despertarlo. Me levanté cuando ya no pude soportarlo más. Caminé descalza y de puntitas hasta la sala dejando la puerta de la habitación entornada. Encendí la luz tenue y anaranjada de una lámpara de mesa y fui a buscar el material de dibujo. Desenrollé una lámina sobre el suelo y me arrodillé en la madera templada. Después respiré hondo, sintiendo la soledad del momento, quedándomela como algo bueno justo antes de abrir el estuche de pinturas y deslizar los dedos sobre ellas, acariciándolas, recordándolas...

Tomé una amarilla. Y después una roja carmesí.

Luego siguió un azul petróleo, el malva, el morado, el salmón, el marrón chocolate, el turquesa, el ámbar oscuro, un naranja albaricoque, el verde menta...

Los mezclé todos. Los sentí todos. Y me encontré en ellos.

AXEL

Douglas apareció en mi casa con una bolsa de comida preparada y dos cervezas en la mano. No dijo nada antes de ir a la cocina y empezar a sacar lo que había traído. Yo lo miré un poco molesto. No con él. Supongo que conmigo. No lo sé. Me coloqué tras la oreja el cigarro que había estado a punto de encender antes de que llegara.

—Un mal día, ¿no? Últimamente tienes muchos de esos.

—¡No me digas! —escupí—. ¿Por qué has venido?

—Vaya, un anfitrión hostil.

—No es eso, es que…, déjalo.

Abrí mi cerveza y le di un trago. Douglas echó un vistazo fijándose en el desorden que había en la casa. Llevaba días sin recoger. El suelo estaba lleno de lienzos inacabados, de láminas que eran solo intentos, de manchas de pintura que no me había molestado en limpiar.

Y yo solo sentía frustración.

—¿Qué está pasando?

—Pasa que no puedo hacerlo. No puedo.

—Eso no es verdad, Axel. Vamos, mírame.

—Tienes razón, es peor. Es que no quiero hacerlo.

Hizo girar su cerveza entre los dedos mientras me miraba. Vi decepción en sus ojos. Y carajo, tuve que contenerme para no echarme a llorar como un chiquillo delante de él, de todo lo que siempre había querido ser y emular y nunca iba a lograr.

—Puedo entenderte si me lo explicas.

Me levanté y me pasé una mano por el pelo.

—Es todo. Es… esta casa, este lugar. La idea que tenía de lo que sería y lo que al final no ha sido. Eso me ahoga. Es como llevar una estúpida soga atada al cuello todo el puto día. —Me movía de un lado a otro y pisé unas pinturas, pero me dio igual—. Ni siquiera sé por qué quería hacer esto. Pintar. Lo he olvidado. ¿Cómo puedes olvidar algo que supuestamente es tu sueño, Douglas?

—Solo dime una cosa, ¿qué se interpone entre tú y el lienzo?

—Yo, carajo. Yo. Que no siento nada. Que no tengo nada que plasmar, nada de que dejar constancia. No quiero hacer cualquier cosa. Para eso, prefiero no volver a tocar un puto pincel en toda mi vida. Y cuanto más intento encontrar algo lo suficientemente importante para mí como para volcarme en ello, peor es, más me frustro. No puedo. Llevo meses así y… no puedo. Se supone que estudié para esto y te prometí que lo haría y que expondría en la galería y que...

Me llevé una mano al pecho justo antes de que Douglas se levantara y me abrazara. Me aferré a él, porque necesitaba aquello, saber que, a pesar de no conseguirlo, de no tachar esa meta de la lista, iba a seguir ahí, conmigo, porque la pintura era uno de los hilos más fuertes que nos habían unido desde que era un niño y me daba miedo que al cortarlo él se alejara o algo cambiara.

—Ya está, chico. Ya está —me palmeó la espalda—. No tienes que hacerlo más, ¿me estás oyendo? Nadie te obliga. Te has metido en una guerra en la que solo luchas contra ti mismo y nunca vas a poder ganar. A la mierda la pintura. A la mierda todo, ¿me oyes? Lo primero es ser feliz, levantarte cada mañana tranquilo.

Carajo, solo quería llorar de puto alivio.

Respiré hondo. Respiré, respiré, respiré…

Douglas me apretó en el hombro con la mano y la decepción de su mirada se transformó en orgullo. Yo no supe por qué, pero tampoco pregunté, porque me bastó con verlo. Él disipó la tensión cuando fue por la cena y tomó las dos cajas de tallarines para llevarlas a la terraza. Cenamos callados, cada uno perdido en sus propios pensamientos. Estaba a punto de ir por el té cuando me frenó con una sonrisa.

—Espera, tengo algo mejor.

—Vamos, no me fastidies. —Me eché a reír cuando él sacó una bolsa y la sacudió delante de mis narices—. Parece buena. Dame eso.

Su carcajada se alzó en medio de la noche cuando le quité la mariguana y fui a buscar papel de liar. Media hora después, los dos estábamos fumados y con una botella de ron abierta, sentados en los escalones del porche trasero, con los pies sobre las hierbas que crecían entre la arena. Él dio otra fumada y tosió.

—Estoy muy mayor para esto.

—Tú nunca serás mayor para nada, Douglas. ¿Pueden envejecer los pensamientos? Yo creo que no, que uno siempre será como quiera ser.

—No vayas a ponerte filosófico a estas horas, chico.

Le quité el churro de las manos. Él me miró de reojo mientras yo dejaba escapar el humo y contemplaba las espirales que se perdían en la oscuridad de la noche.

—Así que a la mierda la pintura.

—¡A la mierda! —repetí eufórico.

—Siempre me gustó eso de ti, la manera que tenías de aferrarte a la vida y acoplarte a ella. Me recuerdas a mí. ¿Sabes? A veces solo hay dos opciones: subir o bajar, avanzar o retroceder, agarrar o dejar, cerrar o abrir… Los tonos grises están bien, pero no sirven para todo. En ciertas ocasiones hay que ir por todas, tomar decisiones arriesgadas. Como en el amor.

—Me río yo del amor —farfullé.

—Pues no lo hagas tanto. Eres un blanco fácil, lo sabes, ¿verdad? Carajo, dime que lo sabes, Axel. Deberías estar preparado.

Lo miré de reojo alzando una ceja.

—Ya fumaste más de la cuenta.

—No. Es por ti, por cómo eres. Créeme, sé de lo que hablo —se llevó una mano al pecho, risueño—. Axel, tú pintas o no pintas, y un día amarás o no lo harás, porque no sabrás hacer las cosas de otro modo.

Me eché y fijé la mirada en el cielo estrellado.

—Pues está tardando en llegar…

—Hay cosas por las que vale la pena esperar.

—¿Cómo supiste que Rose era la indicada?

—¿Cómo no iba a saberlo? —arrugó la frente desconcertado, como si no entendiera mi pregunta—. Joder, si la miré y el mundo se paró justo cuando empezaron a sonar en mi cabeza las notas de *I will*. Nunca tuve dudas.

—Eres afortunado —susurré, y luego, dos ideas encajaron de repente. Pudo ser casualidad que ella se colara en mi cabeza mientras hablaba de amor. O pudo no serlo. Nunca llegaría a saberlo—. En cuanto a esa promesa que te hice, teniendo en cuenta que acabo de gritar que a la mierda la pintura…

—No me des explicaciones, Axel.

—No es una explicación, es una maldita revelación que acabo de tener. —Me senté de golpe y me mareé un poco—. Ella lo hará. Leah. Tu hija. Tiene sentido, ¿no? Ahora entiendo que estaba claro desde el principio. ¿Has visto lo que hace? Llenará galerías. Y creo…, creo que mi destino no era ese, pero el suyo sí. Carajo, no puede ser otro.

—Es muy buena, sí. Y especial.

—¿Sabes? Puede que sí cumpla mi promesa. Haré una exposición allí algún día, solo que la haré con ella. Yo seré el que la organice. No veo ninguna diferencia.

Douglas se echó a reír y yo lo imité.

Casi había amanecido cuando me decidí a entrar en casa y a buscar el teléfono celular entre las cosas del escritorio porque, si mis cálculos no me fallaban, debía de haberlo dejado por ahí uno o dos días atrás. Lo encontré y llamé a Rose. Le dije que no se preocupara y que su marido iba a quedarse a dormir en casa, pero veinte minutos más tarde apareció.

—No lo puedo creer —dijo en cuanto abrí la puerta y vio a Douglas en el sofá.

—Fue culpa mía, lo juro. —La dejé entrar—. ¿Café?

—Sí, porque es eso o agarrarlo de la oreja.

—Te digo que lo até sin que se diera cuenta.

—Axel, nos conocemos. Hazme ese café.

Reprimí una sonrisa y le llené una taza. Rose se la llevó a los labios. Vestía unos jeans algo holgados y algunos rizos rubios escapaban de su coleta rebelde.

—Siento haberte llamado a estas horas.

—No importa, tenías que avisarme. ¿Qué estuvieron haciendo? ¿Intentando arreglar el mundo, como siempre?

—Arreglarme a mí, si te sirve —confesé.

—No digas tonterías. Tú eres perfecto tal y como eres, Axel Nguyen. —Se ablandó y me pellizcó una mejilla—. Algún día te darás cuenta de eso, y entonces te aceptarás con todos tus defectos y dejarás entrar a otra persona y que también lo haga.

—Qué bonito todo —ironicé.

—Lo será. —Me miró con los ojos brillantes y aparté la mirada con incomodidad, porque tuve el presentimiento de que ella sabía algo sobre mí que yo no alcanzaba a ver y era una sensación rara e irritante.

—Deberíamos despertarlo.

Rose asintió, y entre los dos conseguimos que Douglas llegara hasta el asiento del copiloto del coche. Ella me dio un beso en la mejilla.

Después empecé a recoger todas las pinturas, las láminas y el material esparcido por el suelo de la sala. Cuando terminé, lo llevé todo a mi habitación y busqué la escalera. Dejé las cosas encima del clóset de madera, sin preocuparme por el polvo que les caería. Fue alivio. Felicidad. Paz.

Volví a salir a la terraza sintiéndome más ligero, sin ese peso en la espalda. Encendí un cigarro y le di un trago a la botella de ron. Decidí que el día siguiente lo empezaría haciendo una de las cosas que más me gustaban en el mundo: perderme entre las olas. Supe que a partir de entonces intentaría ser feliz, que tomaría las cosas que deseara de la vida, las que me llenaran, y descartaría las demás sin sentirme culpable por ello.

Y así fue como empecé una nueva etapa.

LEAH

Seguía pintando cuando los primeros rayos del sol se desperezaron en el horizonte. Estaba a punto de caerme de sueño, pero no podía parar; cada vez que finalizaba un trazo necesitaba empezar el siguiente, cada vez que creaba otro tono, necesitaba mezclar más...

Me di la vuelta al oír un ruido a mi espalda.

Axel estaba ahí, con el pelo revuelto y tan guapo que me quedé sin respiración cuando comprobé que su mirada se había posado en mi lámina sobre el suelo de su sala. No habría podido descifrar su expresión ni en un millón de años; porque era alivio, pero también miedo; era plenitud y, al mismo tiempo, un vacío desolador.

—Axel. —Me puse de pie despacio.

—No digas nada —susurró, y acortó la distancia que nos separaba con dos zancadas. Me agarró de las mejillas y me besó. Un beso lento, suave, eterno.

Sus brazos me recibieron y apoyé la cabeza en su pecho mientras él contemplaba el dibujo; la explosión de color, las líneas delicadas pero firmes, el conjunto.

Era él. Su corazón. Su corazón lleno de colores vivos, vibrando en el centro de la lámina; de una de las arterias salían estrellas a borbotones que brillaban en la parte superior. Abajo estaba el agua en la que flotaba. Y había destellos de luz y salpicaduras por cada latido.

—Es para ti —alcé la barbilla.

Lo abracé más fuerte cuando lo sentí temblar.

Me despedí de ella la última semana del mes con el corazón encogido en el pecho, como si temiera no volver a verla. Porque eso ya no era una opción. Hay cosas que puedes elegir en cierto momento y que luego dejan de estar en tu mano al convertirse en un camino sin retorno. Ella era eso. Si iba marcha atrás, encontraba una pared. Así que solo podía avanzar hacia delante.

Pero hacerlo tenía sus complicaciones.

Oliver. Cada vez que pensaba en él, me ahogaba un poco más. Quizá por eso lo evitaba. Lo hice a finales de agosto y volví a repetir la misma fórmula cuando septiembre llegó a su fin. No quería verlo. No quería arruinarme más la vida. Rechacé cada plan que me propuso poniéndole mil excusas y me pasé esa semana encerrado en casa, en mi mar; también abriéndome paso entre las telarañas de soledad que Leah había dejado en su ausencia. Una persona podía cambiar la percepción de situaciones que no eran nuevas para mí, que antes apreciaba y a las que ahora les faltaba algo.

Debí haber visto venir que no era buena idea no acudir a la comida familiar alegando que estaba enfermo porque, por supuesto, mi madre apareció en casa por la mañana, cargada con un arsenal de comida y una bolsita de la farmacia.

—Mierda —farfullé al abrir la puerta.

—Qué boca más sucia tienes, hijo.

—Créeme, a algunas personas les gusta.

Mi madre me dio un zape antes de dirigirse a la cocina y dejar todo en la barra. Empezó a guardar los productos frescos en el refrigerador y luego me puso una mano en la frente. Torció la boca como solo ella sabía hacer.

—Pues no tienes fiebre.

—Es una gripe nueva. Especial.

—¿Te duele el estómago? ¿Estás cansado?

—Mamá, estoy bien. No tenías que venir.

—Alguien tendrá que cuidar de ti si estás enfermo, cielo. —Me inspeccionó la cara levantándome los párpados y tirando de mis mejillas—. No tienes mal aspecto.

—Eso es por lo guapo que soy.

—Pensaba que estarías hecho una piltrafa.

—¿Tan grave es que no acuda a una comida? Déjame respirar un poco.

—¿Respirar? Si vives aquí como un ermitaño, aislado del mundo...

Puse los ojos en blanco y me dejé caer en el sofá.

—¡No me gusta que intentes eludirte! ¿Sabes la cantidad de gente que daría cualquier cosa por estar con su familia? ¿Te acuerdas de la señora Marguerite? Pues su hija vive en Dublín y solo pueden verse una vez al año, ¿te lo imaginas?

—Sí, y disfruto haciéndolo.

Ella me lanzó un cojín.

—Tienes que empezar a replantearte tu vida.

—Es curioso que me digas eso precisamente tú.

—¿Qué insinúas? —frunció el ceño mientras se colocaba bien los puños del suéter fino que llevaba puesto. Se sentó en el sillón de al lado.

—Ya sabes. En algún momento tendrás que tomar ciertas decisiones, ¿no? ¿Cuánto tiempo hace que decidiste jubilarte y dejarle la cafetería a Justin? Parece una eternidad.

—Eso no es asunto tuyo —espetó tensa.

—Mamá. —Me incorporé muy a mi pesar, porque lo último que quería era mantener una conversación trascendental, sobre todo cuando mi vida era un completo caos y no tenía muy claro cómo afrontarlo y desenredar los nudos que había ido creando en los últimos meses—. Justin terminará por marcharse, y con razón. Le prometiste que él se encargaría del negocio, que podría llevarlo a su manera, y no estás cumpliendo tu palabra. ¿Qué problema tienes? Deberías estar deseando dejar de trabajar y disfrutar de la vida con papá.

A mi madre le tembló el labio inferior.

—No es tan sencillo, Axel.

—Explícamelo. Habla conmigo.

Y se rompió. Me miró con los ojos llenos de lágrimas y respiró hondo.

—Todo iba a ser diferente. Se suponía que nos jubilaríamos, Leah iría ese mismo año a la universidad, y nosotros y los Jones nos dedicaríamos a recorrer el mundo sin preocupaciones, sabiendo que ustedes ya estaban haciendo su vida, y entonces…, entonces ocurrió. Ya nada será nunca igual.

Los seres humanos somos así: hacemos planes, tenemos sueños, ilusiones y metas, y nos centramos en hacerlos realidad sin pensar en qué ocurrirá si al final no lo logramos. Yo había decidido años atrás que me dedicaría a pintar, pero no me paré a visualizar otra forma de vida hasta que ya estaba metido hasta el fondo en un agujero lleno de fango. Es más fácil ignorar lo negativo e ir directos hacia lo que queremos; el problema…, el problema es que luego cuesta más dar el golpe.

Alargué una mano para alcanzar la de mi madre.

—Te entiendo. Y sé cómo te sientes. Pero no puedes quedarte para siempre anclada en este punto, mamá. Es duro, pero la vida sigue.

—No es lo mismo. Tú eres joven, Axel, ves las cosas de otra manera. ¿Qué me queda a mí? Rose y yo fantaseábamos con pasar las tardes cocinando y bebiendo vino y charlando en el jardín de casa, pero ahora… solo me queda la cafetería. Estar en casa es insoportable, necesito mantenerme ocupada para no pensar.

—Voy a vestirme —dije levantándome.

—Gracias, cielo —mamá me sonrió entre lágrimas.

Así que una hora más tarde estaba en la casa de mis padres, sentado en la mesa enfrente de Oliver y al lado de Leah, rodeado de comida, voces y risas, aunque tan solo era capaz de pensar en lo fantásticamente bien que olía ella, en que quería inclinarme y darle un beso, como Emily o Justin hacían, en que lo único que me separaba de agarrarla, llevármela al baño y desnudarla era una pizca de sentido común que aún me quedaba.

¿Quién iba a decirme a mí que acabaría así?

Sentí una punzada de deseo cuando su pierna rozó la mía por debajo de la mesa. Me miró al notar que me tensaba, y me perdí en esos ojos de color turquesa durante unos segundos, hundiéndome, encontrándome en ellos…

—Vuelvo enseguida. Voy a fumar un cigarro —me levanté con urgencia.

—¡Espera! Te acompaño. —Oliver me siguió.

Me apoyé en la valla de hormigón por la que trepaban algunas plantas y encendí un cigarro antes de darle uno a él. La calle estaba tranquila. El sol del mediodía se reflejaba en los cristales de los coches estacionados enfrente. Di una fumada larga.

—¿Todo bien por Sídney? —me costó pronunciar cada estúpida palabra.

—Mejor que por aquí, creo. ¿Qué te pasa últimamente?

Me encogí de hombros. Tenía ganas de salir corriendo.

—Una época rara —logré decir—. Se me pasará.

—Eso espero, porque es una mierda venir aquí una semana al mes y no verte el pelo, carajo. No habrás vuelto a joderte la cabeza con eso de la pintura, ¿no? Eh, Axel, mírame.

Negué y expulsé el humo. Me sentía tan culpable…

—¿Recuerdas lo que me dijiste hace un par de meses? Sobre esa chica tuya, Bega. Que a veces no buscas algo y simplemente aparece. —Me froté el mentón y apagué el cigarro—. Olvídalo, es una tontería.

—No, caray, cuéntamelo. Te escucho.

Miré la mano que acababa de apoyar en mi hombro y sentí que el suelo se abría bajo mis pies. Podría habérselo soltado a bocajarro y ya está. Acabar de una vez. Conocía a Oliver, sabía cómo reaccionaba ante situaciones conflictivas, pero ninguna de ellas consistía en «Me estoy tirando a tu hermana pequeña, ¿te parece bien?», y la incertidumbre y la cobardía se mezclaban en mi estómago. Pero me lancé a dar un paso adelante, o atrás, no lo sé.

—Conocí a alguien especial.

En teoría la conocí hace diecinueve años, cuando nació, pero no especifiqué eso. Analicé la expresión de incredulidad que cruzó el rostro de Oliver.

—¿Tú? Caray, pues…, bueno. No sé qué decirte. El único consejo que puedo darte es que lo tomes con calma y no te vuelvas loco los primeros meses porque eso sería muy propio de ti. Quiero decir, carajo, no me mires así

Por primera vez en años, tuve ganas de darle un puñetazo a mi mejor amigo.

—Ya sabes a lo que me refiero. Te aburres hasta de tus propios sueños, Axel.

—Eso no es exactamente así.

Soné frío, raro. Oliver me miró y negó con la cabeza. Tiró el cigarro al suelo, dio un paso al frente y me abrazó. Maldito Oliver. Una parte de mí quería enojarse con él, porque así sería más fácil.

—Intentaba arreglar las cosas, no empeorarlas. Siento no estar aquí estos meses, chico, pero no sé, llámame si necesitas algo o si quieres hablar. —Se apartó y me miró no como lo haría un amigo, sino como lo haría un hermano—. Vamos, volvamos dentro antes de que tu madre salga y nos pegue con lo primero que encuentre.

Me arrancó una sonrisa y lo seguí dentro de casa.

OCTUBRE

—

(PRIMAVERA)

LEAH

—Me iba a morir si estaba un minuto más sin verte.

Axel se echó a reír y me levantó entre sus brazos mientras me besaba. Cuando llegamos a la habitación me dejó caer en la cama; me subió la camiseta para poder darme un beso en el abdomen, al lado del ombligo, y yo me estremecí.

—Eres una exagerada —se burló.

—¿Tú no te mueres por mí?

—Por besarte. Por tocarte. Por cogerte.

—Es lo mismo —me defendí con una mueca.

—No lo es, pero tú ya lo sabes, ¿verdad, cariño?

Asentí, aunque en realidad no, no lo sabía, no lo entendía. Entonces, no.

LEAH

Me había pasado meses con un rompecabezas de quinientas piezas delante de mis narices, sin saber cómo resolverlo, qué lugar le correspondía a cada una. Pero poco a poco empezaron a encajar. Supongo que no hubo un momento exacto, sino que fue la suma de las charlas con Axel, de comenzar a mirarme en el espejo, a tomar decisiones. Con el paso del tiempo me vi más clara, me quité el impermeable y, aunque las heridas todavía dolían, dejé que se curaran al aire libre. Llegó él, el amor tirando de ese hilo invisible que había vuelto a remover sentimientos que pensaba que ya no existían. La rutina, las clases, escuchar lo que decía la gente a mi alrededor. La pintura, el color, emociones que plasmar. Y al final me vi hablando de mis padres con Axel, en la terraza de casa, recordándolos y rescatándolos de aquel lugar lleno de polvo en el que los había mantenido ocultos durante el último año.

Todo volvió a ser… normal. La vida siguió.

AXEL

Era el primer sábado de octubre y Leah no había tenido clases durante los últimos días por las vacaciones del tercer trimestre. Así que habíamos matado las horas comiéndonos a besos, hablando, quedándonos despiertos hasta las tantas de la madrugada o probando nuevas recetas en la diminuta cocina de casa. Por las tardes, ella estudiaba un rato o se ponía a dibujar, y a mí me encantaba la sensación de observarla desde mi escritorio mientras trabajaba, tan concentrada y perdida en sus pensamientos.

Ese día me fui solo con la tabla a surfear un rato, y cuando volví, ella estaba arrodillada en la terraza pintando con unas acuarelas que fue a comprar con Blair el miércoles. Me gustaba eso; que saliera con su amiga, que se viera con más gente y que volviera a ser la chica que había sido tiempo atrás, pero con muchos más matices.

Me acosté a su lado, aún mojado. El atardecer teñía el cielo de color naranja.

—¿Qué estás haciendo?

—Solo colores, mezclarlos.

Se sacó la paleta con forma de corazón de la boca antes de inclinarse para darme un beso. Yo la retuve sobre mí, llevándome con la lengua su sabor a fresa. Y siguió pintando. Suspiré y me quedé allí relajado. Cerré los ojos y, en algún momento, el sueño me atrapó. Cuando desperté, ella estaba sentada junto a mí con las piernas cruzadas y deslizando un pincel de punta fina por mi mano.

—¿Qué haces? —pregunté adormilado.

—Pintar. ¿Te gusta?

—Claro, ¿a qué tipo no le gusta que le llenen la mano de margaritas? —Leah se echó a reír. Era luz. Era felicidad—. Me gusta si eso te hace sonreír así.

La curva de sus labios se volvió más pronunciada; Leah deslizó el pincel por la piel de mi muñeca trazando el contorno pequeño de un corazón justo encima del lugar donde me latía el pulso cada vez más rápido. Tragué saliva y clavé los ojos en ella.

—¿Recuerdas el día que te pregunté si tú eras consciente de que me voy a morir? —Leah asintió y siguió dibujando en silencio—. No pude llegar a explicarte lo que quería decir. La cuestión es que todos vamos a hacerlo. Morir. Pero ¿tú lo sabes?, ¿lo has pensado, estás convencida de ello? Creo que, si lo hiciéramos más, si ahora uno se parara y se repitiera a sí mismo la verdad absoluta de «la voy a palmar», quizá cambiaría cosas de su vida, eliminaría aquello que no lo hace feliz, sería más consciente de que cada día puede ser el último. ¿Y a que no te imaginas qué es lo que yo no dejo de pensar? —Ella me miró. El pincel le tembló en la mano—. En que no tocaría nada, ni una coma; si me preguntaran en qué lugar querría estar en este momento, diría que justo aquí, mirándote, acostado en esta terraza. —Vi cómo se le humedecían los ojos antes de abrazarme.

—¿Y si te dijera que siento lo mismo? No dejo de pensar. En esto. En estar contigo. En que no quiero ir a la universidad y separarme de ti.

Me incorporé de golpe. El momento se rompió.

—¿Qué estás diciendo? ¿Bromeas?

Frunció el ceño y suspiró hondo.

—Es que no quiero tenerte lejos.

—Carajo, Leah, no vuelvas a pensar algo así. Y nunca…, nunca renuncies a algo tuyo por nadie. Tienes diecinueve años. Vas a ir a la universidad y vas a vivir esa etapa como yo viví la mía. No voy a moverme a ningún lado, ¿me estás escuchando? —La tomé de la barbilla y ella asintió con la cabeza. Le di un beso suave—. Será divertido, ya verás. Irás a fiestas, conocerás gente, harás nuevos amigos. De hecho, ¿sabes qué? Hoy vamos a salir tú y yo. Deberíamos hacerlo más. —Le tendí una mano y la ayudé a levantarse.

No dijo nada, pero yo podía ver a través de su mirada. Veía las dudas, las preguntas, los miedos. Esa vez no quise enfrentarme a ellos, solo taparlos y seguir adelante. No hablamos más antes de vestirnos y salir a cenar. Fuimos a ese italiano donde comí con mi padre semanas atrás. Leah se relajó en cuanto nos sirvieron el primer plato y empecé a bromear. Me encantaba verla sonreír. Me llenaba el pecho de una sensación cálida, única. Así que me dediqué a eso durante toda la noche: a arrancarle sonrisas y carcajadas, a decir estupideces solo para llevarme esos instantes con ella.

Luego dimos un paseo por la playa y terminamos delante de Cavvanbah casi sin darnos cuenta. Saludé un poco incómodo a mis amigos, que enseguida cayeron en la cuenta de que Leah era la hermana de Oliver y le hicieron conversación para hacerle sitio. Yo dejé de estar tan tenso alrededor de la tercera copa.

—No vas a irte de aquí sin explicarnos cómo consigues vivir con él sin desear lanzarte al río con los bolsillos llenos de piedras. —Tom ya estaba borracho a esas horas.

—También tiene sus cosas buenas. —Leah me miró de reojo.

—No friegues. Esas no las conocemos aún —se rio Gavin.

—Bueno, no cocina mal —respondió con una sonrisa.

—¿Y se pone delantal y todo? —bromeó Jake, y le di un codazo fuerte.

—Sí, uno rosita, de *Hello Kitty*. —Leah se echó a reír.

Se había bebido dos cervezas y parecía igual de achispada que yo. Me terminé mi copa de un trago mientras Madison venía hacia la mesa. Sus ojos se clavaron en Leah, y yo me removí inquieto al recordar el día que nos había visto delante de la galería de arte, dentro del coche. No había sido nada, ¿no? Solo un roce en la comisura de su boca, solo un gesto cariñoso…

—¿Les sirvo algo más?

—Otra cerveza —pidió Leah.

—Casi que no —la paré—. La cuenta.

Madison se lamió el labio inferior y me miró.

—¿Te espero cuando acabe el turno?

Quizá fue solo mi percepción, pero el silencio que inundó la mesa fue denso, y podía leer el entendimiento en la mirada de Leah. Recé para que no fuera tan transparente a los ojos de los demás.

—No, nos vamos ya —aclaré.

Madison le echó otro vistazo a Leah cuando trajo la cuenta, y se perdió entre las mesas. Yo invité esa última ronda, nos despedimos de mis amigos y enfilamos el sendero hacia mi casa bordeando la costa y adentrándonos en la vegetación tropical. Tomé a Leah de la mano cuando nos alejamos un poco. Estaba distante, muy callada, muy pensativa.

—Eh, ¿qué te ocurre?

—Nada. Es solo… —Negó con la cabeza—. Olvídalo.

Me paré a un lado del camino cuando ya se veía mi casa al fondo. La retuve sujetándola por las caderas con suavidad. Solo se oían los grillos cantando alrededor.

—Dime las cosas. Nunca te calles nada conmigo.

—Es que… ha sido incómodo. Verte con ella.

—Solo es una amiga —repliqué.

—A la que te tirabas —adivinó.

—Exacto. Solo cogíamos. No había nada más.

—Lo nuestro es distinto… —reafirmó.

—Muy distinto. —Me incliné y la besé.

Recorrí sus labios con la lengua despacio, arrancándole un jadeo, y luego deslicé las manos por debajo de su falda y jugueteé con el borde de su ropa interior hasta apartar la tela y notar la humedad en los dedos, en mi piel. Me daba igual que estuviéramos en medio de la nada, allí no había nadie. Solo oscuridad. Solo nosotros. Hundí un dedo en ella con suavidad y Leah se arqueó, apoyándose en mi pecho. Le rodeé la cintura.

—Mírame, cariño. Contigo siempre es más, mucho más. Diferente. Otra forma de vivir algo que pensaba que ya conocía. Otro todo. ¿No lo sientes así? —susurré y, cuando asintió y dejó escapar un suspiro, sentí el impulso de mover los dedos más rápido, más profundo; quería marcarla con las manos, dibujarla; a ella, al placer, los dos conceptos juntos—. Vamos a casa…

Avanzamos a trompicones por el camino hasta llegar a la puerta. Cerré con un golpe seco mientras Leah me desabrochaba los botones de la camisa y apartaba la tela por los hombros. Le quité la camiseta y la dejé caer en mitad de la sala antes de bajarle la falda de un tirón. Nos besamos mientras caminábamos hacia la habitación tropezando, abrazándonos, jadeando con ella colgada de mi cuello y pegada a mi pecho.

—¿Qué rayos has hecho conmigo? —susurré.

Porque era la pregunta que me rondaba a todas horas la cabeza. En qué instante exacto había perdido la razón por ella, qué frase o qué gesto fue determinante, en qué momento empecé a ser un poco suyo, aunque yo jamás admitiría algo así en voz alta por estúpido orgullo.

—Quiero dártelo todo —me miró temblorosa.

—Ya lo haces.

Cuando nuestros labios se buscaron con más fiereza, se arrodilló delante de mí. Contuve el aliento. Me recibió en su boca y yo pensé que me moriría. Respiré hondo, despacio, casi al ritmo de sus movimientos, que al principio fueron lentos, más suaves, y luego se volvieron intensos. Tremendamente intensos. Hundí los dedos en su pelo. Y carajo. Sus labios. Su lengua. Iba a volverme loco. Intenté controlarlo, retrasar el momento un poco más, pero un escalofrío de placer me atravesó cuando clavó sus ojos en los míos sin dejar de acariciarme con la boca.

—Cariño… Me voy a venir…

Iba a apartarme, pero ella siguió. Apoyé las manos en la pared de delante y dejé escapar un gemido ronco cuando me vacié entre sus labios. Fue arrollador. De otro puto planeta o algo así. Cerré los ojos y tomé una bocanada de aire, temblando como un niño. Esperé hasta que ella volvió del baño un minuto después y entonces la sujeté por las mejillas y la besé una y otra y otra vez. Leah se echó a reír abrazándome.

—Vaya, te debió de gustar.

—No es eso…

La tomé en brazos y la llevé hasta la cama.

—Entonces, ¿qué es?

—Amor —susurré.

Yo sabía lo que era el deseo, el placer, las ganas de alcanzar el clímax. Pero hasta que ella llegó a mi vida no había sabido nada del amor, de la necesidad de satisfacer a la otra persona, de dárselo todo, de pensar antes en el otro que en uno mismo.

—Axel, ¿qué es lo que piensas del amor? —preguntó acostada entre las sábanas blancas.

—No lo sé. No pienso nada concreto.

—Tú siempre tienes respuesta para todo.

—Supongo que pienso en ti.

—Eso no vale.

—Pues es la única verdad que tengo. Solo sé que me pasaría toda una vida así. Hablando contigo. Cogiendo contigo. Soñando contigo. Todo contigo. ¿Tú crees que eso es amor?

Leah sonrió con las mejillas sonrojadas.

Estaba tan preciosa que deseé dibujarla.

LEAH

Casi nunca somos conscientes de lo felices que somos mientras lo estamos siendo. Solemos recordarlo y valorarlo después; esa comida familiar a la que te daba pereza ir y que terminó siendo una lluvia de risas, anécdotas que cuando ocurren aún no sabes que se quedarán para siempre contigo, esa tarde tonta en la que acabas riéndote a carcajadas con tu mejor amiga hasta que te duele el estómago, un día en el que piensas que lo tienes todo mientras estás acostada sobre la arena de la playa y el sol cálido te besa la piel. Ese tipo de instantes en los que disfrutas tanto que no te paras a valorar porque estás ahí, justo ahí, viviéndolos, sintiéndolos en ese presente.

Sin embargo, con él no podía dejar de pensarlo. «Felicidad», la palabra me bailaba en la punta de la lengua cada mañana, justo antes de despertar y darle un beso lento. Creo que era porque una parte de mí ya sabía que no acabaría bien, que tenía que guardar con mimo todos esos momentos que estábamos viviendo juntos, porque los recordaría durante años y serían lo único a lo que podría aferrarme.

Noté algo. Un *crac* flojito, pero no le di importancia hasta que oí el ruido de un par de pisadas en la madera de la sala. Abrí los ojos de golpe. No sé cómo diablos conseguí levantarme de la cama y ponerme un traje de baño que agarré del primer cajón, porque de repente tenía el corazón en la garganta. Leah murmuró algo incomprensible aún medio dormida, pero apenas le presté atención. Crucé la habitación con dos zancadas y me sujeté al marco de la puerta. Y mierda. Carajo. Mierda.

Justin me miró, con las llaves en la mano y una mueca de incredulidad. Sus ojos se desviaron hacia la ropa que la noche anterior habíamos dejado desperdigada de camino al dormitorio, y luego se detuvieron en la habitación vacía de Leah antes de volver a clavarse en mí.

—¿Qué diablos has hecho, Axel? ¿Qué diablos…?

Se llevó las manos a la cabeza y yo cerré la puerta rezando para que Leah no saliera en ese momento, aunque tampoco es que la situación pudiera empeorar más. La expresión de Justin era suficiente para entender que no había nada que explicar, que ya lo sabía todo.

Tragué saliva despacio. Casi no podía respirar.

—Te dije que la llave era solo para emergencias.

—¡Demonios! ¿Eso es todo lo que tienes que decirme? ¿Te has vuelto completamente loco? ¿Has perdido la cabeza? De todas las estúpidas cosas que has hecho en esta vida, te juro que con esto…, con esto has cruzado el límite. Pero tú no entiendes de eso, ¿no? Tú estás por encima de cualquiera, porque está tu ombligo y luego todo lo demás.

—Baja la puta voz. Vas a despertarla.

Justin me miró alucinado. Yo también lo estaba, porque, caray, de todo lo que podía decir en ese momento, no, eso no era lo mejor; pero estaba asustado y molesto y más bloqueado que nunca. Me mordí la lengua para evitar soltar ninguna otra idiotez y salí de casa por la puerta trasera. Mi hermano me siguió. El sol de la mañana brillaba en lo alto del cielo. Me interné en el camino hasta que las hierbas dejaron paso a la arena. Entonces me detuve y respiré hondo un par de veces sin apartar la mirada del mar.

—No es lo que piensas, no es una tontería…

El viento despeinaba el cabello castaño de mi hermano.

—Pues explícamelo. Haz que lo entienda, porque ahora mismo no sé cómo entender esto, Axel. Nunca me pasó por la cabeza…

—A mí tampoco. Yo qué sé, Justin. Simplemente pasó. ¿Qué quieres que te diga? Me enamoré de ella. No quería, pero tampoco sé por qué está mal. No lo siento así.

—Carajo, Axel. —Se alejó unos pasos.

Yo le dejé su tiempo y un poco de espacio. Esperé parado en medio de la playa mientras él caminaba de un lado a otro con el ceño fruncido y soltando un par de groserías de vez en cuando. Me hubiera reído en cualquier otra situación, pero ese día estaba a punto de sufrir un infarto. Me acerqué a él cuando me ganó la impaciencia.

—Justin, di algo. Lo que sea.

—¿Estás enamorado de ella? —Me dirigió una mirada dura.

—No me hagas repetirlo.

—Hoy no es el mejor día para que te comportes como un imbécil, Axel. Está bien, aceptemos que pasó, que estas cosas ocurren, pero eso no elimina la cuestión más importante: que tienes que hablar con Oliver. Ya.

—No puedo. Aún no.

—¿Por qué? —Se cruzó de brazos.

«Carajo, porque lo voy a perder.» «Porque odio la palabra "consecuencias".» «Porque me da miedo lo que pueda pasar.»

—Necesito encontrar la manera perfecta de decírselo. Necesito que, cuando se lo explique, él lo entienda. Mira cómo has reaccionado tú y multiplica eso por mil. No es tan fácil, ¿de acuerdo? Al principio quería ver adónde conducía esto y ahora…, ahora es aún más difícil.

—Te estás manchando hasta el fondo.

—¡Ya lo sé, Justin, diablos! —grité enfadado.

Y entonces, en vez de replicar alguna estupidez de estirado de las suyas, se acercó y me abrazó. Me quedé allí, un poco acartonado y frío, porque no podía recordar la última vez que había abrazado a mi hermano. Le palmeé la espalda, todavía sorprendido, y alargué un poco más el contacto al recordar la impresión de mi padre sobre los celos de Justin cuando salimos a cenar. Mi hermano me miró y me dio un apretón en el hombro.

—Todo saldrá bien, ya lo verás. ¿Quién más lo sabe?

—Nadie.

Él alzó las cejas.

—¿Qué esperabas? Caray.

—Está bien. Pues…, bueno… No sé….

—No tienes que hacer nada —aclaré.

—De acuerdo. Pero si necesitas hablar o algo…

—Te llamo. Gracias, Justin. —Regresamos a casa—. Por cierto, ¿para qué venías? Ah, y dame mi llave. Has roto las normas.

—No pienso devolvértela. Tenía un rato libre, di por hecho que estarías practicando surf y quería, en fin, pensé que podría pasar por aquí y acompañarte, que me dieras unas clases rápidas. Te llamé, pero no contestaste, claro.

—¿Por qué ibas a querer clases de surf?

—¿Y por qué no? —Me miró desafiante.

—Porque no lo has hecho en dos décadas, por ejemplo.

—Nunca es tarde. El otro día escuché a Emily decir que le parecían atractivos los turistas surfistas. Creo que estaba hablando por teléfono con una amiga. El caso es que no puedo quitármelo de la cabeza. Últimamente lo hacemos menos porque es imposible con los niños y, mírame, me está saliendo barriga y calculo que en cinco años dejaré de tener pelo, siendo optimista.

Me eché a reír. Él me dio un puñetazo en el hombro.

—Eres un maldito afortunado. Déjate de tonterías. ¿Qué tiene que ver que le parezcan atractivos los turistas con lo que tienen ustedes? Son cosas distintas, Justin. Y tienes la maldita suerte de tener una mujer que te adora y que, además, es divertida, lista y muy sexy.

—Deja de hablar así de Emily.

—Quítate el palo del culo.

Justin se quedó un poco parado al encontrarse a Leah en la cocina preparando el café. Ella lo saludó sonriente.

—¿Quieres una taza?

—Gracias, pero no, ya me iba.

Nos miró a los dos como si intentara encajarnos juntos por primera vez, y luego resopló, se despidió y salió. Dejé escapar el aire que había estado conteniendo mientras me acercaba hasta Leah. La abracé por detrás. Le besé la nuca.

—Tenemos que hablar, cariño.

LEAH

Acordamos que se lo diríamos a Oliver antes del primer día de noviembre. A mí me habría gustado poder hacerlo yo, porque me sentía preparada, fuerte y segura de mí misma, me sentía llena de color y una parte de mí quería compartir aquello con mi hermano. Axel sonrió al escucharme y negó con la cabeza. Me dio un beso en la comisura de la boca. Me aseguró que tenía que encargarse él, que era su amigo, que lo quería…, y yo lo respeté. Luego me pidió un último favor, algo que llevaba meses retrasando y que teníamos que hacer antes. Me lo explicó despacio, hablando bajito, con tiento. Sé que temía mi respuesta. Sé que le daba miedo que me echara a llorar y que me encerrara en mí misma, pero cuando lo escuché, solo sentí un cosquilleo incómodo en el vientre seguido de curiosidad. Y luego…, necesidad.

LEAH

Contemplé los colores borrosos que dejábamos atrás mientras avanzábamos por la carretera. Hacía sol y no había nubes. Giré la cabeza para mirar el perfil de Axel y quise memorizar aquella imagen: él conduciendo relajado con un brazo apoyado en la ventanilla, la diminuta cicatriz que le cruzaba la ceja izquierda y que se había hecho a los dieciséis años al darse un golpe con el borde de la tabla de surf, su mandíbula recién afeitada esa misma mañana, cuando yo había insistido en pasarle la cuchilla por las partes que se había dejado mal y un poco a medias, porque era así de descuidado para todo…

Él alargó una mano y la posó sobre mi rodilla. Yo estaba muy nerviosa.

—Recuerda que no tienes por qué hacer esto, Leah, solo si tú quieres. Si en algún momento te echas atrás, solo dímelo y daré media vuelta de inmediato y haremos cualquier otra cosa, como pasar el día por ahí o comer en la playa. Yo solo quería darte todas las opciones.

—Ya lo sé. Pero quiero seguir adelante.

No calculé cuánto tiempo estuvimos dentro del coche, porque mis pensamientos estaban en otro lugar lleno de recuerdos a los que les estaba quitando el polvo lentamente. Quizá fue una hora. Quizá fueron dos. Cuando paramos en medio de una urbanización llena de casitas pintadas de blanco, el nudo que tenía en la garganta apenas me dejaba respirar.

Él me tendió la mano. Yo la tomé.

—¿Estás lista? —preguntó inquieto.

—Creo que nunca lo estaré —admití—, así que será mejor hacerlo cuanto antes.

Abrí la puerta del coche y salí. La humedad impregnaba el ambiente y tan solo se oía el cantar de los pájaros y el susurro de las ramas de los árboles que el viento sacudía. En aquel lugar se respiraba tranquilidad. Fijé la mirada en el buzón con el número 13 y luego contemplé la vivienda de dos plantas, la valla blanca que la rodeaba y el pequeño jardín alfombrado de césped en el que descansaban algunos juguetes.

Avancé por el camino de la entrada. Axel me siguió.

Llamé al timbre. Se me encogió el estómago cuando ella abrió la puerta. Era una mujer joven de unos cuarenta años, tenía la mirada dulce y la tez pálida con las mejillas un poco hundidas. La tensión se arremolinó a nuestro alrededor.

—Los estaba esperando. Pasen.

Vi que le temblaba la mano cuando la apoyó en el marco de la puerta. Me costó pronunciar las palabras, pero sabía que necesitaba hacer aquello sola, por mí misma, porque él había estado a mi lado desde el principio ayudándome a levantarme, a seguir, a hacerme más fuerte. Intenté controlar la angustia.

—No hace falta…, no entres… —susurré.

Axel pareció sorprenderse, pero dio un paso atrás y se metió las manos en los bolsillos del pantalón.

—Tranquila, estaré esperándote. No tengas prisa.

Seguí a la mujer dentro de la casa y el corazón me latió más fuerte cuando cerró la puerta. Contemplé la sala, las fotografías enmarcadas en las que sonreían dos niños que tenían los dientes un poco separados, los dibujos colgados en las paredes y el sofá de aspecto cómodo y familiar en el que terminé sentándome.

Ella me preguntó si quería tomar algo y, cuando negué con la cabeza, se acomodó en una silla delante de mí. Se frotó las manos.

—Estoy un poco nerviosa… —comenzó a decir.

—Yo también —admití en un susurro ronco.

La miré. Miré a la mujer que había cambiado mi vida; la que un día, después de un turno de trabajo de doce horas en el hospital, cerró los ojos unos instantes mientras estaba al volante y se salió de su carril invadiendo el contrario, ese por el que nosotros circulábamos mientras sonaban las primeras notas de *Here comes the sun*. Pensé que debería sentir odio y rabia y más dolor, pero cuando escarbé en mi interior y busqué todo eso tan solo encontré compasión y un poco de miedo por lo imprevisible que a veces podía ser la vida. Porque ese día había estado en el lado contrario, pero cualquier otro podría encontrarme bajo su piel, porque es imposible prever algo así ni tampoco olvidarlo. Y cuando me dijo entre lágrimas lo mucho que lo sentía, supe que ya no tenía nada que hacer dentro de aquella casa.

LEAH

Es curioso cómo cambian las cosas. Algunos cambios llevan años, toda una vida, otros suceden en apenas unos minutos. Cuando entré en esa casa era una persona diferente a la que salió de allí apenas media hora después. Y solo hicieron falta un par de palabras. A menudo lo vemos todo a través de filtros hasta que un día vamos quitando uno y otro y otro más y al final solo queda la realidad.

Cuando salí y vi a Axel apoyado en el lateral del coche con los brazos cruzados, me temblaron las rodillas. Porque lo vi más claro. Más mío. Más suyo. Más perfecto. Más todo. Y corrí hacia él con el corazón en la garganta como si fuera lo único sólido, el punto sobre el que giraba el resto del mundo, de mi mundo.

Lo abracé. Me aferré a su cuerpo temblando, pero siendo consciente de cada detalle: de la suavidad de su piel, de lo bien que olía, de lo mucho que lo quería, de lo importante que siempre sería para mí. Escondí la cabeza en el hueco de su cuello y nos quedamos allí, meciéndonos abrazados en medio de la calle, cerrando juntos un baúl lleno de dolor en el que ya solo quedaban recuerdos bonitos que no quería volver a esconder nunca más.

—Hace meses me dijiste que yo creía que eras un cabrón insensible porque parecía que disfrutabas metiendo el dedo en la herida. Y tenías razón. Lo pensaba. —Respiré hondo, perdiéndome en su mirada azul—. Pero también dijiste… que algún día te lo agradecería, que recordara aquella conversación…

—Cariño… —Tenía la voz ronca.

—Gracias, Axel. Por todo. Gracias, gracias, gracias.

Volví a abrazarlo, esta vez más fuerte, casi derribándolo contra el coche, y nos quedamos allí un par de minutos en silencio, aferrados el uno al otro.

AXEL

Subí el volumen del radio del coche cuando empezó a sonar *A 1000 times* y me puse los lentes de sol mientras dejábamos atrás aquella urbanización y nos dirigíamos hacia la costa. Miré de reojo a Leah solo un segundo, quedándome esa imagen para mí, la de ella con los ojos cerrados, cantando bajito, con el sol del mediodía acariciándole las pestañas, la punta de la nariz y la sonrisa. Y recordé una de las primeras cosas que Douglas me enseñó cuando era joven: que la luz era el color, que sin ella no había nada.

Paramos para comprar unos sándwiches y terminamos en una playa. No había nadie, solo algunos surfistas a lo lejos. Saqué una toalla grande de la cajuela y la extendí sobre la arena. Leah se echó alzando los brazos en alto y yo reprimí las ganas de cubrirla con mi cuerpo y acariciarla por todas partes. Me senté a su lado y esperé hasta que se incorporó para darle su comida. Cuando se terminó el último bocado, se puso de pie, fue hasta la orilla y dejó que el agua le salpicara las piernas. Yo la observé absorto en cómo parecía encajar con el paisaje, en lo bonito de aquella estampa, en la paz que me calentaba el pecho al verla así, tan entera, tan feliz, tan ella.

Se lanzó hacia mí con una sonrisa cuando regresó y acabé acostado en la toalla con los ojos entrecerrados por el reflejo del sol. Leah me besó en el cuello, en la línea de la mandíbula, en los párpados y en los labios. Dejó escapar un gemido suave y a mí se me puso dura. La apreté contra mi cuerpo.

—Eres mi persona favorita de este mundo.

Me eché a reír.

—Y tú la que acabará conmigo —susurré.

Con la punta de los dedos, Leah dibujó espirales sobre mi hombro descendiendo lentamente por el brazo. Me pidió que cerrara los ojos y que intentara adivinar las palabras que trazaba en mi piel. Respiré hondo cuando distinguí un «te quiero», «amor», «submarino». Me gustó que tuviera sentido para nosotros y para nadie más.

—Axel… ¿Crees que…, crees que podrías dibujarme a mí?

Abrí los ojos y se me dispararon las pulsaciones.

—No lo sé. No, no podría.

Su rostro estaba a escasos centímetros del mío.

—¿Por qué? Cuéntamelo, por favor.

—Porque me daría miedo intentarlo y no conseguirlo. —La recosté a mi lado. Con una mano le aparté el pelo enredado de la cara antes de acariciarle la mejilla con el pulgar—. Voy a hablarte de la noche que decidí que no pintaría más.

Y se lo conté todo, sin guardarme nada, sin tener que ser delicado cada vez que nombraba a los Jones, dejándole ver lo importante que su padre había sido para mí, lo mal que llegué a estar, lo infeliz que había sido durante aquel tiempo.

—¿Y nunca volviste a intentarlo?

—No. Todo sigue ahí, encima del clóset.

—Pero, Axel, ¿cómo es posible…?

—Porque no lo siento como tú. Y para no sentirlo, para hacer cualquier cosa, entonces mejor no hacer nada ni molestarme en ensuciarme las manos. Te dije que, el día que me entendieras a mí, te verías mejor a ti misma. Porque tú, cariño, tienes magia. Lo tienes todo.

—Pero es triste, Axel, muy triste.

—No tiene más importancia. —Me incliné para besarla despacio.

—Así que voy a quedarme toda la vida con la duda de cómo soy a través de tus ojos, de cómo me dibujarían tus manos… —susurró mientras me abrazaba.

Y yo no pude contestar, porque tenía un nudo en la garganta y sus palabras despertaron un cosquilleo que creía olvidado. Lo enterré. No muy hondo, simplemente lo dejé ahí. Solo eso.

—Espera. Ya lo sé. ¡Tengo una idea! —Me dedicó una sonrisa inmensa.

Media hora después estábamos dentro del coche discutiendo los detalles. Cuando Leah lo tuvo claro, bajamos y caminamos hasta el local de tatuajes que hacía esquina al final de la calle. Yo me encargué de explicarle los detalles al chico que estaba tras el mostrador leyendo una revista. Nos dio el visto bueno y entramos al estudio.

El tipo me pasó el marcador. Me acerqué despacio a Leah mientras ella se levantaba la camiseta y dejaba a la vista el borde del pecho y todo el lateral. Respiré hondo. Me senté delante y deslicé los dedos por la piel que cubría las costillas y el lado derecho del torso.

—Hazlo sin pensar, Axel.

—Es para toda la vida…

—No me importa si es tu letra.

Contuve el aliento mientras la rozaba con la punta del marcador y a ella se le erizaba la piel en respuesta. Lo deslicé con suavidad hacia arriba y luego abajo y otra vez arriba conforme iba trazando cada sílaba y cada vocal, solo para ella.

Me aparté al terminar. Lo leí:

«*Let it be*. Deja que ocurra.»

La canción que bailamos en la terraza la primera noche que la besé. La noche en la que todo empezó a cambiar entre nosotros.

—¿Te gusta? —pregunté.

—Es perfecto.

El chico terminó de preparar el material y se acercó. Después contemplé ensimismado cómo mis letras se iban grabando en su piel, cómo cada trazo y cada rastro de tinta parecía unirnos para siempre en un recuerdo que era solo nuestro.

AXEL

Era el penúltimo sábado de octubre cuando entré en casa de mis padres con su regalo de aniversario en la mano. No iban a celebrarlo hasta el siguiente viernes, cuando Oliver estuviera de vuelta y fuéramos todos a cenar a casa de Justin y Emily, que se habían empeñado en organizarlo para que mamá no cocinara ese día. Así que sí, allí estaba yo, a las seis de la tarde llamando al timbre.

Mi padre abrió la puerta y me abrazó.

—¿Cómo va eso, chaval? Tienes buen aspecto.

—Tú también. Eh, me gusta ese colguije.

—Es un árbol cabalístico —sonrió orgulloso.

Lo acompañé dentro. Mamá salió a saludarme y me preguntó si quería tomar algo; cuando contesté que no, frunció el ceño.

—¿Nada? ¿Ni un poco de té?

—No. Estoy bien así.

—¿Tampoco jugo de naranja?

Puse los ojos en blanco y suspiré.

—Está bien, ponme uno de esos.

—Sabía que te gustaría —me guiñó un ojo.

Mi padre se sentó en su sillón y me preguntó por los últimos encargos que había tenido. Mamá me pasó el jugo unos minutos después y se sentó con las manos cruzadas sobre las piernas y una mirada de curiosidad.

—No quiero ser grosera, cielo, pero ¿a qué has venido? Me preocupas.

—¿Por qué todo lo asocias a algo malo?

—Créeme, cada vez que me llamaban de tu colegio rezaba para que fuera por una buena razón, una medalla deportiva o una calificación sobresaliente inesperada, yo qué sé, pero nunca ocurrió. Me di cuenta de que solo acertaba pensando mal. Sabes que te adoro, mi vida, pero…

—Carajo, eso fue como hace una eternidad.

—¡Esa boca!

—Solo quería traerles su regalo de aniversario.

Me levanté para sacar el sobre algo doblado del bolsillo del pantalón. A mi madre le tembló el labio inferior cuando se lo tendí. Esperé nervioso mientras lo abría, intentando descifrar su expresión, pero era casi imposible porque estaba emocionada y sorprendida, pero también asustada y con el rostro tenso.

—Un viaje a Roma… —Alzó la mirada hacia mí—. ¿Nos regalaste un viaje a Roma?

—Sí —me encogí de hombros.

—Pero eso… es mucho dinero…

—Era tu sueño, ¿no?

Mi padre me miró agradecido.

—No sé…, no sé si podemos hacerlo… —Mamá dejó los billetes de avión sobre su regazo y se llevó la mano a los labios—. Está la cafetería y… cosas, tengo el concurso de pasteles…

Papá respiró hondo y vi la determinación en sus ojos cuando se volvió hacia ella y le sostuvo el rostro por las mejillas. Quise levantarme y marcharme, dejarles aquel momento íntimo solo para ellos, pero era incapaz de moverme.

—Amor, mírame. Vamos a irnos. Y va a ser el primero de muchos otros viajes. Abriremos la cuenta de ahorros, subiremos a ese avión y empezaremos una nueva etapa, ¿me estás escuchando? Ya es hora de seguir, Georgia.

Ella asintió despacio, casi como una niña pequeña. A veces las emociones y la forma de asimilarlas tienen poco que ver con la edad. Pensé en eso y en las diferentes maneras que cada uno de nosotros tenemos de aceptar un mismo hecho, la pérdida. Supongo que, de algún modo, la vida consiste en intentar saltar los baches que aparecen y pasar el menor tiempo posible tirado en el suelo sin saber cómo levantarte.

Me puse de pie. Mis padres insistieron en que me quedara un poco más, pero me despedí con un beso tras decirles que nos veríamos el viernes por la noche, porque sabía que necesitaban estar a solas, y yo… quería volver con ella.

Quizá porque la echaba de menos. Quizá porque me había acostumbrado demasiado a compartir cada instante a su lado. Quizá porque sabía que en unos días todo podía cambiar.

Entré en casa por la puerta de atrás y vi la tabla de Leah en la terraza. Sonreí ante la idea de que ella misma hubiera sentido la necesidad de perderse un rato entre las olas sin mí. La vi a través de la puerta. Estaba de espaldas, arrodillada en el suelo delante de un lienzo enorme y de una paleta llena de pegotes frescos de pintura. Todavía llevaba solo encima el bikini y desde allí tenía una vista espectacular de su trasero.

Me quité la camiseta mientras me acercaba a ella. Leah me miró por encima del hombro y sonrió.

—No te muevas —le pedí antes de arrodillarme a su lado. La abracé, deslicé las manos por debajo de la tela que cubría sus pechos y rocé el pezón con el pulgar hasta que ella jadeó y soltó el pincel—. Te echaba de menos.

Cerré los ojos y la toqué por todas partes, le besé el tatuaje, hundí un dedo en su interior y su espalda se tensó contra mi pecho. Le di un beso en el cuello. La sujeté del pelo. Llevaba el aroma del mar pegado a la piel y yo solo quería lamerla. Deslicé la lengua por su columna vertebral y sentí cada estremecimiento de su cuerpo. Dejé de pensar en nada. Solo en ella. En mí. En nosotros. En lo preciosa que era, tan llena de color…

No pensé cuando alargué la mano hacia la paleta que estaba a un lado y enterré los dedos en las pinturas. Luego recorrí su cuerpo con ellos; la espalda, las nalgas, las piernas. La coloreé con mis manos encima de aquel lienzo. Ella jadeó.

—Axel…

Había tanto deseo en su voz que estuve a punto de venirme al oírla decir mi nombre así. Contuve el aliento y le arranqué de un tirón el calzón del bikini. Me desabroché el botón de los pantalones y me los quité mientras me acostaba sobre ella y le sostenía los brazos llenos de pintura sobre el lienzo.

Me hundí en ella de un empujón. Cerré los ojos.

No podía verle la cara, pero sí oír su respiración entrecortada. La embestí otra vez sujetándola con fuerza de las caderas. Más fuerte. Más profundo. Leah gimió, gritó. Apreté los dientes y agarré más pintura antes de que mis manos la cubrieran entera mientras empujaba dentro de ella una y otra y otra vez, aunque ninguna parecía suficiente, ninguna calmaba el agujero que sentía en el pecho ante la incertidumbre de que aquello no fuera para siempre. Cuando toda su piel estuvo cubierta de color y sudor, me aparté y le di la vuelta, porque quería cogérmela también con la mirada, con las manos, con cada gesto.

Leah respiraba agitada y sus pechos desnudos subían y bajaban al mismo ritmo. Tenía los ojos brillantes y clavados en mí; llenos de todo. De amor. De deseo. De necesidad. Nuestras miradas se enredaron mientras trazaba un camino azul desde su mejilla hasta su ombligo, despacio, tan despacio que cada roce de su piel contra la mía fue placer y tortura a la vez. Sus labios suaves y abiertos al tiempo que me apretaba más contra ella, manchándome de la pintura que la cubría sin poder dejar de contemplarla fascinado.

—Estoy tan estúpidamente loco por ti…

—Bésame. —Hundió los dedos en mi pelo y tiró de mí con brusquedad hasta que nuestros labios chocaron.

Sabía a fresa. Volvía a saber a fresa.

Ella movió en círculos las caderas. Yo resoplé y apreté los dientes.

—Me pasaría la vida así, cogiéndote y mirándote y besándote… —Gemí y la agarré del trasero para embestirla más hondo.

Leah me mordió la boca cuando le sujeté las muñecas sobre el lienzo y moví mis caderas contra las suyas, haciéndola mía, perdiéndome en ella, dándoselo todo.

—Carajo, cariño… Carajo…

Ella se vino. Arqueó la espalda, gimió en mi boca.

Cuando volvió a abrir los ojos, los tenía vidriosos.

Seguí embistiéndola. Más y más y más…

—Dime que me quieres —me rogó.

Pegué mi frente a la suya. Se me aceleró el corazón, palpitando fuerte y rápido, y le rocé los labios despacio, saboreándola lleno de tensión, a punto de explotar. Respiré hondo cuando ella me dio un beso en el corazón, en el centro del pecho, y luego perdí el control y exploté con un gemido ronco que acallé en su piel tibia.

La abracé. Silencio. Acerqué mi boca a su oreja.

—Todos vivimos en un submarino amarillo.

No me moví en lo que pareció una eternidad. Porque no podía. Simplemente, no podía. Estaba aún dentro de ella, sobre su cuerpo, y solo era capaz de pensar en que aquello era perfecto, en que hay cosas a las que uno parece destinado y que tienen que ser. Respiré contra su cuello hasta que ella movió los brazos para rodearme y el roce de su piel me hizo abrir los ojos. Fruncí el ceño y luego me aparté de ella. Me puse de pie. Y la miré, allí acostada, aún sobre esa superficie que antes era blanca y que ahora estaba llena de color, de nosotros haciendo el amor, del rastro que había dejado su cuerpo junto al mío.

Contuve el aliento. Algo se agitó en mi pecho.

—¿Qué ocurre? ¿Qué estás mirando?

—La mejor obra de toda mi vida.

La agarré de las muñecas y la levanté.

Ahí estaba. Un cuadro. Mío. Suyo. Nuestro.

Leah me abrazó. Yo era incapaz de apartar la mirada de aquel remolino de color, de los trazos sin sentido, de nuestra historia hecha obra de arte. Ese día entendí que no siempre hacía falta pensar para plasmar, que lo que para el resto del mundo serían garabatos para nosotros se convirtió en el lienzo más bonito del mundo.

Me agaché, lo tomé y fui al dormitorio.

—¡Axel! ¿Qué estás haciendo? —Leah me siguió.

Llevé la caja de herramientas, saqué clavos y tacos y un martillo. Diez minutos después, el cuadro ocupaba toda la pared que estaba encima de mi cama. Y supe que ahí iba a quedarse para siempre. Me volví hacia Leah, aún respirando agitado.

—Todavía no está seco —susurró ella.

—Ya se secará. Ven aquí, cariño.

Se subió a la cama. Todavía estaba desnuda. La apreté contra mi cuerpo, piel con piel, corazón con corazón, y le di un beso suave, un beso lento en el que volqué todo…, todo lo que me llenaba el pecho en aquel instante.

AXEL

La vida es eso, lo impredecible.

Un día crees que te conoces bien a ti mismo y al siguiente te descubres mirándote al espejo y sorprendiéndote. Un día piensas que no puede pasarte nada... y ocurre. Un día estás convencido de que jamás te enamorarás de esa chica a la que has visto crecer en el jardín trasero de tu casa y terminas perdiendo la cabeza por ella como si llevaras toda la vida esperándola para descubrir el significado de la palabra «amor» en toda su magnitud. Un día te das cuenta de que has dejado de lado a ese hermano que siempre ha estado ahí, en las sombras, temiendo acercarse a ti y recibir un rechazo. Un día estás seguro de saber cómo reaccionará tu mejor amigo ante casi cualquier situación y... te equivocas.

LEAH

Llevaba varias noches sin poder dormir, desde que Oliver volvió el domingo y me fui a casa sabiendo que a finales de aquella semana Axel hablaría con él y se lo explicaría todo. Una parte de mí quería anticipar ese momento, como quitar una curita de un tirón rápido. Y por otra parte tenía miedo y la incertidumbre me estaba ahogando.

Miré el vestido que había dejado sobre la silla de mi escritorio y que iba a ponerme esa noche para ir a la cena en casa de Justin y Emily. Era negro y discreto, pero me hacía verme sexy, aunque quizá tuviera más que ver con cómo me sentía cuando las manos de Axel me tocaban que con la prenda de ropa en sí.

Me levanté de la cama justo cuando Oliver entró en mi habitación.

—Voy a ir a Cavvanbah a tomar algo con unos amigos. —Se metió la camisa estampada por dentro de los pantalones—. ¿Paso a recogerte o nos vemos ya en casa de los Nguyen?

—Iré por mi cuenta.

—Está bien. Dame un beso, enana.

No lo habría dejado marchar si hubiera sabido lo que iba a ocurrir unas horas después...

104

AXEL

Era una noche cálida de primavera, así que fui caminando hasta la casa que Justin y Emily se habían comprado unos años atrás a las afueras. Avancé por el camino de la entrada y mis sobrinos salieron corriendo de detrás de unos matorrales en los que se habían agazapado. Me reí cuando me atacaron con un par de pistolas de agua y conseguí quitarle una a Max y dispararle en la cara hasta que se fue corriendo.

Saludé a Emily y luego salí al jardín, donde ya estaba preparada la mesa en medio del césped. Justin estaba un poco más allá, delante de la barbacoa. Me acerqué por detrás y le di una palmada en la espalda mientras miraba la carne asándose.

—¿Has sido un buen hermano pensando en mí?

—Tienes dentro lasaña de verduras.

—Caray, te quiero —me reí.

Justin negó con la cabeza antes de darles la vuelta a las hamburguesas mientras sus hijos correteaban de un lado para otro.

—¿Cómo va todo? —preguntó.

—Ahí, más o menos.

Aparté la mirada al oír que se abría la puerta de casa y ver a Leah saliendo por ella. Y joder, se me paró el corazón. Porque estaba preciosa, con esa sonrisa… y con ese vestido que deseé quitarle de inmediato. Me acerqué y le di un beso en la mejilla. Justin estaba bastante tenso cuando la saludó y le preguntó si prefería la carne muy cocida.

Estuvimos un rato entretenidos con Max y Connor haciendo de las suyas, sin parar ni un segundo, y llevando los platos a la mesa. Mis padres aparecieron justo cuando dejaba la fuente de mi cena y fui a saludarlos.

Unos metros por detrás, vi llegar a Oliver.

Lo vi con el ceño fruncido y la boca contraída en una línea fina y tensa. Supongo que, con esas señales, debería haber adivinado lo que iba a ocurrir. Cuando se abrió paso entre todos y me alcanzó, no pude evitar recibir el primer puñetazo. Ni tampoco el segundo. Los gritos de mi familia se alzaron alrededor, pero yo solo podía pensar en el dolor lacerante y en lo que me causaba sentirlo, porque sabía que una parte de mí se lo merecía, porque al menos podía darle esa satisfacción a Oliver.

Me tambaleé con el tercer golpe, pero logré seguir de pie. Oí cómo Leah llamaba a su hermano, pero ni él ni yo podíamos apartar los ojos del otro, como si todos los hilos que nos habían mantenido atados y unidos desde que teníamos ocho años se estuvieran rompiendo uno a uno. Sentí el sabor metálico de la sangre en la boca y escupí en el suelo. Oliver dio otro paso hacia mí. No parecía en absoluto haberse desahogado, pero Justin lo agarró por detrás antes de que pudiera alcanzarme. Creo que fue porque se dio cuenta de que yo no pensaba defenderme.

—¿Cómo diablos…? ¿Cómo has podido?

No contesté. Bueno, ¿qué iba a contestar? Estuve a punto de soltar un simple «Ocurrió, pasó», pero ya sabía que no iba a ser suficiente. Lo vi en sus ojos. En el enfado, en el odio, en la incomprensión y la decepción.

—¿Qué está ocurriendo aquí? Chicos… —Mi madre tenía la voz temblorosa y los ojos muy abiertos.

Connor empezó a llorar mientras Emily se lo llevaba dentro con su gemelo, y yo me froté la mandíbula dolorida intentando no mirar a mis padres.

—Tenemos que hablar…

—¡Te voy a matar, Axel!

Justin lo sujetó más fuerte.

—Esta noche. En mi casa —seguí, y no sé por qué demonios sonaba tan frío y tan calmado, porque por dentro me estaba muriendo. Pero siempre había sido un poco así. Siempre me había costado sacar las emociones en situaciones de tensión—. Te espero en una hora.

—Eres un hijo de puta —escupió.

Siendo justo, tenía su parte de razón.

—Vete ya, carajo, Axel —me rogó Justin.

Consideré qué sería lo más conveniente y me fui evitando mirar a Leah, porque si lo hacía…, si lo hacía no estaba muy seguro de cómo podría acabar la cosa. Aún pude oír cómo Oliver le gritaba a su hermana que recogiera sus cosas, ignorando las preguntas de mis padres y los intentos de Justin por calmarlo. Después golpeé el volante, giré la llave de encendido y me alejé de allí.

Lo primero que hice cuando llegué a casa fue agarrar la botella de ron. Di un par de tragos bebiendo directamente de la botella mientras me acercaba al baño y me miraba al espejo. Escupí el último en el lavabo porque todavía tenía sangre. Sumé dos más dos. No me hizo falta pensarlo mucho sabiendo que Oliver había ido esa tarde a Cavvanbah. Quizá Madison había visto demasiado, mucho más de lo que yo creía. Intenté calmarme. Bebí otro poco y unos minutos después oí los golpes en la puerta. Le faltó poco para echarla abajo. Abrí.

—Maldito cabrón… —Oliver entró como un huracán.

Me llevé otro puñetazo. Ese porque no logré esquivarlo. Pero antes de que volviera a la carga, lo sujeté por la espalda y lo puse contra la pared. Había tanta tensión entre nosotros que me costaba respirar. Hablé entre dientes.

—Hasta ahora no me he defendido, pero te juro que, si vuelves a intentarlo, te devolveré los golpes, y créeme, no es lo que quiero, Oliver, pero me lo estás poniendo muy difícil. Así que te ruego que intentes escucharme.

Lo solté y me alejé un par de pasos.

Él se sacudió los hombros y resopló como un puto animal, recorrió de un lado a otro la sala y le dio un puñetazo a la pared más cercana a mí. Se pasó las manos por el pelo antes de ser capaz de levantar la cabeza y mirarme de una vez por todas. Vi el rechazo.

—¿Cómo has podido, Axel? ¿Cómo diablos…?

—No lo sé. Yo solo…

—¿No lo sabes? ¿Qué mierda de respuesta es esa? ¿Te das cuenta de lo que has hecho?

—Simplemente pasó. —Tenía una piedra en la garganta, una que se iba haciendo cada vez más y más grande, ahogándome—. No quería, pero… la necesito.

Me salió así, sin pensar. Las palabras menos adecuadas…

—¿La necesitas? Claro. ¿Y qué necesita ella?

No contesté, no fui capaz de decirle que a mí, porque no estaba seguro de que fuera cierto.

—Eso no importa, ¿no?

Quise borrarle de un golpe esa sonrisa sarcástica.

—Sí me importa. Es lo único que me importa.

Oliver dio otro puñetazo en la pared; vi cómo se le levantaba la piel de los nudillos. Cuando me atravesó con la mirada, un músculo se tensó en su mandíbula.

—¿Es que no lo ves? ¡Es una niña! ¡Tiene diecinueve años!

—No. Yo no lo siento así. Y es mayor de edad.

—¿Mayor de edad? ¡Ah, menos mal, carajo! Y dime una cosa, Axel, ¿en qué momento dejaste de verla como a una hermana pequeña? ¿Desde cuándo llevas esperando esto?

Me puso tan furioso que entonces fui yo el que no me pude controlar: avancé hacia él y lo estampé contra la puerta de la entrada de un empujón. Lo sujeté del cuello.

—No vuelvas a insinuar algo así jamás.

—¿Qué pasa? ¿Te encabronan las verdades? Le has lavado el puto cerebro, ¿sabes lo que me dijo cuando la subí a rastras al coche? Que no quería ir a la universidad. Que quería quedarse aquí contigo. Qué bonito, ¿no? Desear pasarse toda la vida encerrada en tu maldita cabaña de ermitaño. Un futuro prometedor y brillante, ¿eh?, la razón por la que me he pasado todo un año matándome a en el trabajo.

—No es verdad. Eso no es verdad.

Carajo, no podía serlo. Lo solté de golpe.

—No habrías permitido que esto ocurriera si la quisieras. Dime una cosa, Axel, ¿tú sabes lo que es pensar alguna vez en los demás antes que en ti mismo? No, ¿verdad? No entiendes eso, no eres capaz de reprimir algo que deseas, porque primero estás tú y luego tú. Siempre tú. —Se llevó una mano al pecho—. Por delante de mí. Por delante de cualquiera.

Si al menos pudiera respirar… Pero no podía, no podía…

—No debería haber sido así. Quería contártelo, pero no sabía cómo…

Oliver tenía los ojos vidriosos. Mierda. Di media vuelta, fui a la cocina y tomé la botella de ron. Cuando regresé a la sala, él estaba sentado en el suelo, con los párpados cerrados y la cabeza apoyada en la pared, respirando hondo, intentando calmarse. Me senté en el otro extremo de la pared y bebí. El silencio nos abrazó. Fue el silencio más raro de toda mi vida, porque en realidad estaba lleno de ruido. El corazón se me iba a salir del pecho. Di otro trago largo antes de hablar, porque tenía la boca seca y las palabras no me salían. Estaban atascadas.

—Lo siento, carajo, lo siento —susurré—. Sé que no he hecho las cosas bien, sé que la he cagado, pero es que... la quiero. Yo ni siquiera sabía que podía sentir algo así por nadie. Y no sé cómo ocurrió ni cuándo, no hay un momento exacto; pero pasó y haría cualquier cosa por ella.

Oliver escondió la cabeza entre las rodillas. No es que eso fuera muy buena señal. Di otro trago a pesar de que tenía el estómago revuelto y esperé, esperé, esperé...

—Entonces no la ates a ti.

Contuve el aliento y lo miré.

—¿Qué significa eso?

—Significa que esto no debería haber ocurrido, que tiene diecinueve años y ha pasado por una situación muy mala. Que tiene que ir a la universidad y disfrutar y salir y hacer su vida, todo lo que tú y yo tuvimos en su momento. No le quites eso.

Me tensé, dudando..., dudando porque yo ya había valorado eso mismo demasiadas veces y me frustraba que fuera cierto. Que no hubiera tenido la oportunidad de estar con más hombres antes de elegirme a mí, que sus experiencias fueran tan limitadas. Yo la había elegido a ella después de conocer, de probar, de coger, de entender muchas cosas. Ella me había elegido a mí porque era lo único que conocía. «Eres mi persona favorita del mundo», me había dicho. Me preguntaba cuántas personas había conocido Leah si ni siquiera había salido de Byron Bay.

Odié la idea de que Oliver pudiera tener razón.

—No sé si puedo hacer eso —admití.

Él se inclinó y me quitó la botella. Dio un trago.

—Puedes. Y me lo debes. —Se frotó la cara cansado—. Confiaba en ti, Axel. Te pedí que la cuidaras, te dije que era lo único que me quedaba, lo más importante, y tú...

—Perdóname —me salió del alma.

Oliver negó con los ojos brillantes. Bebió más.

—¿Sabes? El problema no es que empezaras a sentir algo por ella. El problema es que no lo frenaras, que hicieras las cosas así, de esta manera, que me mintieras, carajo, que no hablaras conmigo, que tiraras por la borda una amistad de toda la vida por ser un puto cobarde.

Se levantó sujetándose a la pared. Yo lo imité y nos miramos en silencio.

—¿Cómo puedo arreglar las cosas?

—Ya lo sabes, Axel. —Su voz sonó firme.

Me dio un vuelco el estómago, pero asentí despacio. Me quedé quieto en medio de la sala mientras Oliver se dirigía a la puerta. Antes de girar la manija, me miró por encima del hombro. Yo vi toda una vida juntos en esa última mirada.

—Espero que te vayan bien las cosas.

Aguanté sin apartar la vista, pero no contesté.

Y Oliver salió de mi casa. Salió de mi vida.

105

AXEL

—No puedo más, carajo.

Oliver apoyó las manos en las rodillas y resopló agotado. Estábamos en el cabo Byron y todavía faltaban varios tramos de escalera para subir al paraje más apartado. Regresé y tiré de él para ayudarlo a incorporarse. Hacía un calor húmedo y Oliver seguía teniendo los ojos rojos e hinchados tres días después del funeral de sus padres.

En teoría, allí debería estar Leah, junto a él, pero teniendo en cuenta los sedantes que llevaba encima y que se había negado en rotundo a hacer aquello, mi familia se había ofrecido a acompañarlo. Oliver había dicho que no, que no quería compartir ese momento con nadie, que era muy suyo, y supongo que por eso me pidió que fuera con él. Porque entre nosotros no había secretos. Porque éramos más que hermanos.

Continuamos subiendo bajo el sol de la mañana y el cielo despejado. Era un día bonito. Tranquilo. Lo recuerdo porque pensé que aquello les gustaría a los Jones, la serenidad que se respiraba a cada paso que dábamos, subiendo y subiendo.

La brisa del mar nos recibió cuando llegamos a la cima. Contemplé las vistas: el océano inmenso, las olas salpicando contra las rocas, el verde intenso recubriendo el suelo que pisábamos y a lo lejos un grupo de delfines agitando la superficie calmada del agua.

Oliver se apretó el puente de la nariz.

—No sé si puedo hacerlo.

—Claro que sí. Déjame a mí.

Agarré la mochila que acababa de dejar en el suelo y la abrí despacio mientras él se alejaba unos metros para tranquilizarse.

Saqué las dos urnas y las dejé sobre la hierba húmeda intentando que no me temblaran las manos. Oliver regresó sin apartar la vista del suelo. Di un paso al frente y lo abracé dándole una palmada en la espalda.

—¿Estás listo? —pregunté.

Me tendió la urna de Douglas antes de tomar la de Rose. Yo había esperado que él lo hiciera a solas, así que me quedé un poco parado hasta que logré reaccionar. Avancé hasta el borde del acantilado a su lado. Nos miramos. Oliver respiró hondo. Y luego los dejamos ir, sin decirnos nada más. Nos quedamos allí, delante del mar, juntos. Despidiéndonos.

NOVIEMBRE

—

(PRIMAVERA)

106

LEAH

Enterré la cabeza en la almohada cuando oí a Oliver, que me hablaba desde la puerta de la habitación. Duro. Enfadado. Decepcionado. Porque no quería entender…

Habló de la universidad, de que había acelerado el traslado, de que tan solo iría unos días a Sídney para arreglarlo todo y estaría de vuelta definitivamente. Y entonces haríamos planes. Buscaríamos una residencia en Brisbane, me presentaría a los exámenes finales, me ayudaría con el traslado y pasaríamos unos días juntos en la ciudad para que pudiera conocerla bien.

Yo solo quería gritar. Pero en cambio le ofrecí silencio. Un silencio que lo desesperaba y que a mí me servía para seguir manteniéndome entera.

Ese día, cuando no pudo más, se acercó hasta mi cama y me hizo darme la vuelta hacia él para mirarlo. Se sentó en el borde furioso. Yo aparté la vista.

—¿Sabes todo lo que he hecho por ti, Leah? —Le temblaba la voz. A mí empezó a picarme la nariz y me entraron ganas de llorar—. Vas a quedarte estos días en casa de Justin y Emily sin darles problemas, ¿de acuerdo? Eh, mírame —me apartó el pelo de la cara—, ya te darás cuenta de que esto es por tu bien. Todo ha sido por mi culpa, no debería haberte dejado aquí, no tal y como estabas.

—¡No me escuchas! Ya te lo he dicho. Que lo he querido siempre, que esto es real…

—Tú no conoces a Axel. No sabes cómo es en las relaciones, cómo siente, cómo coge y mete en el altillo de un clóset las cosas que dejan de interesarle. ¿Te ha contado acaso cómo dejó de pintar? ¿Te ha explicado que cuando algo se le complica es incapaz de luchar por ello? Él también tiene sus agujeros negros.

Se me escapó una lágrima, solo una.

—Eres tú el que no lo conoce —susurré.

Me miró con lástima y yo quise borrar esa expresión, porque me daba rabia que juzgara así a Axel, que no se hubiera molestado en entender ni una sola palabra de todo lo que le había dicho durante los últimos días, que no me respetara, que pensara que podía impedir aquello o que era un error.

Le envié un último mensaje a Blair antes de levantarme del sofá de la casa de Justin y Emily y caminar de puntitas hacia la puerta. Llevaba una semana sin saber nada de Axel. Una semana de silencio, de incertidumbre, de acostarme cada noche llorando porque no entendía qué estaba pasando. Necesitaba verlo y asegurarme de que todo seguía bien, de que solo era un bache que olvidaríamos con el paso del tiempo y dejaríamos atrás. Oliver terminaría por entenderlo.

Así que le había pedido un favor a mi mejor amiga y lo único que tenía que hacer era salir por la puerta sin hacer ruido y entrar un poco después, a medianoche. Pero la fastidié cuando me golpeé la rodilla con la mesa de la sala y me llevé una mano a la boca para no gritar de dolor. Las luces se encendieron.

Justin me miró. Llevaba una pijama azul.

—¿Qué estás haciendo? Leah.

—Tengo que verlo. Por favor.

Se frotó la cara y le echó un vistazo al reloj que había en una estantería.

—Es una idea terrible.

—No tardaré, lo prometo.

—Dos horas. Si dentro de dos horas no estás aquí, iré a buscarte.

Le di las gracias con la mirada, porque era la única persona que parecía entendernos. Salí, dejé atrás la valla de la casa y vi el coche rojo que estaba aparcado al lado. Kevin estaba delante del volante, al lado de Blair. Subí en el asiento de atrás y la abracé a ella como pude mientras él arrancaba para llevarme a esa casa en la que había vivido durante los últimos ocho meses y que, de repente, me resultaba lejana, como si hiciera siglos que no la pisara.

—Gracias por esto —susurré.

Blair alargó una mano hacia atrás para tomar la mía. La apreté entre mis dedos, como en los viejos tiempos, como si estuviéramos haciendo una nueva locura en mitad de la noche. Me entraron ganas de reír, más por los nervios que me encogían el estómago que por otra cosa. Respiré hondo cuando Kevin frenó delante.

—No tengas prisa. Te estaremos esperando.

Me despedí de ellos y rodeé la casa para entrar por la terraza de atrás. Lo vi antes de recorrer el camino hasta el porche. Cuando pude distinguir sus ojos en los míos, me puse tensa, porque no era la mirada que recordaba de los últimos días que habíamos pasado juntos; era otra, más fría, más distante y más turbia. Avancé hasta subir los escalones. Axel estaba apoyado en la barandilla y tenía un cigarro entre los dedos que apagó antes de alzar la vista y recorrerme con lentitud de los pies a la cabeza. Me estremecí.

107

AXEL

Leah dudó, pero un segundo después echó a correr hacia mí y me abrazó, aferrándose a mi cuerpo, matándome un poco por dentro. Cerré los ojos y respiré hondo, pero fue un error, porque solo conseguí que su olor me envolviera. Hice el esfuerzo de mi vida cuando la sujeté por los hombros y la aparté con suavidad.

—¿Qué pasa? ¿Por qué no contestas al teléfono?

Me froté el mentón. Caray, no sabía qué decir, no sabía cómo manejar aquello y lo único que podía hacer era evitar mirarla, concentrarme en cualquier otro punto de la terraza, porque la idea de que aquel fuera nuestro último recuerdo juntos me resultó triste y feo, como ensuciar todo lo demás.

—Axel, ¿por qué no me miras?

«¡Porque no puedo!», quise gritar, pero sabía que no podría huir; lo había intentado, eso sí, como con las cosas que eran demasiado, como si una parte de mí se dedicara a desoír todos esos consejos que sí podía dar a los demás. Por fin levanté la vista. Y estaba tan preciosa... Enfadada, pero llena de emociones que parecían desbordarse en sus ojos; temblando, pero parada delante de mí sin dar un paso atrás. Valiente.

—Lo siento —susurré.

—No, no, no...

Bajé la mirada. Ella posó las manos en mi mandíbula y la levantó. Si en algún trance de mi vida se me rompió el corazón, definitivamente fue en ese, en el instante en el que Leah deslizó la punta de los dedos por los moratones que tenía en el pómulo derecho y por la herida del labio. Cerré los ojos. Y volví a cagarla. Dejé que se pusiera de puntitas y que su boca cubriera la mía en un beso trémulo y lleno de miedo. Gruñí cuando se apretó contra mí. Sus caderas pegadas a las mías. Sus brazos rodeándome el cuello. Su lengua con sabor a fresa y todo lo que había simbolizado en mi vida: romper la rutina, abrirme a otra persona, el color intenso y vibrante, las noches bajo las estrellas y los momentos que habíamos vivido en aquella casa y que ya serían solo nuestros para siempre…

—Leah, espera —la aparté despacio.

Mierda. No quería hacerle daño. No quería…

—Deja de mirarme así. Deja de mirarme como si esto fuera una despedida. ¿Acaso no me quieres? Me dijiste…, dijiste que todos vivimos en un submarino amarillo… —Se le quebró la voz y yo me mordí el labio conteniéndome.

—Claro que te quiero, pero no puede ser.

—No hablas en serio. —Se llevó una mano a la boca y la vi borrar el beso que acabábamos de darnos, llevándoselo entre los dedos.

Me acerqué a ella; cada centímetro que separaba su cuerpo del mío me parecía una maldita tortura, y cuando pensé en lo lejos que íbamos a estar a partir de entonces, deseé abrazarla hasta que me pidiera que la soltara.

Lo habría hecho en otra vida, en otro momento…

—Escúchame, Leah. Yo no quiero ser la persona que te separe de tu hermano, porque te conozco y sé que terminarás arrepintiéndote de algo así.

—Eso no ocurrirá. Lo solucionaré con él, solo necesito tiempo, Axel.

Seguí, porque tenía que hacerlo; seguir y seguir.

—Y eres joven, vas a ir a la universidad y deberías disfrutar de esa época sin ataduras, sin mí, sin toda esta maldita situación. —Me estaba ahogando al ver cómo sus ojos se humedecían—. Crece y vive, como yo lo hice en su momento. Conoce a chicos, diviértete y sé feliz, cariño. Yo no puedo darte todo eso.

—¿Estás insinuando que salga con otras personas? —Me sostuvo la mirada, temblando y llorando, con una mueca de incredulidad.

Y yo…, bueno, yo quise morirme, porque la sola idea de pensar en otros labios acariciando los suyos, en otras manos tocándola…

—Axel, dime que no lo dices en serio. Dime que ha sido un error y empezaremos desde cero. Vamos, mírame, por favor.

Di un paso atrás cuando intentó tocarme.

—Es lo que quería decir, Leah. Es justo eso.

Se llevó una mano al pecho. Tenía las mejillas llenas de lágrimas y esa vez yo no podía limpiárselas. Me había acostumbrado tanto durante aquellos meses a sostenerla en su dolor, a ayudarla a canalizarlo, a afrontarlo, a calmarlo…, y ahora era yo quien lo creaba.

—¿Por qué estás haciendo todo esto?

—Porque te quiero, aunque no lo entiendas.

—¡Pues no me quieras así! —gritó enfadada.

Nos miramos en silencio unos segundos.

—Yo seguiré estando aquí —susurré.

Ella se rio entre lágrimas y se limpió las mejillas.

—Si rompes esto ahora, sabes que no volveré jamás.

—Lo siento —repetí, y aparté la mirada.

Así eran las cosas. Así era como debía ser. Llevaba días dándole vueltas, como contemplar un mismo dibujo desde mil ángulos distintos para entender cada línea y cada borrón. Y había llegado a la conclusión de que lo teníamos todo en contra, de que había sido bonito, idílico, pero también irreal. Ella se había amoldado a mí. A mis rutinas, a mi vida, a mi casa, a mi forma de entender el mundo…, y egoístamente yo quería seguir así porque me hacía feliz, pero había algo que no encajaba, como esa pieza que sabes que has metido a presión entre otras dos y, aunque dudas durante un tiempo, terminas por darte cuenta de que no iba ahí, de que no era su lugar.

Leah se paró delante de mí antes de que pudiera encender otro cigarro. Mirarla… dolía. Necesitaba que se marchara ya, antes de que terminara cometiendo una locura o volviera a centrarme solo en mi propio ombligo.

—¿Qué es lo que hemos sido todos estos meses, Axel?

—Muchas cosas. El problema no es ese, el problema es todo lo que nunca fuimos. No nos cruzamos un día cualquiera en un bar, no te miré y me gustaste y me acerqué para pedirte tu número de teléfono. No hemos tenido una cita. No me he despedido de ti dándote un beso delante de la puerta de tu casa. Ni siquiera hemos podido ir caminando por la calle tomados de la mano sin pensar en nada más. No hemos podido tener todo eso.

—Pero a mí nunca me importó.

Encendí el cigarro. Debería haber pensado en cómo era Leah, en que ella no renunciaría sin aferrarse a lo que sentía, porque vivía por y alrededor de cualquier emoción que la sacudiera. Cerré los ojos cuando volví a sentir sus brazos rodeándome por detrás, abrazándome. Carajo, ¿por qué?, ¿por qué? No soportaba más esa situación. Me volví y ella me soltó. Aún lloraba. Aún intentaba entenderlo. Pensé que sería como rematar algo que ya estaba hecho.

—¿Qué demonios quieres? ¿Una cogida de despedida?

Parpadeó. Tenía las pestañas brillantes por las lágrimas.

—No hagas esto así, Axel. Te juro que no te lo perdonaré.

—Créeme, estoy intentando ser delicado, pero me lo estás poniendo muy difícil.

—Oliver tenía razón. —Sollozó y, por fin, maldita sea por fin, dio un par de pasos hacia atrás alejándose de mí—. Eres incapaz de luchar por las cosas que quieres.

La miré y apreté la mandíbula.

—Entonces quizá no las quiera tanto.

Pude ver el instante exacto en el que su corazón se hizo añicos delante de mis ojos, pero no hice nada para evitarlo. Me quedé allí, imperturbable, deseando que pasara pronto, olvidar el momento en el que los ojos de Leah chocaron por última vez con los míos. Y vi odio. Y dolor. Y decepción. Pero aguanté. Aguanté hasta que ella me dio la espalda y bajó los escalones del porche a paso rápido. La contemplé marcharse por el camino como tantas otras veces, solo que esa era diferente, porque no habría más, no aparecería a la mañana siguiente pedaleando en su bicicleta naranja, no habría más amaneceres juntos ni más noches de palabras y besos y música.

Hay puntos finales que se sienten en la piel…

Me quedé unos minutos más sin moverme, todavía anclado en ese instante que ya se había esfumado y formaba parte del pasado. Después entré y bebí un trago de la primera botella que encontré. Luego la estampé contra el fregadero, tomé otra y seguí el olor del mar hasta llegar a la playa. Me eché en la arena y bebí y recordé y me repetí a mí mismo que aquel iba a ser probablemente el mayor error de mi vida.

No sé qué hora era cuando volví a casa. Pero sí sé que el corazón me latía frenético contra las costillas y que tuve que encender un cigarro detrás de otro para mantener las manos ocupadas y los dedos quietos. Porque el impulso estaba ahí... gritándome, susurrándome. Agarré la escalera de mano y fui a mi habitación. Subí los peldaños y lo miré todo. Miré mis fracasos amontonados encima de ese clóset, llenos de polvo y telarañas. Y cuando me di cuenta de que era incapaz de enfrentarlos, volví a bajar y me quedé allí, solo y quieto en medio de ese dormitorio que había sido nuestro.

Me senté en el suelo deslizando la espalda por la pared y alcé la mirada hacia el cuadro que estaba sobre la cama. Las notas de una canción que hablaba de submarinos amarillos se arremolinaron en mi cabeza y me acompañaron durante toda la noche, hasta que amaneció, hasta que entendí que la había perdido para siempre y que esos trazos de color y piel y tardes haciendo el amor eran lo único que me quedaba de ella.

Me levanté cuando sonó el timbre de la puerta. Ya era de mañana y creo que seguía estando un poco borracho, porque fui a trompicones hasta la sala. Abrí. Justin estaba ahí, con un café en la mano y una porción de pay de queso en la otra.

—Yo... solo quería saber cómo estabas.

—Ya veo.

—¿Eso significa que estás bien?

Creo que fue la primera vez que contesté con sinceridad a una pregunta tan sencilla como esa. Estaba demasiado acostumbrado a responder un «sí» rápido y me costó encontrar las palabras y dejarlas salir.

—No, no estoy bien.

—Demonios, Axel, ven aquí.

Me abrazó. Yo dejé que lo hiciera. Y lo sentí, sentí que tenía un apoyo, a un amigo, a mi hermano mayor. Había tenido que estar metido en el fango hasta el tope para darme cuenta de algo que estaba delante de mí todos los días. Recordé lo que le conté a Leah cuando subimos al cabo Byron, sobre aquel grafiti que no me paré a mirar hasta meses después. Esa sensación de estar perdiéndome un capítulo de mi propia vida me sacudió de nuevo.

108

LEAH

Mentiría si dijera que no dolió. Que el desamor no es duro. Que no me pasé noches llorando hasta dormirme agotada. Que cuando algo se rompe no deja tras de sí un montón de trocitos diminutos que ya no pueden volver a pegarse. Que no fue como sentir que la mano de Axel traspasaba mi piel, apretaba mi corazón con fuerza y lo soltaba de golpe. Mentiría. Pero, irónicamente, lo peor fue perderlo. Sí. Lo más insoportable fue saber que ese chico que había estado a mi lado desde el día que nací ya no iba a formar parte de mi vida. Que no volvería a sentir un tirón en el estómago al ver su sonrisa traviesa. Que no me daría un codazo durante las comidas familiares. Que él no llegaría a ver todo lo que yo quería pintar. Que no habría más regalos de cumpleaños ni oiría su risa ronca cuando Oliver le dijera alguna tontería, de esas que eran solo suyas y los demás no entendíamos. Que no sería el amor de mi vida, el inalcanzable, el que me derretía solo con una mirada.

Que ya no.

DICIEMBRE

(VERANO)

LEAH

Contemplé por la ventanilla el paisaje que dejábamos atrás mientras Oliver conducía en silencio y me tragué las lágrimas cuando me di cuenta de que ya no tenía ningún lugar al que regresar. Byron Bay había dejado de ser nuestro hogar, porque allí quedaban pocas cosas por las que volver. Los señores Nguyen me habían asegurado que vendrían a visitarme a la universidad, que solo tenía que agarrar el teléfono si en algún momento necesitaba algo, que aquello se solucionaría…, pero una parte de mí sabía que no. Que hay cosas que, cuando cambian, no pueden volver a ser iguales. Diferentes, quizá. Eso sí. Pero no iguales. Ojalá la vida fuera como una pelota de plastilina, moldeable, manejable, algo sobre lo que la tristeza o las decepciones no dejaran marcas visibles.

Mi hermano estacionó delante de una tienda de muebles y decoración cuando llegamos a Brisbane y me tomó de la mano. Yo me estremecí ante la solidez y la seguridad del gesto.

—Vamos, enana, alegra esa cara.

Habían pasado casi dos meses desde la última vez que vi a Axel a principios de noviembre, pero tenía la sensación de que hacía una eternidad. Todavía seguía dolida con mi hermano por no haber podido entenderme, pero, aún peor, porque al final tuvo razón en muchas cosas. En demasiadas. De esas que son tan feas que una no quiere verlas hasta que la obligan a hacerlo, porque para mí Axel siempre había sido perfecto, incluso con sus defectos, idealizado ante mis ojos en su alto pedestal, ese sobre el que lo miraba desde que era una niña, y en los últimos días no había dejado de darle vueltas, descubriendo que quizá él no era todo líneas curvas, precisas y limpias; también tenía aristas punzantes y ángulos en las sombras. No podía sacarme de la cabeza la frase que me susurró al oído aquella noche que regresó con los labios rojos por los besos de otra: «¿Sabes cuál es tu problema, Leah? Que te quedas en la superficie. Que miras un regalo y solo te fijas en el envoltorio brillante sin pensar en que puede que esconda algo podrido».

—Podrías ayudarme un poco —me dijo Oliver asomándose por la ventanilla del copiloto.

—Ya voy. —Salí del coche.

Agarré el equipaje de mano y él se encargó de las dos maletas más pesadas. El cielo azul del mediodía se alzaba sobre las calles llenas de desconocidos. No pude evitar recordar que en aquella misma ciudad Axel me había besado por primera vez de verdad, sin que yo tuviera que pedírselo, mientras bailábamos *The night we met* antes de terminar dentro de los servicios de aquel bar descubriéndonos con las manos. Suspiré hondo, levanté la vista hacia el bloque de edificios de la residencia que a partir de entonces sería mi nuevo hogar, reparé en la tienda de muebles que teníamos delante y… sentí la necesidad. Fue un flechazo.

—¿Puedes…, puedes esperarme un momento?

—¿Ahora, Leah? Voy subiendo —contestó Oliver.

—No es nada. Iré enseguida.

Entré y fui directa al mostrador. Podría haber dado una vuelta por los pasillos, que estaban llenos de muebles preciosos, pero acababa de verlo en el escaparate y no tenía ojos para nada más. Pregunté por el precio a la mujer que me atendió y dudé cuando escuché la cifra, pero seguí el impulso y un minuto después entré en el edificio golpeándome en las costillas al darme contra la puerta principal. Ahogué una exclamación de dolor.

—¿Te has vuelto loca? —Mi hermano apareció.

—No, es solo que… me gustó. Mucho.

—Carajo, Leah. Dame eso.

Oliver lo agarró y lo cargó en el ascensor. Subimos a la primera planta. Un pasillo largo y estrecho repleto de puertas azules nos recibió. La mía era la número 23. Tal como había visto en las fotografías antes de que nos decidiéramos a rentarla, la habitación era pequeña, con una cama, un escritorio, un clóset y un baño en el que difícilmente podrían entrar dos personas, pero no era algo que me preocupara. Abrí la ventana diminuta para que se aireara la estancia y dejé el equipaje encima de la mesa de madera.

—¿Dónde pongo esto? —preguntó Oliver.

—Ahí, en esa pared. Déjalo apoyado.

—¿Y puede saberse por qué has comprado un espejo? —Se sacudió las manos cuando lo colocó bien para que no pudiera caerse.

—No lo sé. Me gustó. Es bonito.

«Y quería verme bien cada mañana.»

Oliver supo que me guardaba lo que estuviera pensando, pero no insistió más antes de ayudarme a abrir el equipaje y a colgar mis prendas en el clóset. Pasamos toda la tarde juntos y, cuando mi hermano tuvo que marcharse, sentí un agujero en el estómago que se iba haciendo cada vez más y más grande. Me daba miedo estar sola. Me daba miedo tropezar, caerme y no tener a nadie cerca que pudiera ayudarme a levantarme. Me daba miedo qué ocurriría cuando tan solo quedáramos yo y mis pensamientos, todo lo que encontraría en cuanto removiera un poco y decidiera afrontar lo que sentía, porque las emociones parecían empujar y empujar para salir.

Aún faltaba más de un mes para que empezaran las clases en la universidad, pero Oliver tenía que regresar al trabajo y había pensado que sería bueno para mí aclimatarme antes a la ciudad y a la gente con la que compartiría residencia.

Me miró, abrió los brazos y yo me lancé hacia él.

—Llámame cada vez que quieras, no importa la hora que sea —dijo, y yo asentí con la cabeza contra su pecho—. Come bien, Leah. Cuídate, ¿está bien? Y recuerda que, si en algún momento me necesitas, solo tienes que decírmelo y tomaré el primer avión, ¿de acuerdo? Ya verás, vas a estar bien. Esto será bueno para ti. Como empezar de cero. —Me apartó de él para poder mirarme y me dio un beso en la frente—. Te quiero, enana.

—Yo también te quiero.

Oliver siempre había odiado las despedidas. En cambio, yo me asomé a la ventana y lo miré mientras se ponía los lentes de sol y entraba en el coche. Arrancó, giró y se perdió entre las calles de Brisbane.

Me di la vuelta y me enfrenté a la chica que me devolvía la mirada a través del espejo alargado con un marco de madera artesanal. Éramos la misma. Ya no había impermeables agujereados en ninguna de las dos. Creí que sería buena idea recordármelo cada mañana, empezar el día sonriéndome a mí misma. O intentándolo, al menos. «Vas a estar bien —me repetí—, vas a estarlo.» Porque en un corazón no podía llover eternamente, ¿no? Tomé los audífonos, me acosté en la cama y cerré los ojos tras meterme una paleta de fresa en la boca mientras un disco cualquiera de los Beatles me envolvía en la familiaridad de las voces y las notas. Reprimí las ganas de llorar.

Y pensé…, pensé en las cosas que antes eran y ya no…

«Todo puede cambiar en un instante.» Había escuchado esa frase muchas veces a lo largo de mi vida, pero nunca me había parado a masticarla, a saborear el significado que esas palabras pueden dejar en la lengua cuando las desmenuzas y las sientes como propias. Esa sensación amarga que acompaña a todos los «y si…» que se desperezan cuando ocurre algo malo y te preguntas si podrías haberlo evitado, porque la diferencia entre pasar de tenerlo todo a no tener nada a veces es tan solo de un segundo. Solo uno. Como entonces, cuando ese coche invadió el carril contrario. O como ahora, cuando él decidió que no tenía nada por lo que luchar y los trazos negros y grises terminaron por volver a engullir el color que unos meses antes flotaba a mi alrededor.

Porque, en ese segundo, él giró a la derecha.

Yo quise seguirlo, pero tropecé con una barrera.

Y supe que solo podía avanzar hacia la izquierda.

CONTINUARÁ…

Todo lo que somos juntos

Así empieza la continuación de
Todo lo que nunca fuimos

«Me asustaba que la línea que separaba el odio del amor fuera tan fina y estrecha, hasta el punto de poder ir de un extremo al otro de un solo salto. Yo lo quería…, lo quería con el estómago, con la mirada, con el corazón; todo mi cuerpo reaccionaba cuando él estaba cerca. Pero otra parte de mí también lo odiaba. Lo odiaba con los recuerdos, con las palabras nunca dichas, con el rencor, con ese perdón que era incapaz de ofrecerle con las manos abiertas por mucho que deseara hacerlo. Al mirarlo, veía el negro, el rojo, un púrpura latente; las emociones desbordándose. Y sentir algo tan caótico por él me hacía daño, porque Axel era una parte de mí. Siempre iba a serlo. Pese a todo».